日本诗味

[日] 虎关师炼 荻生徂徕 等 著

王向远 选译

复旦大学出版社

目录 | Contents

代序：东方诗味论与东方共同诗学　王向远 / 1

济北诗话　虎关师炼 / 1

徂徕先生问答书　荻生徂徕 / 22

诗学逢原　祇园南海 / 32

日本诗史　江村北海 / 64

淇园诗话　皆川淇园 / 173

孜孜斋诗话　西岛兰溪 / 199

淡窗诗话　广濑淡窗 / 250

侗庵非诗话　古贺桐庵 / 294

校译后记　王向远 / 323

代序：东方诗味论与东方共同诗学

⊙ 王向远

作为一种区域性的"东方诗歌"是否存在，进而作为一种区域性的"东方诗学"是否存在，它与"西方诗歌"或"西方诗学"有什么本质区别，需要进一步加以研究论证。而要研究作为区域诗学的"东方诗学"，就需要突破国别研究的界限，从东亚、南亚、西亚这三个区域的角度，探寻三个区域诗歌系统的形成机制，在此基础上对各自的诗学概念加以相互比较、相互发明，提炼出最能凸显各自特点、又在三个区域内共通使用的基本概念或核心概念，以有助于东方共通诗学的呈现与体系建构。

一、东方诗歌之东亚、南亚、西亚三大系统的形成

从世界文学与世界诗学的角度看，世界古典诗歌宜分为四大体系，一是以中国为中心的东亚诗歌，二是以印度梵语诗学为主体的南亚诗歌，三是以阿拉伯和波斯诗学为主体的

西亚诗歌,四是欧洲诗歌。其中,前三个诗歌体系存在于东方,可总称为"东方诗歌"。

在东方诗歌三大系统中,东亚诗歌的母体是汉语与汉诗。在汉语的启发影响下形成了日本的假名文字;在汉诗的影响下产生了日本民族的诗歌样式"和歌",确立了被称为"五七调"的基本格律;在汉语的影响下,产生了朝鲜的谚文、越南的喃字;在汉诗的影响下,衍生出了越南的喃字诗、朝鲜的"时调"与"歌辞"。虽然东亚各国都有了自己的民族诗歌,但一直到 20 世纪初,汉诗都是东亚各国正统的诗歌样式,是东亚各国传统社会中一般文化人的一项基本的修养。

南亚诗歌的语言载体是梵语与梵诗(包括以印度雅利安语吟诵书写的吠陀诗、史诗、往世书等形式),其衍生诗体是中世纪之后的印地语诗歌、孟加拉语诗歌、旁遮普语诗歌、马拉提语诗歌、古吉拉特语诗歌、阿萨姆语诗歌、奥里亚语诗歌等。此外,印度梵语字母曾随着佛教的传入进一步由恒河、印度河流域向南方流传,传播至德干高原的达罗毗荼人,又继续向南,越海而传播到了斯里兰卡,影响了僧伽罗语;向北,随着佛教的传播,梵文字母传至西藏,经改造形成了藏文字母,还传播到了西域地区,形成了西域笈多斜体字母和草体字母;向东,则传至中南半岛,除了越南北部外,中南半岛大部分及东南亚的广大岛屿国家大都采用了印度梵文字母。与此同时,这些民族和地区的语言及诗歌都受到了梵语及梵语诗歌多方面的影响。东南亚各国诗歌则是从引进和改写印度史诗肇始的。就这样，古代印度河、恒河流域的梵语及梵语诗歌不断向四周放射，形成了南亚诗歌系统并波及东南亚。

西亚古典诗歌系统是以阿拉伯语诗歌为基础和中心的。随着阿拉伯帝国的建立与伊斯兰教的传播，阿拉伯语成为"阿拉伯-伊斯兰文化圈"的通用语言。而之前属于"阿拉马"（Aramaeans）系统的其他语言文字则相对萎缩和式微了。除阿拉伯语外，后来用阿拉伯字母书写的还有波斯语、突厥语、希伯来语、乌尔都语等。阿拉伯字母的广泛采用是阿拉伯语影响其他语言的一个重要表征，而阿拉伯语诗歌作为这一地区主要的诗歌样式，也在体式、用语、题材、风格等多方面影响了波斯语及其他民族诗歌。例如新生的中古波斯语受到了阿拉伯语的很大影响，波斯语诗歌以阿拉伯语及阿拉伯诗歌为基础与规范，故而从一开始就显示出了高度成熟，在公元 10 世纪及此后的四五百年间取得了高度繁荣。这样看来，西亚中东地区的古典诗歌是以阿拉伯语诗歌为中心的，波斯语诗歌则是在阿拉伯语诗歌基础上的延伸与发展。而后来突厥语各民族的诗歌又受到阿拉伯语与波斯诗歌的双重影响。由此，西亚中东地区的古典诗歌形成了一个密切关联的整体。

上述东方传统诗歌的三大体系互有关联，又各有特色。

首先，在诗歌创作的根本动机方面，东方三大诗歌体系各有不同。东亚诗人主要是以诗明志,重在修心养性,自娱自足。虽然东亚诗人也有"穷则独善其身,达则兼济天下"的浓重的家国情怀,虽然写诗也被用作科举应试那样的功利目的,但总体上中国及东亚诗人还是以独抒性灵者为上。诗人不是职业性的,即便很多人以诗名世,但写诗并非他的职业而是他的余技,是他们在闲暇之余的言志抒情,是在得意或失意时的寄托与排遣。南亚诗人则主要为宣扬宗教的目的而吟诗,以诗娱神,为神立传,甘当神之喉舌,诗歌中充满虔敬或信仰的激情,诗人吟诗的旨归是婆罗门教及印度教的人生四大目的——"法"、"利"、"欲"和"解脱",吟诗是为了赞美众神,弘扬神迹,是修行悟道的手段。而在西亚,无论是阿拉伯还是波斯,诗人大都是作为一种职业性的群体,写诗主要是一种谋生手段。蒙昧时期的阿拉伯诗人以诗作为部落的喉舌,作为与其他部落斗争的工具。阿拉伯帝国时期的阿拉伯及波斯诗人则是以歌功颂德的诗来获取君主权贵的赏赐,在那个娱乐方式匮乏的时代,诗人是俳优弄臣之属,以诗娱君、以诗谋生,于是曲意奉承,对权贵歌功颂德,或自矜自夸,高自标置,以获取更多的财物赏赐。总体上相比而言,东亚诗人追求人格,诗人常常也是道德上的楷模;南亚诗人追求神性,诗人往往被神秘化、传说化;西亚诗人则追求金钱利益,许多诗人甚至为了名利而无所不用其极,然而只因为他们享有诗名,人们并不以普通人的标准来要求和看待诗人，他们喜欢拿诗人做谈资，对他们的恶德败行往往持宽容态度。

从总体的风格上看，南亚诗歌以浓艳、繁复为美，西亚诗歌以激昂、夸饰、张扬为宗，东亚诗歌则以冲淡、含蓄、清雅为上。在南亚诗歌中，无论是篇幅浩繁的"大诗"还是短小的抒情的"小诗"，都把"爱、笑、悲、怒、勇、惧、厌、惊"八种"常情"加以浓烈化。本来所谓的八种"常情"就不是日常之"常情"，而是人在极不平静的状态下的激烈感情，再加上南亚诗歌主要用作戏剧表演和说唱，不浓烈就难以感动人，又因为处在热带气候条件下，南亚诗歌整体上呈现出五彩斑斓的浓艳风格。这不仅表现为大量浓墨重彩的叙述描写，还表现为对非常识的各种奇迹——人神相交、神游梦幻、生死流转、诅咒灵验等事情的津津乐道。与此相适应，因主要传播方式是口头吟唱，在结构上往往繁复拖沓、叠床架屋、辗转反复、一唱三叹，不厌其烦。不同诗作之间相互重叠蹈袭，这与讲求含蓄、凝练、余情、格调、性灵之美的东亚诗歌形成了强烈对照。西亚诗歌则是游牧民族情感表现的产物，总体上是激情四溢、亢奋抖擞、夸饰张扬的。由于诗歌在大部分场合下不是诗人独自的低吟浅唱，不是诗人的自我陶醉或自我抚慰，而是在公众场合下的朗诵，以吸引他人的注意为目的，故而调子激越高昂，常常不免矫揉造作。表现在结构上，话题转换随意，场面切换自由，题材内容杂糅，往往缺乏洗练的逻辑结构，表现为一种散沙式的无结构的结构。

由于语言载体上的不同，传承流变的方式也不同。东亚诗学的载体是汉字，而在汉字基础上衍生出来的日本假名文字、朝鲜谚文或越南字喃，其基本特点都是以形表义，最适合书写，因而东亚诗歌的外显方式主要是书写，当然也可以口头吟咏，但口头吟咏必须以书写为根据。或者说，在一定的场合吟咏完了，还必须形诸文字书写。例如中国最早的诗歌总集《诗经》和日本最早的诗歌总集《万叶集》的形成，其实就是把吟咏之诗变为书写之诗。因此可以说，东亚诗歌主要不是"吟"诗而是"写"诗。这样一来，东亚古代诗歌虽然也有异本，但仍然保持了原有的面貌不加改变；而以梵语梵诗为中心的南亚诗歌系统则与东亚诗歌很不相同，以梵语为代表的南亚语文属于拼音文学，"吟咏"是梵语诗歌的主要传承方式，两大史诗《罗摩衍那》和《摩诃婆罗多》是专业的婆罗门诗人吟唱出来的，而一代一代的诗歌传承人都靠口耳相传、吟唱背诵，而把史诗传了下来。这种口头传承的方式，使得两大史诗等古代诗歌在流传过程中不断膨胀衍生、不断变异，很难有一个确定的文本，而相对的定本竟是由千年之后的现代学者整理出来的，这就造成了东亚诗歌的"书写中心主义"与南亚诗歌的"吟诵中心主义"的根本不同。西亚诗歌系统在传承流变的方式途径上介乎东亚与南亚之间，例如在古代阿拉伯，一般先由诗人口头吟诵，接受者主要是聆听者,然后再由自己或"传诗人"(侍奉在诗人身边专门背诵、记录诗人作品的人)加以记录书写。由于口头传诵与文字书写同样注重,阿拉伯古典诗歌与波斯古典诗歌虽然作品规模极其庞大,但相当一部分都还能够流传下来,而主要靠口头吟诵的印度及南亚诗歌,失传现象则较为严重。

二、东方三大诗学体系及其基本概念

上述东亚、南亚、西亚三大诗歌系统的异同,造成了其诗学的不同风貌。例如,在关注的焦点上,东亚诗学是"知人论世",最看重诗人之为人,然后是诗作本身,注重对诗人及其作品作伦理美学的价值判断,其诗学的本质是美学和伦理学的,其诗学载体主要是随笔风的"诗话"。而南亚诗学重在"诗"本身而不重诗人,重在诗歌的语言与修辞上的规范与批评,而对诗人的传记生平只有一些片段的不可稽考的传说,建立在语言学语法学基础上的南亚"诗学"著作,本质上是语言学与修辞学的;西亚诗学最重视的是诗人本体,无论是诗界还是一般社会,人们喜欢以诗人为谈资以助谈兴,津津乐道诗人的轶闻趣事,其诗学的主要载体也是大量的诗人品评与传记性著作,因而其诗学本质是文学社会学的。

对诗学本身而言,最重要的理论结晶是诗学概念或范畴。东方三大诗歌与诗学系统中的概念范畴都相当丰富,有时不免显得驳杂。要研究作为一个区域诗学的"东方诗学",就需要突破国别研究的界限,从"东亚"、"南亚"、"西亚"这三个区域诗学的角度,对三个区域各自的诗学概念加以相互比较、相互发明,提炼出最能凸显各自特点、又在三个区域内共通使用的最基本的统筹性概念或核心概念。从这个思路出发,可以认为,东亚诗学的两个核心概念"风"、"气"及以"风"、"气"二字为基础而形成的概念群,南亚诗学的两个核心概念是"庄严"与"韵意",西亚诗学的两个核心概念是"对比"与"律动"。

先说南亚诗学的基本范畴。

今日所谓"南亚",在历史上其实就是被称为"身毒"、"印度"的那个文化区域,比今天印度国家的版图要大得多。历史上,与其说印度是一个国家,不如说它是一个涵盖整个南亚、并且连带着东南亚的一个完整的文化区域。南亚的古典诗学就是印度古典诗学。从历史长河和文化发展的角度来看,印度的古典诗学是南亚文化区域古典诗学的滥觞,印度古典诗学主要是梵语诗学,除梵语诗学外并没有其他原创的诗学体系。在受梵语影响的相关语言中,即便有诗学性质的文献,也是梵语诗学的祖述和延伸。

正如佛学概念十分丰富一样,南亚诗学的范畴与概念也十分丰富。印度学者帕德玛·苏蒂《印度美学理论》的中文本译者欧建平在书后整理附录了《印度美学术语梵汉对译索引》,所胪列的美学(诗学)术语有六百多个。① 现代梵语学学家黄宝生在《印度古典诗学》一书中,对印度古典诗学及其范畴做了细致的评述、提炼与研究,分章对印度诗学的四个重要概念——庄严、风格、味、韵——及其所形成的诗学流派做了分析研究,并翻译出版了《梵语诗学资料汇编》(上下册),足资参考。细读之下,感到包括上述四大范畴在内的印度诗学范畴之间是有内在构造的,虽然印度诗学的原典著作在今天看来有许多地方表述暧昧,互有抵牾,拖沓繁琐而常常不得要领。然而若是仔细辨析,也会看出诸概念之间是有逻辑关系的。它们之间不是简单的平行关系,而往往有一个主次级差、包含与被包含的关系。从这一认识出发来考察印度的诗学范畴,就会发现印度诗学最高的统筹性概念就是"庄严"。这个"庄严"就是汉译佛经中的那个"庄严",是装饰、修饰之意。诗学沿用佛学的译法,可保留这个词在汉语中的相续性。但"庄严"与一般的"装饰"、"修饰"不同,带有现代汉语中的"庄严"一词所具有的严肃性与神圣性。狭义上,"庄严"是修辞学的,指的是词语使用、句法安排等修辞上的问题,包括所谓"音庄严"(语言修辞)、"义庄严"(语义修辞);广义上,"庄严"是诗学的、美的,它可使诗作

---

① 参见帕德玛·苏蒂:《印度美学理论》,欧建平译,中国人民大学出版社,1992年,第269—307页。

有"诗德"而无"诗病",是语音与意义的完美结合的产物。

　　古代印度人历来崇拜语言音声,把语言看作是神的最高贵的赐予,是人与神交流、是凡人追求神性与神圣的主要途径,因而对语言使用、语言的修饰等,并不仅仅看成单纯的语言问题,更是一个神圣、神秘的宗教问题。写诗诵诗是人与神交通交流的重要方式,而诗歌创作的根本问题就是"庄严"的问题。婆摩诃的《诗庄严论》、楼陀罗吒的《诗庄严论》、尤婆吒的《摄庄严论》之"庄严论",其实也就是"诗论"或诗学本身,因为诗歌的根本在于"庄严"。以此我们就可以理解,为什么印度诗学与印度宗教关系如此密切、诗学建立在宗教基础上,为什么印度梵语诗学建立在语言学及语法学的基础上,为什么他们把"庄严"看作是诗学最重要的问题,为什么"庄严"会成为印度诗学的最高范畴。要使语言正确而优美,要避免"诗病"求得"诗德",就要"庄严";有了"庄严",才可以创作出好诗来;作出了好诗,不仅能够颂神、敬神、求神,还可以在现实生活中获取名利。这似乎就是许多印度诗学家的想法。

　　不同的"庄严"势必造就不同的风格。南亚诗学中的所谓"风格"的概念,实际上是"庄严"这个最高范畴的衍生概念。在风格论的代表性著作、檀丁的《诗镜》中,把"诗德"作为庄严的从属概念,认为有一些"庄严"是所有风格中都具备的,而有一些"庄严"在一些风格中是特定的。所谓"风格"论,究其本质,就是不同地域的语言有所不同,造就了东西南北不同地方风格的差异。伐楼那在《诗庄严经》也以"庄严"作为诗学的最高概念,来统筹"诗德"、"诗病"及"风格"诸概念,他认为:"诗可以通过庄严把握。庄严是美,来自无诗病、有诗德和有庄严。"①"风格"之外,"曲语"概念也是"庄严"的概念延伸,"曲语"(语言的曲折表达)早在婆摩诃的《诗庄严论》中就使用过,檀丁在《诗镜》中把"曲语"看作除"自性庄严"之外一切"庄严"的总称,而在伐楼那的《诗庄严论》中,曲语是特定的"义庄严"的总称。10世纪恭多迦在《曲语生命论》中,为了强调"曲语",而把它看作是统摄庄严、诗德、风格等的概念,进而把"庄严论"的"音庄严"、"义庄严"纳入了"曲语"的范畴,但实际上他所说的"曲语"毕竟也是一种"庄严"。正如黄宝生先生所分析指出的:恭多迦"认为各种庄严体现诗人的曲折表达,具有特殊的魅力,能使读者获得审美快乐。这样,他肯定了庄严独立的审美意义。也就是说,庄严就是曲语","也可以说,他把'庄严'批评概念改造成涵盖面更广的'曲语'"。②

---

① 参见黄宝生:《印度古典诗学》,北京大学出版社,1999年,第291页。版本下同。

② 黄宝生:《印度古典诗学》,第374页。

本质上看,"庄严"作为南亚诗学的基础概念,是立足于语言学及修辞学的诗学概念。另一方面,南亚梵语诗学还有一个主要从语义的角度切入的诗学概念 dhvani,金克木和黄宝生都把它译为"韵"。可以说,"庄严"是诗的途径与手段,而通过"庄严"所要达到的诗的艺术效果就是"韵"。据黄宝生的阐释,"韵"本来是语法学家使用的概念,把能表示"常声"(词固有的表示义)的词音叫作"韵",而诗学家则把能展示"暗示义"(即言外之意)的词音和词义称为"韵"。[①]"韵"字在汉语中与音声相关,《说文解字》云:"韵,和也。""韵"指的是和谐悦耳的声音,由此而衍生出韵脚之"韵",乃至指称带有和谐之美的诗文。但另一方面,南亚诗学中的"韵"实际上不仅仅是诗歌声韵的问题,它更强调"言外之意"、"韵外之致"的表现,因而若要更细致地翻译转换的话,似乎可以译作"韵意",来呈现原文的"韵外之意"的内涵。把"韵意"作为汉语译词,能使汉语读者准确理解"dhvani"的意思。"韵意"这个概念固然与"庄严"有关,例如诗的语言的暗含之意,实际上也是可以归为"义庄严"中。但是在一定程度上,"韵意"又超出了"庄严"的范畴,它常常表现为没有"庄严"的"庄严"。从句法词汇上看或从表面上看,似乎并没有特别的"庄严"修饰,但却能有言外之意、

---

① 黄宝生:《印度古典诗学》,第332页。

韵外之旨。这与中国诗学中的"不着一字，尽得风流"的意思是相通的，用最平常的不加修饰、没有"庄严"的字词语句，表达出令人回味的意味，这也正是诗的灵魂，是诗意的最大来源。"韵意"这个概念的诗学理论价值，似乎也正在这里。

再说东亚诗学的基本范畴。东方诗学的基本范畴全部来自汉语及汉语诗学的概念。中国古典诗学的概念及范畴十分丰富而又自成系统。从东亚各国诗学概念的普遍使用情况来看，则集中于"风"、"气"两个基本概念和在此基础上形成的"风"、"气"二字概念群。在韩国、日本的传统诗话中，相关概念在有些篇章文献中则达到了俯拾皆是的程度，在日本"歌学"（和歌、论连歌理论）的文献中也多处可见。

"风"这个概念，以自然界的空气流动为象征，以风的有声无色、来去无定，可感可触而不可把持，来表现着一种旺盛的、生动的、活跃的生命力，形容着自由自在、无拘无束、奔放无羁而又所向披靡的姿态与精神。在"风"的这些自然特性中，最根本的一点就是"游"，就是"流"，就是"自由"，而"自由"恰恰是美与审美的本质，也是诗与诗意的源泉。因而"风"字概念群都是以"风"及其特征、特性，来修饰、形容人与物的姿态和内在精神。如"风流"、"风雅"、"风骨"、"风神"、"风度"、"风韵"、"风力"、"风情"、"风格"、"风姿"、"风体"、"风气"、"风味"等；这些词语几乎全部进入了日语和朝鲜语,并成为诗学名词。"风"字在日语、韩语中也如同在汉语中一样有极强的构词能力,并形成了一系列相关概念。例如,在日本中世戏剧理论家世阿弥的能乐论中,"风"、"风姿花"是其核心概念,在其名作《风姿花传》中,戏剧之美被称为"风姿"。"花"是世阿弥美学中能乐之美的核心范畴,"风姿花"则是"花"中最美者;在《九位》中,世阿弥把能乐艺术分为九个位阶,依次称为"妙花风"、"宠深花风"、"闲花风"、"正花风"、"广精风"、"浅文风"、"强细风"、"强粗风"、"粗铅风"。①

在"风"字概念群中,东亚诗学最高的统筹性概念是"风流"。而"风神"、"风度"、"风骨"、"风力"等都可以看作是"风流"的衍生概念。"风流"这个概念在东亚国家影响最为深远,是日、汉传统诗学最重要的基础概念,并由诗学扩大到了更广阔的美学领域,成为重要的审美概念。韩国学者阁周植教授在对东亚历史上"风流"概念做了梳理分析之后,认为在中日韩等东亚各国,"风流是一种自由奔放的精神,是一种生命力的发挥,它脱离了世俗的价值观但与现实有密切的联系,自然为之提供了使精神自由不受束缚的广阔空间,诗乐、酒、妓是发挥这种精神的媒介物,风流具有美

---

① 世阿弥《风姿花传》《九位》,参见王向远译《日本古代诗学汇译》(上卷),昆仑出版社,2014年。

和伦理性,是一种行为和生活方式"①。蔡美花认为:"'风流'作为一个具有浓郁的韩国民族本土化意味的美学范畴,绝对可以担负起韩国传统历史文化'原型意象'的角色。因为它不但具有明确的精神价值取向,而且还形成了相对稳定的日常生活范型。它不只对韩国文化哲学的形成与发展影响巨大,即便在今天依然潜在地影响与规定着韩国民众的思维方式及行为准则。同时,'风流'的理念与精神诉求一直是韩国文学艺术创作主导的价值取向。所以,我们有理由说,'风流'是韩国古典美学的主导范畴与基干范畴。"②日本学者冈崎义惠在《风流的思想》一书中,不仅把"风流"作为诗学的核心概念,也作为日本美学史、思想史的概念,他在该书序言中说:"'风流'这一思想成立于中国古代,与日本的'雅'(みやび)等思想相结合,形成了一个悠久的传统,而及于今日。"③栗山理一在《风流论》一文中也指出:"风流已经深深植根于我们日本人的美的生活原理。换言之,作为形成我们日本人审美教养体系的强有力的要素,至今仍生动地表现

---

① 阂周植:《作为东亚美学概念的"风流"》,《文史哲》1999年第1期。

② 蔡美花:《韩国古典美学范畴——"风流"》,《东疆学刊》2013年第1期。

③ 冈崎义惠:《日本藝術思潮 第二卷 風流の思想》(上),岩波书店,1948年,第1页。

在我们的现实生活中。"① 与"风流"密切相关的是"风雅"一词,"风雅"是"风流"之雅,可以说是"风流"概念在诗学中的具体化。在日本诗学中,"风雅"不仅是审美判断用语,有时也特指诗歌样式而言(如松尾芭蕉便以"风雅"称呼"俳谐"这种文学样式),还用来指称文章、书画等文体样式。

以"气"论诗也是东亚诗学的一种传统。实际上,"气"与"风"两个概念具有密切的关联,都是一种生命的活泼流动的有力状态,"气"是"风"的内在化、限定化、寄托化。"风"来去无定,"气"则充盈于某人、体现于某物。"风"不可招拒、不可或止,而"气"则可蓄、可养、可注入、可调节,故有"调气"、"养气"之说。如果说"风"及其"风"字概念群主要是用来描述人总体上的自由无羁的存在状态,那么"气"字则主要指人的生命力与精神状态的内涵与表征。在东亚诗学中,经常使用的"气"字概念包括"气"、"气韵"、"气骨"、"骨气"、"逸气"、"气象"、"景气"、"神气"、"灵气"、"生气"等,用以对诗人的人格、对诗学创造力的强弱盛衰、对作品的美丑优劣进行评价。东亚诗学文献中使用较多的"气"字概念则有:文气、气骨、逸气、气节、俗气、和气、阴阳之气、意气、爽气、生气、壮气、老气、气动、真气,等等。例如,朝鲜诗人崔滋在其《补闲集》通篇

---

① 栗山理一:《风流论》,子文书房,1939年,第3—4页。

以气论诗,如:"诗画一也。杜子美诗虽五句中,尚有气吞象外。李长卿走笔长篇,亦象外得之,是谓逸气。谓一语者,欲其重也。夫世之嗜常惑凡者,不可与言诗。况笔所未到之气也。"① 又如:"诗评曰:'气尚生,语欲熟。'初学之气生,然后壮气逸,壮气逸然后老气豪。文顺公年少时走笔,皆气生之句,脍炙众口。"② 日本的"气"字使用相当广泛,日语中的"气"字词组数以百计,这些词在诗学中也同样使用,如和歌理论家藤原定家(1162—1241)在《每月抄》中,在论述如何吟咏他所提倡的"有心体"的和歌时,就用了"蒙气"和"景气"两个词,来指代歌人及其和歌创作时的心境、心理状态。③ 他认为歌人如何用"气",是歌人的修养,也是歌人创作成败的关键。戏剧理论家世阿弥(1363—1443)在《风姿花传》中也运用了"气"的概念,即用中国的阴气、阳气及阴阳和合的观念来解释能乐剧场的艺术氛围营造的问题。④此外,江村北海《日本诗史》卷四论汉诗兴衰消长时也反复

---

① 崔滋:《补闲集》,蔡美花、赵季主编《韩国诗话全编校注》,人民文学出版社,2012年,第99页。
② 崔滋:《补闲集》,蔡美花、赵季主编《韩国诗话全编校注》,第117页。
③ 藤原定家:《每月抄》,《日本古典文学大系 65 歌論集・能楽論集》,岩波书店,1961年。
④ 世阿弥:《风姿花传》,《日本古典文学大系 65 歌論集・能楽論集》,岩波书店,1961年。

使用"气"、"气运"的概念,如:"明诗之行于近时,气运使之也。请详论之。夫诗,汉土声音也。我邦人不学诗则已,苟学之也,不能不承顺汉土也。而诗体每随气运递迁,所谓三百篇,汉魏六朝,唐宋元明,自今观之,秩然相别,而当时作者,则不知其然而然者,气运使之者,非耶?我邦与汉土,相距万里,划以大海,是以气运每衰于彼,而后盛于此者,亦势所不免。其后于彼,大抵二百年。"[①]

最后是西亚诗学的两个基本概念——"对比"和"律动"。

西亚诗学,指的是公元7世纪以后六七百年间阿拉伯帝国版图内的诗学,主要包括阿拉伯语诗学和波斯语诗学两个部分。波斯诗人内扎米·阿鲁兹依在其名著《四类英才》(写于1156—1157年)的第二章《论述诗歌这门学问的性质和诗人的优越性》,开篇即写道:"作诗是一门技艺,诗人以这门技艺将一些虚构的素材整齐有序化,将一些富有结论性的类比付诸实现,基于这样的方式:将细微的意义夸大化,或将宏观意义细微化,将美罩上丑之外袍来显示,或将丑以美的外形来显现……使情绪抑郁或舒畅,将重大事项引导人世间的秩序。"[②]

[①] 江村北海:《日本诗史》,《新日本古典文学大系·日本詩史 五山堂詩話》,岩波书店,1991年,第508页。

[②] 穆宏燕:《波斯古典诗学研究》附录《波斯古典诗学资料选译》,昆仑出版社,2011年,第449—450页。引用时省略了有关词语概念后面括号中波斯语写法及其注音。

这段话可以说是西亚诗学中少见的关于诗的言简意赅的定义。这个定义中包含着西亚诗学的三个关键概念，一个是素材"整齐有序化"，简言之就是"整一"。阿拉伯诗歌中的长诗虽然有一定的套路，但话题转换灵活、内容驳杂，语义与内容如何在多样性、灵活性中保持逻辑上的整一性，成为西亚诗学的重要问题之一，故而特别强调"整齐有序"。鉴于古希腊亚里士多德《诗学》对西亚诗学影响较大，这个问题似与亚氏关于悲剧的整一性的论述有关。第二是"类比"，西亚古典诗歌常见大量的"类比"，多用于论辩、夸耀、攻讦等场合，而在诗学评论中多用于诗人之间的比照。第三"使情绪抑郁或舒畅"，指的内在感情的起伏抑扬，亦即"律动"。与东亚诗学、南亚诗学比较而言，后两个概念在西亚诗学中最为关键，也最有特色。

上述波斯诗歌创作中的所谓"类比"，在阿拉伯诗学批评中经常使用并称之为"对比"。"对比"也可以译为"比较"。但现代学术术语"比较"的含义是求同而又辨异，而阿拉伯诗学的比较主要是求异，因而属于比较中的"对比"。"对比方法"是西亚古典诗歌批评的主要方法，也是一个"批评"的概念，虽然还不是现代意义上的"比较诗学"之"比较"，但也是世界上最早的大规模跨文化比较实践的产物，是世界诗学史上的古代形态的比较诗学。"对比"既包括诗人与诗人、诗作与诗作的对比，也包括阿拉伯帝国内部各民族诗人的对比，乃至阿拉伯与古罗马、印度、中国的对比，大都是

《四类英才》所说的"富有结论性的类比（对比）"。当年的阿拉伯帝国广泛接收和吸纳西方的古希腊罗马文化，东方的波斯、印度、埃及文化，熔铸成新的阿拉伯-伊斯兰文化。在各民族交往日益频繁的大背景下，学者、文学家们自然产生了文学与文化的对比意识。如，伊本·阿布德·朗比在《珍奇的串珠》一书记载著名翻译家、学者、作家伊本·穆格发（724—759）对波斯人、罗马人、中国人，印度人等民族不同特点的比较与议论。[①] 阿拉伯帝国的阿拔斯王朝时代前期，各民族文化产生了深度融合和激烈冲突，并出现了所谓"反阿拉伯人的民族主义"即"舒毕主义"思潮，学者们就阿拉伯文化与其他民族文化孰优孰劣的问题展开了激烈争论，与此同时也对阿拉伯人的民族性与其他民族的民族性进行了对比，其中也自然涉及了语言文学及诗学的比较。例如著名学者、作家查希兹（775—868）在《修辞与释义》（一译《解释与说明》）第八卷中将阿拉伯民族和别的民族作了比较，强调阿拉伯人的诗歌天赋。文学史家伊本·萨拉姆（767—846）在《诗人的品级》一书中，将此前的蒙昧时代和伊斯兰时代的阿拉伯著名诗人，分别分为十个等级，每一等级中列出四位诗人，按多产、题材多样化、质量等原则标准进行对比，

---

① 转引自艾哈迈德·爱敏：《阿拉伯-伊斯兰文化史》（第二册），朱凯、史希同译，商务印书馆，1990年，第45页。

并得出了"诗歌是一个民族的旗帜。没有其他作品比诗歌这面'旗帜'更显著了"这一论断。① 阿拉伯文学批评史上第一位专业批评家叶海亚·艾米迪(?—982)在《艾布·泰玛姆与布赫图里之对比》一书中,对两位诗人及其作品做了全面、客观的对比分析,使得"对比"作为重要的诗学批评概念、一种有效的批评方法而牢固确立起来。② 接着,阿拉伯学者、文学家艾布·曼苏尔·赛阿里比(1037—?)在散文著作《稀世珍宝》(四卷)中记载并评论了阿拉伯文学史上的著名诗人,并对他们做了对比评论。他以诗人所在的地区、国家如沙姆③、埃及、摩洛哥、伊拉克等,来划分诗人的类别,基于这样的地域划分加以对比评论。④ 阿拉伯文学研究家艾布·哈桑·哈兹姆(1221—1286)《修辞学家的提纲、文学家的明灯》一书,以亚里士多德的《诗学》的模仿理论为中心,也转述了他的前辈学者伊本·西拿对《诗学》的阐释,然后将古希腊与阿拉伯的诗歌与诗学做了比较研究,点出了阿拉伯诗学的一系列特点。⑤ 此外,西亚阿拉伯诗学中的一个重要问

---

① 曹顺庆主编:《东方文论选》,四川人民出版社,1996年,第465页。版本下同。

② 参见王文勇:《阿拉伯古代文学批评史》,上海外语教育出版社,2014年,第195页。

③ 沙姆:即现在的叙利亚、黎巴嫩地区。

④ 参见曹顺庆主编:《东方文论选》,第519页。

⑤ 参见曹顺庆主编:《东方文论选》,第555页。

题是对诗人诗作的"剽窃"行为的发现与批评，而发现剽窃并分析剽窃，也依赖于不同诗人及其诗作的对比，并在对比中阐明什么是剽窃，什么是借用，什么是创新。

"律动"（vaza），是公元10世纪后在阿拉伯诗学基础上发展起来的波斯诗学中的一个重要概念。波斯诗学认为，诗歌语言最本质的特征在于"律动"。对此，穆宏燕在《波斯古典诗学研究》一书中认为："在波斯古代，词语声音的抑扬顿挫被视为诗歌律动的根本。因此律动（vaza）与格律（baḥe）两个词基本上同义的，两词混用。"① 但是"律动"又不同于"韵"（qāfīya），波斯诗学认为，"韵"是让律动暂时告一段落而设置的，是人为的，因而不是诗歌的本质特征，而"律动"则具有非人为性、先在性，存在于人的先天禀赋中，是"神授"之物，并可以统括"音节"、"韵"、"韵律"等概念。只有那些觉悟到这种律动并使用带有律动之语言的人才是真正的诗人，因为"律动"是生命的呼吸节奏，也是语言的表征。大诗人贾米在长诗《七宝座》中有这样的诗句："凡是以呼吸证实生命的人／除了语言其生命不会欢欣／呼吸所向披靡其灵魂是语言／请从心灵鲜活者倾听这呼吸……语言并不依赖那常规发音／语言之鸟有着神奇的调门／其中任何隐秘落入你心里／你都会从中获得新的意

---

① 穆宏燕：《波斯古典诗学研究》，第168页。

义。"① 这就把"律动"与生命的节奏——"呼吸"联系在一起了。西亚诗学把"律动"作为诗歌的本质,既抓住了诗歌的基本的审美特征,也赋予了诗歌以宗教的神圣性与崇高性。因为这种以阿拉伯-波斯的诗歌为主体的西亚诗学的格律、韵律与修辞,都是以《古兰经》为源泉和典范的。《古兰经》作为一种富有特殊"律动"的语言文体,推动了西亚诗歌的成熟,因此从《古兰经》获得的"律动"的启示,就使得诗歌带有了神圣性,在这个意义上,一些西亚诗学家把诗学称为"神智学问"。②

总之,比较而言,南亚梵语诗学中的"庄严"与"韵意"把诗学建立在语言学的基础上,从诗歌语言的外在的修辞方法"庄严",到内在意韵的表达的"韵意",南亚诗学在两个层面上解释了诗的审美特征;而东亚诗学共有的两大基础概念"风"、"气"及二字概念群,是建立在中国传统哲学与传统美学基础上的,与"道"的哲学、"气"论哲学、"天人合一"的伦理学都有着密切关联,造就了东亚诗学的独特面貌;西亚诗学的"对比"范畴则与阿拉伯帝国时期多元文化的构成与相互的比较意识有关,而其"律动"的

---

① 贾米:《七宝座》,见穆宏燕《波斯古典诗学研究》附录《波斯古典诗学资料选译》,第537页。
② 穆宏燕:《波斯古典诗学研究》,第174页。

范畴又体现了诗学与宗教信仰的深层联系，同时也受到了西方古希腊诗学的影响，成为东方传统诗学与西方诗学的衔接形态。

三、"味"论与东方共同诗学

在上文分析论证的基础上，再从"东方"及"东方学"的角度，对东方诗学的共用概念加以发掘提炼，如此则可以发现，包括东亚、南亚、西亚三大诗学体系在内的东方诗学的一个共用范畴，那就是"味"。

波斯的"味"（namak），本义为盐。据波斯的内扎米·阿鲁兹依的《四类英才》第二章记载，一位诗人批评拉希迪的诗缺少"味"，拉希迪作诗回击道："你挑剔我的诗缺盐少味／也许如此，说得不错／我的诗如同蔗糖和蜜／糖与蜜中不需盐添味／你的诗作如同萝卜蚕豆／需要盐从中撮合。"① 这段话表明，有没有"味"，已经成为当时诗歌鉴赏批评的概念之一。而这个"味"正如同菜肴之于盐。没有盐，菜肴就

---

① 内扎米·阿鲁兹依:《四类英才》，参见穆宏燕《波斯古典诗学研究》，第242页。关于这节诗，张鸿年的译文是："说我的诗缺乏韵味／此议或许言之有理／我的诗甘甜如同蜜糖／糖里何必要加盐？／蠢货啊，而你的诗如萝卜蚕豆／萝卜蚕豆没有盐如何下咽？"见《四类英才》，商务印书馆，2005年，第92页。

没有"味"。也就是说,"味"本来就不是食物本来就具有的,而是适当添加上去的,因此这个"味"不同于"蔗糖"或"蜜",因为这两样甜味是其本身所具有的。而这个类似于盐味的"味"是什么呢?在西亚诗人看来,这个"味"就是人的感情,特别是爱情。对此,波斯诗人内扎米·甘贾维在长诗《雷莉与马杰农》中说:"任何地方因爱情而摆开宴会/这故事都会为盛宴添盐加味。"① 这是比喻的说法,是说诗歌描写任何一个叙事或故事,都如同一场盛宴,有了爱情的描写,才能为这盛宴"添盐加味"。同样的意思,在贾米的《七宝座·献给艾赫拉尔的赠礼》中也可以看到,其中有这样的诗句:"我讲了这一大篇,在此之列/爱情之作料才是事业之根业/爱情其光芒将天空的舞蹈引领/语言之宴的味道来自爱的激情/你头脑若没有这激情,贾米啊/就休摆这语言之宴……"② 这就表明,诗歌创作作为"语言之宴",要有"味道",就必须有"爱的激情";反过来说,没有"爱的激情"就不要写诗,因为即便写出来也没有"味道"。也就是说,诗之"味"是靠激情特别是"爱的激情"点发出来的。

这一主张与西亚诗歌的创作实践是十分吻合的。无论在

---

① 穆宏燕:《波斯古典诗学研究》,第244页。
② 穆宏燕:《波斯古典诗学研究》,第245页。

阿拉伯古典诗歌还是在波斯古典诗歌中，爱情都是最常见的题材和最重要的主题，几乎每首都有爱情的点缀，而且常常写得肝肠寸断、神魂颠倒、死去活来，属于"激情"型的。这种爱的激情来自两个方面，一方面是世俗男女之爱的描写，这在阿拉伯古典诗歌中最多；另一方面是波斯的苏菲派神秘主义诗歌中所描写的"爱的激情"，是以男女之爱来隐喻人对神的爱慕或追慕，因此表面上那些貌似世俗的死去活来、情味浓烈的爱情描写，就成为人神联通之神秘体验的表达，俗诗也就成了"圣诗"。这就为西亚诗学的"味"确定了审美上和宗教上的依据。

在南亚梵语诗学中，"味"（rasa）的原意是汁液，也是植物的精华，引申义"味"也带有事物之精华的意思。人的感情是人所具有的"精华"，感情也是表现人、描写人的诗的精华。这样，诗学必须论及感情，于是就有了"情"的概念。"情"又被喜欢分类的印度人分为八种基本感情，包括艳情、滑稽、悲悯、暴戾、英勇、恐惧、厌恶、奇异（一说九种，加上"寂静"），被称为"常情"。"常情"之外其他种种感情，称为"不定情"。"常情"的激发需要有缘由，就是所谓"情由"，而要说明这些感情如何被传达和被体会，于是就有了"味"的概念。八种"常情"，当它们客观存在着的时候，是"常情"；当它们被感知的时候，就成为八种"味"。婆罗多在《舞论》中给"味"下的定义的是："味产生于情由、情态和不定情的结合。"① 毗首那特在《文镜》中给诗下的定义是："诗是以味为灵魂的句子。"② 在梵语诗学中，"味"不是诗之本体，也不是感情本体，"味"也不同于原本就一直客观存在的"常情"。"味"不是固定的或预定的结果，它的形成是有前提条件、有过程的，是主体在一定条件下发生的一种感知与品尝，是被文艺作品激发出内心潜在的种种感情之后，而获得的一种感受与感觉。"味"只有被体会、被品尝的时候才是存在的，是被品尝的存在。它必须通过戏剧、诗歌的中介，成为观众或读者的感受体验。尽管诗学家们就细节问题有种种观点与争论，互有龃龉，但概而括之，梵语诗学中的"味"的界定与认识大体就是如此。

正是因为"味"不是一个本体概念，它是隐含在诗中的有待读者品尝的一种感觉性的东西，因而在南亚诗学中，"味"就可以和其他本体概念相结合。诗要有"味"，就需要"庄严"，有了"庄严"，就有了恰当的艺术表现，就有了"诗德"，因而"味"论本来是被包含在"庄严论"中的，欢增的《韵光》说："如果味等等附属其他主要语义，我认为在这样的诗中，味等等就是庄严"，称为"有味庄严"。③ "味"和

---

① 婆罗多：《舞论》，《梵语诗学论著汇编》（上册），昆仑出版社，2008年，第45页。
② 毗首那特：《文镜》，《梵语诗学论著汇编》（下册），第816页。
③ 欢增：《韵光》，《梵语诗学论著汇编》（上册），第248页。

"情"这个概念结合,被称为"情味"。具体地说,八种或九种"常情"各有其"味",包括"艳情味"、"滑稽味"、"悲悯味"、"暴戾味"、"英勇味"、"恐怖味"、"厌恶味"、"惊异味"和"寂静味"。这样一来,"味"就和"情"论结合在一起了,而且本质上,味出于"情",所谓"味"就是"情味",故而"味"又可以称为"情味"。

关于"味"的性质,印度"味论"诗学家新护在《舞论注》中认为,味"这种感知完全以品尝为特征","味就是情,一种以品尝为特征的、完全摆脱障碍的感知对象"。[①]"味"的"这种品尝不同于通过感觉('现量')、推理('比量')、言辞证据('声量')和类比('喻量')等等日常的认识手段"。[②]也就是说,"味"本身是不可视的,不可被认识的。品"味"也不同于一般的认知方式,品"味"本身就是目的,"味"的品尝是纯感性的、无功利的。因而品"味"过程就是审美接受与审美欣赏的过程。

中国古代诗学中的"味"与西亚的"味"、南亚梵语诗学中的"味"一样,是由食物的味觉感受引申出来的文艺欣赏与审美感受的概念,但与西亚的来自"盐"的"味",与印度来自植物汁液的"味"相比,中国的"味"的来源要丰富得多。古代中国人把"味"分为辛、酸、咸、苦、甘五种,称

---

① 新护:《舞论注》,《梵语诗学论著汇编》(上册),第486页。
② 新护:《舞论注》,《梵语诗学论著汇编》上册,第492页。

为"五味",《左传·昭公二年》:"天有六气,降生五味,发微五色,征为五声。"认为"味"来源于"气"即天地自然。因而"味"根本上与中国传统哲学特别是阴阳五行观念相联系。到了六朝时代,"味"被引进诗学领域,来说明诗文的审美意蕴与欣赏体验,并形成了"味"字概念群,如"神味"、"韵味"、"情味"、"雅味"、"真味"、"趣味"、"兴味"、"余味"等。关于为什么"味"会在六朝时代大量出现于诗学与文论中,陶礼天教授分析指出:这"是与佛经传译、佛学研究中较多的使用'味'的术语、范畴有密切的关系……特别是关于佛经翻译的讨论,译者和评论者常常使用'味'的范畴来比喻译文的'音义'、'文质'等方面的问题,这些'味'的范畴并不都涉及佛理'义理'本身的内涵问题",[①] 而只是诗学与文论问题。陶礼天还通过对刘勰的学佛经历及与佛教的因缘,分析了《文心雕龙》中的"味"与佛教之"味"的关联,都是很有参考价值的。[②] 可以说,作为诗学概念的中国的"味"与印度的"味"也有着深刻的影响与接受的关系。佛教作为印度传统宗教哲学之一派,与婆罗门教哲学在概念范畴上有很多相同、相通性,佛教的"味"概念与上述印度

---

① 陶礼天:《"艺味"说》,南昌:百花洲文艺出版社,2005年,第73页。
② 陶礼天:《僧祐及其与刘勰之关系考述》,《文心雕龙研究》第7辑,河北大学出版社,2007年;《文心雕龙与佛学关系再探》,《陕西师范大学学报》2009年第1期。

诗学中的"味"概念是有内在关联的。而且上述的印度古典诗学著作本来就属于印度教哲学思想的组成部分。通过印度佛典传译，中国的"味"势必会受到印度之"味"乃至印度诗学之"味"的影响，故而在佛教兴盛的六朝时期才成为一个重要的诗学概念。然后逐渐影响到朝鲜半岛、日本、越南，并成为中日韩越古代诗学的重要概念。

东亚之"味"有自己的鲜明特点。在"味"的指向上，西亚波斯诗学中的"味"主要是指"爱情"。爱情好比是菜品中的盐，在任何一部诗作中都不可缺少。有了它，整个作品才有"味"，因而这种"味"是特指的、具体限定的。南亚梵语诗学中的"味"也与"情"相联系，"味"是由八种或九种"常情"所决定，虽然其中表现男女情爱的"艳情味"最为重要，但不限于"艳情"，范围比西亚波斯诗学的"味"有所扩大。在东亚诗学中，虽然也有"情味"这一概念，但指的是作品所蕴含的感情韵味，而并不特指男女情爱。在东亚诗歌中，中国、朝鲜的诗对男女之情的吟咏最为含蓄，几乎不直接描写男女情事。日本一部分汉诗的所谓"狂诗"（如一休宗纯的诗）描写男女情事且较为直露，但日本的和歌、俳句虽然写男女之事较中国诗歌为多，而且较为洒脱，但由于篇幅体制太小，总体上也是含蓄的。因此，东亚的诗学中的"味"并不像西亚、南亚诗学那样，并不依赖于男女情事而成立。

在"味"的浓度上，无论是西亚之"味"还是南亚之"味"，口味都很浓重，强调感情的浓烈，有时甚至是露骨的表达，认为只有这样诗之"味"才能更好地传达出来，才容易被人"品味"。东亚之"味"在这一点上之颇为不同。诚然，中、日、韩三国语言及诗学著作中都有"情味"这个词和概念，也是"情"与"味"的合成概念，但"情味"指的是作品的情感韵味，而非波斯的"爱情"之"味"、印度的"艳情"之"味"，而且即便吟咏男女感情的场合也是非常暧昧含蓄，认为这样才有"真味"，才有"韵味"、"余味"或"诗味"。中国诗学历来推崇"无味之味，是为至味"，推崇的是感情的含蓄表达，追求的是"平淡"、"冲淡"之味，是把"淡乎寡味"、"无味之味"、"味无味"视为最高的"味"，也就是司空图所说的"味外之旨"。明代"前七子"之一谢榛《因味字得一绝》："道味在无味，咀之偏到心。犹言水有迹，瞑坐万松深。"说的就是"道味"即"无味"。受中国诗学"味"论影响的朝鲜、日本诗学也是如此。如在日本俳论（俳句理论）主张"寂"的审美趣味，而"寂"的美学就要求有"淡味"，如俳谐理论家森川许六就提出："要尽可能在有味之事物中去除浓味。"①不仅如此，日本的"意气（いき）"美学不但提倡淡味，而且

---

① 参见王向远:《论"寂"之美日本——古典文艺美学关键词"寂"的内涵与构造》，《清华大学学报》2012年第2期。

认为"甘味"是庸俗的，而淡淡的"涩味"是高雅之"味"。中日茶道美学中提出的"茶味"，则是以苦涩味为上。日本则把"涩味"由茶道推广到一切审美领域。近代日本著名画家岸田刘生强调："涩味是渗入艺术作品深处的极为重要的要素，而且它的玄妙之处，非经特有的专门训练，是难以理解的。"① 另一方面，涩味也能被一般人所体会，日本现代美学家柳宗悦在《日本之眼》一文中写道："像'涩'这样平易的词，已经普及到国民中间。不可思议的是，如此简单一个的词，却能够将日本人安全地引导到至高、至深的美。总之，这个'涩'字成为全体日本国民所具有的审美选择的标准语，这是令人惊讶的事情啊！"② 总体来看，在"味"的浓度上，西亚、南亚诗学主张浓烈之"味"，而东亚则推崇"清淡"之味乃至"无味之味"；在"味"的嗜好上，西亚诗学偏于咸味，印度诗学偏于甜味，而东亚诗学则由"淡味"进而偏于"茶味"那样的"涩味"与"苦味"。

要确认"东方诗学"的存在，就要首先确认"东方诗歌"的内在联系性，要确认东方诗学的内在联系性，就要分析"东方诗学"的内在结构，就要去发掘、发现它们所共有

---

① 岸田刘生：《美术论》，见《现代日本思想大系》第14卷，筑摩书房，1964年，第51页。
② 柳宗悦：《茶と美》，讲谈社，2000年，第324—325页。

的基本诗学范畴。通过以上分析我们可以看到，是"庄严"与"韵意"的概念构成了南亚诗学的轴心，是"风"与"气"及"风"、"气"概念群使东亚各国诗学连为一体，是"对比"与"律动"构成了西亚诗学的特色与根基。而"味"从味觉转化来的诗学审美概念，作为东方诗学共有的概念，使南亚、东亚、西亚三个区域诗学气味相通，充分显示了东方诗学的"诗性"智慧与敏锐的"通感"。而由以上条件所形成的"东方诗学"，也足以与"西方诗学"相对蹠、相拮抗。在此基础上，真正的"东西方比较诗学"才能成立，"人类共通诗学"的探求才有了可靠的途径与方法。

济北诗话

虎关师炼 著

虎关师炼（1278—1346），京都人，姓藤原，名师炼，号虎关。日本临济宗禅僧，十岁受戒，三十七岁时在京都北川北建寺，称"北川庵"，居庵专心读书著述。

虎关师炼精广泛涉猎内典外典，精通通汉诗文，编著有《聚文韵略》五卷、《元亨释书》三十卷、《佛语心论》八卷；著有《济北集》二十卷，其中第十一卷《济北诗话》二十七则，是现存最早的日本人自己撰写的诗话著作，对中国古代诗人、诗作、诗味做出了独特的评论评价，如对陶渊明"傲吏"之评，体现了日本人的独特视角。《济北诗话》原文汉语，以下据池田四郎次郎编《日本诗话丛书》第六卷照录，并加以校勘标点。

一

或曰："古者言：周公惟作《鸱鸮》《七月》二诗。孔子不作诗，只删诗而已。汉魏以降，人情浮矫，多作诗矣。尔诸？"予曰："不然。周公二诗者，见于《诗》者耳，竟周公世，岂唯二篇而已乎？孔子诗虽不见，我知其为诗人矣。何者？以其删手也。方今世人不能作诗者，焉能得删诗乎？若又不作诗之者，假有删，其编宁足行世乎？今见'三百篇'为万代诗法，是知仲尼为诗人也。只其诗不传世者，恐秦火耶。周公单二，亦秦火也耳。不则，何啻二篇而止乎？世实有浮矫而作诗者矣，然汉魏以来，诗人何必例浮矫耶？学道忧世、匡君救民之志，皆形于绪言矣，传记又可考焉。'浮矫'之言，吾不取矣。"

二

赵宋人评诗，贵朴古平淡，贱奇工豪丽者，为不尽耳矣。夫诗之为言也，不必古淡，不必奇工，适理而已。大率上世淳质，言近朴古；中世以降，情伪见焉，言近奇工。达人君子，随时讽谕，使复性情，岂朴淡奇工之所拘乎？唯理之适而已。古人朴而不达之者有矣，今人达而不朴之者有矣，何例而以朴工为升降哉！周公之言朴也，孔子之言工也，二子共圣人也，宁以言之工朴而论圣乎哉！《书》之文朴也，《易》之文工也，宁以文之工朴而论经乎哉！圣人顺时立言，应事垂文，岂朴工云乎？然则诗人之评，不合于理乎？

三

诗贵熟语，贱生语。而上才之者，时或用生语，句意豪奇；下才惯之，冗陋甚。

四

诗赋以格律高大为上，汉唐诸子皆是也。俗子不知，只以夸大句语为佳，实可笑也。若务句语之人，不顾格律，则"大言诗"之比也。"大言诗"者，昔楚王与宋玉辈戏为此体，尔来相承，或当优场之欢嬉，盖诗文一戏也耳，岂风雅之实语与优场之戏嘲并按耶？近代吾党偈颂中，此弊多矣，学者不可不辨矣。

五

古语，后人或误用风俗沿袭，而不可改之者多矣。《晋书·谢安传》曰："公若不起，如苍生何？""苍生"，犹言黔黎，故唐李商隐诗曰："可怜夜半虚前席，不问苍生问鬼神。"意与前同。凡唐宋诗人使"苍生"者，皆是也。予按，《虞书》曰："禹曰：俞哉，帝光天之下，至海隅苍生。"孔氏传曰："苍苍然生草木。"夫"苍生"之言，先是未闻，然后贤戾经何乎？若又后贤弃安国而别有旨耶？

六

或问："陶渊明为诗人之宗，实诸？"曰："尔。""尽善尽美乎？"曰："未也。""其事若何？"曰："诗格万端，陶氏只长冲澹而已，岂尽美哉！"盖文辞，施于野旅穷寒者易，敷于官阁富盛者难。元亮者，衰晋之介士也，故其诗清淡朴质，只为长一格也，不可言全才矣。又，元亮之行，吾犹有议焉。为彭泽令，才数十日而去，是为傲吏，岂大贤之举乎？何也？东晋之末，朝政颠覆，况僻县乎？其官吏可测矣，元亮宁不先识哉？不受印则①已，受则令彭泽民见仁风于已绝，闻德教于久亡，岂不伟乎哉？夫一县清而一郡学焉，一郡学而一国易教焉，何知天下四海不渐于化乎？不思此，而挟其傲狭，区区较人品之崇卑，竞年齿之多寡，俄尔而去，其胸怀可见矣。后世闻道者鲜矣，却以俄去为元亮之高，不充一莞矣。若言小县不足为政者，非也。宓子之在单父也，托五弦而致和焉；滕文公之行仁也，来陈相于楚矣。七国之时，滕为小国；鲁国之内，单父为僻县。然而大贤之为政也，

---

① "则"，底本无，据文意加之。

不言小矣。况孔子为委吏矣，为乘田矣，会计当而已，牛羊遂而已。潜也何不复邪？晋①之衰也，为政者易矣，盖渴人易为饮也。我恐元亮善于斯，自一彭泽，推而上于朝者，宁有卯金之篡乎？夫守洁于身者易矣，行和于邦者难矣。潜也，可谓介洁冲朴之士，非大贤矣。其诗如其人。先辈之称潜也，于行贵介，于诗贵淡。后学不委，随语而转以为全才也。故我详考行事，合于诗云。

七

《玉屑集》，句豪畔于理者，以石敏若"冰柱悬檐一千丈"与李白"白发三千丈"之句并按，予谓不然。李诗曰："白发三千丈，缘愁若个长。"盖白发生愁里。人有愁也，天地不能容之者有矣，若许缘愁，三千丈犹为短焉。翰林措意极其妙也，岂比敏若之无当玉卮乎！

八

李白《送贺宾客》诗云："山阴道士如相见，应写黄庭换白鹅。"又，《王右军》云："扫素写道经，笔精妙入神。书罢

---

① "晋"，底本作"潜"，据训读文改。

笼鹅去，何曾别主人。"按，《右军传》写《道德经》换鹅，不写《黄庭经》也。白虽能记事，先时偶忘邪？雪窦《送文政偈》云："因笑仲尼温伯雪，倾盖同途不同辙。"仲尼、伯雪，目击道存；仲尼、程子，倾盖而语。明觉之"倾盖"者，谪仙之"黄庭"乎？

九

杜诗："吴楚东南坼，乾坤日夜浮。"注者云："洞庭在乾坤之内，其水日夜浮也。"予谓此笺非也。盖言洞庭之阔，好浮乾坤也。如注意，此句不活。客曰："万境皆天地内物也，洞庭若浮天地，湖在何处？"曰："不然。诗人造语，此类不鲜，王维《汉江》诗曰：'江流天地外，山色有无中。'如子言，汉江出天地外，流何所邪？"客不对。

一〇

杜诗《题巳上人茅斋》者，注者曰："欧阳修云：'僧齐己也。'古本系开元二十九年，新本系天宝十二载。"皆非也。夫齐己者，唐末人，为郑谷诗友，谓"禅月、齐己"也。二人共参游仰山、石霜会下，禅书中，往往而见焉，去老杜殆百岁。况诸家诗中不言齐己长寿乎？注者假言于六一也。

六一高才,恐非出其口矣。"茅斋巳上人",上字决不齐耳。

老杜《别赞上人》诗:"杨枝晨在手,豆子雨已熟。"诸注皆非,只希白引《梵网经》注上句"杨枝",不及下句"豆子"。盖此"豆"非青豆也,澡豆也。"梵网"十八种中一也。盖此二句,褒赞公精头陀,诸氏以青豆解之,可笑。而希白偶引《梵网》至上句,不及下句,诗思精粗可见。由此言之,千家之人,上杜坛者鲜乎!

老杜《夔府咏怀》云:"身许双峰寺,门求七祖禅。"注者以"七佛"为"七祖",可笑也。儒人不见佛书,间有见不精,故有斯惑。凡注解之家,虽便本书,至有违错,不啻惑后学,却蠹先贤,可不慎哉!盖吾门有"七祖"事者,出北宗也。神秀之嗣,有普寂居嵩山,煽化于长安、洛都二京①,士庶多归焉。因是立神秀为六祖,自称"七祖"。曹溪门人、荷泽神会禅师白官辨之,尔后,北宗祖号不立焉。所谓"神会曾磨普寂碑"也。开元、天宝之间,卿大夫之钦艳普寂者多矣,工部生此时,顺时所趋,疑见普寂门人乎?又贞元中,荷泽受"七祖"谥,此事工部死而久矣。今详诗义,虽定曹溪宗趣,犹旁闻嵩山旨,是亦工部遍参之意也。

---

① "京",底本作"宗",据训读文改。

一一

　　唐初、盛唐之诗人，有赠答，只和意而已，不和韵矣。和意者，贾至《早朝大明宫》诗，杜甫、王维、岑参皆有和。至落句云："共沐恩波凤池里，朝朝染翰侍君王。"甫落句云："欲知世掌丝纶美，池上于今有凤毛。"维落句云："朝罢须裁五色诏，佩声归到凤池头。"岑落句云："独有凤皇池上客，阳春一曲和皆难。"盖至之父曾，开元间掌制诰，肃宗拜至起居舍人，起居舍人掌制诰，故至句有"染翰侍君王"之语；甫之"世掌丝纶美"者，曾、至父子，玄、肃两朝，盛典之谓矣；维之"五色诏"又同。四诗皆有"凤池"者，舍人局前有凤凰池也。落句者，寓意之所，四人句同者，和意之谓也。和韵者，《诗话》曰："始于元、白。"方今元、白之集，和韵多焉。晚唐诗人多效之。至赵宋，天下雷同，凡有赠寄，无不和韵矣。予考古集，元、白之前有和韵者。李端《病中寄卢纶》诗云："青青麦陇白云阴，古寺无人春草深。乳燕拾泥依古井，鸣鸠拂羽历花林。千年驳藓明山履，万尺垂藤入水心。一卧漳滨今欲老，谁知才子忽相寻。"纶和云："野寺昏钟山正阴，乱藤高竹水声深。田夫就饷还依草，野雉惊飞不过林。斋沐暂思同静室，清羸已觉助禅心。寂寞日长谁问疾，料君惟取古方寻。"是和之押韵者也。李、卢先元、白者远矣。盖端、纶代宗朝有诗名,世号"大历十才子",所谓吉中孚、韩翃、钱起、司空曙、苗发、崔峒、耿沣①、夏侯审及端、纶也。端落句"才子"者,此之谓矣。元、白诗名,在宪宗之元和、穆宗之长庆间。大历去元和,殆五十年。因此而言,和韵不始元、白。予熟思之,盛唐诗人已有和韵,至元、白而益繁耳矣。

一二

唐玄宗,世称贤主,予谓只是豪奢之君也,兼暗于知人矣。其所厚者,妇女戏乐;其所薄者,文才官职也。开元之间,东宫官僚清冷,薛令之为右庶子,题诗于壁曰:"朝日上团团,照见先生盘。盘中何所有?苜蓿长阑干。饭涩匙难绾,羹稀箸②易宽。无以谋朝夕,何由保岁寒!"明皇行东宫见之,书其傍曰:"啄木嘴距长,凤凰毛羽短。若嫌松桂寒,任逐桑榆暖。"依此,令之谢病归。唐史云:"开元时,米斗五钱,国家富赡。"然东宫官僚,何冷至此邪?有司不暇恤乎?明皇若或闻之,须大惊督谴;倘自见,盍斥有司励僚属,而

---

① "耿沣",底本作"耿讳",误,据《新唐书·文艺传下·卢纶》改之。

② "箸",底本作"节",据《全唐诗》中录薛令之《自悼》诗改之。

徒赋闲诗听谢归乎！又，王维侍金銮殿，孟浩然潜往商较风雅，玄宗忽幸维所，浩然错愕伏床下。维不敢隐，明皇欣然曰："素闻其人。"因得召见。诏念诗："北阙休上书，南山归旧间。不才明主弃，多病故人疏。"明皇怃然曰："朕未曾弃人，自是卿不求进，奈何有此作！"因命归终南山。因此而言，玄宗非不眷爱才，又不知诗矣。盖"不才明主弃"者，自责之句也。夫士之负才也，不待进而承诏者有之，待进而承诏者有之。不待进而承诏者，上才也；待进而承诏者，中才也。浩然以中才望上才，故托句而自责。言上才者，不待进而有诏，浩然未奉诏，是为明主所弃也。明皇少诗思，却咎浩然，可笑。然玄宗自言"素闻其人"，其才可测，不细思诗句，却疏之，何乎？又，李白进《清平调》三诗，眷遇尤渥，而高力士以靴怨谮妃子，依之见黜。嗟乎！玄宗之不养才者多矣。昏于知人乎？建沉香亭，赏妃子；营梨花园，纵淫乐；斗鸡舞马之费，其侈靡不可言矣。何厚彼而薄此乎？只其开元之盛也，姚宋之功也。及李林甫为相，败国蠹贤，无所不至。晚年语高力士曰："海内无事，朕将吐纳导引，以天下事付林甫。"迷而不反者乎？

一三

《韦苏州集》有《雪中闻李儋过门不访》诗云："度门能

不访,冒雪屡西东。已想人如玉,遥怜马似骢。乍迷金谷路,稍变上阳宫。还比相思意,纷纷正满空。"夫常人赋诗也,着意于颔、颈二联,而缓初、后,以故读至终篇少味矣。今此落句,借雪态度而寄心焉,句法妙丽,意思高大,可为百世之范模也。

一四

予爱退之联句,句意雄奇,而至"遥岑出寸碧,远目增双明",以为后句不及前句。后见谢逸诗"忽逢隔水一山碧,不觉举头双眼明",始知韩联圆美浑醇。凡诗人取前辈两句并用者,皆无韵,然此谢联不觉丑,岂其夺胎乎?

一五

唐宋代,立边功,多因嬖幸不才之臣也。盖才者及第得官,不才者虽嬖幸,无由官,故立边功取封侯。唐曹松诗云:"凭君莫话封侯事,一将功成万骨枯。"宋刘贡父诗云:"自古边功缘底事?多因嬖幸欲封侯。不如直与黄金印,惜取沙场万髑髅。"今时禅家据大刹者,以边鄙小院、茅屋三五间者,申官为定额,党援假名之徒,差为住持,或居一夏,或半岁,急回本山,炫长老西堂之号位,宾主相欺,宗风坠地,不谓唐宋弊政,移在我门中乎?彼假名练若徒,在边刹,掠虚说话,狂妄伎俩,勾引净信,陷没邪途。此辈盈寰宇,吾未①之如何。诗人所叹者,身命而已;我所怕者,性命而已。彼亡一世,此亡旷劫。呜呼,立边功者,非嬖幸之罪也,唐宋帝王之罪矣;立边号者,非哑羊之罪也,大刹住持之罪矣!

一六

《诗话》玉局文《咏雪》八首,声、色、气、味,富、贵、势、力也,尤为新奇。然其贵咏曰:"海风吹浪去无边,倏忽凝为万顷田。五月凉尘渴入肺,不知价直几多钱?"颇为小疵。夫"贵"之义二焉:一品种,二价值。盖"富贵"之"贵",曰品种,非价值也。今此章曰"价值",似相乖矣。诗人之被语牵者,往往而在焉,前篇恐亦尔与?戏补正曰:"来时正见自云霄,知是渠侬出处高。至洁形容无点污,想应天胤补仙曹。"

一七

王梵志诗曰:"城外土馒头,馅草在城里。每人吃一个,

---

① "未",底本作"末",据训读文改之。

莫嫌没滋味。"黄山谷见之曰："己且为土馒头,当使谁食之?"东坡易后二句曰："预先着酒浇,使教有滋味。"圆悟禅师曰："东坡未尽余兴。"足成四韵曰："城外土馒头,馦草在城里。着群哭相送,入在土皮里。次第作馦草,相送无穷已。以兹警世人,莫开眼瞌睡。"予曰:甚矣哉!风雅之难能乎?三大老皆未到于极矣。盖梵志者,意到句不到,东坡放而不警矣,圆悟警而不精矣,只涪翁之论亦佳矣,然无句何哉!取梵志之到者,效苏公之改曰："无常鬼饕餮,个个好滋味。"又,梵志只解警世人而已,吾辈岂受嘲调乎!作一颂曰："林下铁馒头,馦皮坚叵毁。无常鬼齿摧,故号金刚体。"此盖余兴云尔。

一八

杭州灵隐山玄顺庵主姓钱氏,嗣福州支提悟禅师,始入雁荡山卓庵,复至杭州灵隐山。其离雁山有颂云："浪宕闲吟下翠微,更无一法可思惟。有人问我出山意,藜杖头挑破衲衣。"归天竺山有偈云："事事无能一不前,喜归天竺过残年。饥餐困睡无余事,休说壶中别有天。"又有临终偈数句,《广灯》载之备矣。而《云卧记谈》云"熙宁间,有僧清顺,往来灵隐、天竺,以偈句陶写闲中趣味曰"云云(前揭)。凡《云卧》所谈,多正古传之谬,皆如有据。然此二偈,已收

《广灯》中，校莹所谈，一字无差，岂莹之所闻之玄顺与清，未皎如乎？又，前偈离雁荡山作，后偈归天竺作，《纪谈》所载，似一时之什。若《云卧》以二偈置天圣前，犹或恕焉，况熙宁间乎？反复二事，李撰得之。以此见之，《云卧》所谈之诸书，恐有未然之处。

一九

咸平间，林和靖卧孤山，有《梅花八咏》，欧阳文忠公称赏其"疏影横斜水清浅，暗香浮动月黄昏"之句。山谷云："'雪后园林才半树，水边篱落忽横枝。'似胜前句，不知文忠公何缘弃此而赏彼？文章大概亦如女色，好恶系于人。"予谓："二联美则美矣，不能无疵。"客云："何也？"曰："横斜之疏影，实清水之所写也；浮动之暗香，宁昏月之所关乎？又，雪后半树者，形似也；水边横枝者，实事也。二联上下二句皆不纯矣。"客云："诸家诗多如此，何责之者深耶？"曰："诸家皆放过一著者也。二公采林诗为绝唱，我只以其尽美矣，未尽善矣言之耳。"《古今诗话》曰："梅圣俞爱王维诗有云：'柳塘春水慢，花坞夕阳迟。'善矣。夕阳迟则系花，而春水慢不系柳也。如杜甫诗云：'深山催短景，乔木易高风。'此了无瑕颣。"如是诗评，为尽美尽善也。客曰："雪后半树，亦可为实事。"曰："尔，形似句好，实事句卑，读者详之。"古人作诗，非讽则怀，离此二，不苟出口矣。舒王《雨过偶书》落句云："谁识浮云知进退，才成霖雨便归山。"是怀也。王相神宗，解印之后，高卧钟山，醉心内典，晚捐宅为寺，半山智度寺是也。"知进退"之言，不为忝矣耳。诗之品藻甚难矣。昔王荆公谓山谷曰："古云'鸟鸣山更幽'，我谓不若'不鸣山更幽'。"故《钟山即事》落句云："茅檐相对坐终日，一鸟不鸣山更幽。"苕溪胡氏云："王文海云'鸟鸣山更幽'，荆公云'一鸟不鸣山更幽'，反其意而用之。"盖不言沿袭之耳。予曰："荆公不及文海者远矣。大凡物相兼而成奇，其奇多矣；不相兼而奇，其奇鲜矣。文海之句，即动而静也；荆公之句，唯静而已，其奇鲜矣哉！苕溪为说，其惑甚矣。只反其意而用之者可也，不言沿袭者非也。宁未有前句，而得后句乎？若有之者，不为佳句矣。故云：诗之品藻甚难矣。"

二〇

王荆公诗"披香殿上留朱辇，太液池边送玉杯"者，取柳词"太液波翻，披香帘卷"也。又，"北涧欲通南涧水，南山正绕北山云"者，取乐天"东涧水流西涧水，南山云起北山云"也。又，"肘上柳生浑不管，眼前花发即欣然"者，取白氏"花发眼中犹足怪，柳生肘上亦须休"也。此等类，往往在焉。夫诗人剽窃者常也，然有三窃：窃势为上，窃意为中，窃词为下。其窃词者，一诗中，一句之一两字耳，犹为下也，一连双偶并取，宁非下下邪？或曰："一连双偶，实非也，恐荆公暗合耳。"予曰：他人或恕焉，荆公不赦矣。王氏平居炫记览，"百家衣诗"自荆公始，柳词、白句，常人之所口占也，王氏岂不记乎？只是荆公非狐白手之所致乎？

二一

《遁斋闲览》云："凡咏梅，多咏白，而荆公诗独云：'须捻黄金危欲堕，蒂团红蜡巧能装。'不惟造语巧丽，可谓能道人不到处矣。"荆公此诗，丽则丽矣，"能道人不到处"者，非也。和靖诗云"蒂团红蜡缀初干"，荆公岂不见此句耶？遁斋过称，可笑矣。

二二

《灵苑集·天竺寺月中桂子》诗序云："上嗣统之六祀，天圣纪号，龙集丁卯秋，七八两月，望舒之夕，寺殿堂左右，天降灵实，其繁如雨，其大如豆，其圆如珠，其色白者、黄者、黑文者，时有带壳者，壳味辛。识者曰：'此月中桂子也。'云云。"诗曰:"丹桂生瑶实,千年会一时。偏从天竺落,只恐月宫知。"落句云:"林间僧共拾,犹诵乐天诗。"予按,《起世经》"阎浮树影写月中"也,月中无桂树。外书不知,谩造语耳。慈云,台宗伟匠,当辨明之,同俗书作诗文记之,何哉?其后,明教大师作《行业记》载此事云:"灵山秋霁,尝天雨桂子,法师乃作《桂子种桂》之诗。"虽嵩公信之笔之,不能无疑矣。

二三

杨诚斋曰:"大抵诗之作也,兴上也,赋次也,赓和不得已也。我初无意于作是诗,而是物是事,适然触于我,我之意亦适然感乎是物是事,触先焉,感随焉,而是诗出焉。我何与哉?天也,斯之谓兴;或属意一花,或分题一山,指某物课一咏,立其题征一篇,是已非天矣,然犹专乎我也,斯之谓赋;至于赓和,则孰触之?孰感之?孰题之哉?人而已矣。出乎天,犹惧戕乎天;专乎我,犹惧强乎我;今牵乎人而已矣,尚冀其有一铢之天、一黍之我乎?盖我未尝觌是物,而逆追彼之觌;我不欲用是韵,而抑从彼之用,虽李、杜,能之乎?而李、杜不为也,是故李、杜之集无牵率之句,而元、白有和韵之作。诗至和韵,而诗始大坏矣。故韩子苍以和韵为诗之大戒。"此书佳矣,然不必皆然矣。夫诗者,志之所之也,性情也,雅正也,若其形于①言也。或性情也,或雅正也者,虽赋和,上也;或不性情也,不雅正也,虽兴,次也。今夫有人,端居无事,忽焉思念出焉。其思念有正焉,有邪焉,君子之者,去其邪,取其正,岂以其无事忽焉之思念为天,而不分邪正随之哉?物事之触我也,我之感也,又有邪正,岂以其触感之者为天,而不辨邪正而随之哉?况诗人之者,元有性情之权,雅正之衡,不质于此,只任触感之兴,恐陷僻邪之坑。昔者仲尼以风雅之权衡,删三千首,裁三百篇也。后人若无雅正之权衡,不可言诗矣。又,"李、杜无和韵,元、白有和韵,而诗始大坏"者,非也。夫人有上才焉,有下才焉。李、杜者上才也,李、杜若有和韵,其诗又必善矣,李、杜世无和韵,故赓和之美恶不见矣;元、白下才也,始作和韵,不必和韵而诗坏矣,只其下才之所为也。故其集中,虽兴感之作,皆不及李、杜,何特至赓和责之乎?夫上才之者,必有自得处,以其得处,寓于兴也、赋也、和也,无往而不自得焉,其自得之处,杨子所谓"天"也者也。其天也者,何特兴而已乎?赋也、和也,皆天也。下才之者,少自得处,只是沿袭、剽掠、牵合而已,是杨子之所谓"大坏"者也。只其下才之所为也,宁赓和之罪哉?多金之家,作瓶盘钗钏也,瓶盘钗钏虽异,皆一金也,故其器皆

---

① 底本"于"字缺,据训读文加之。

美矣；寡金之家作器也，其用不足焉，杂输银铅蜡而成焉，故其器不美矣。杨子不辨上下才，谩言赋、和者过矣。子苍以和韵为诗之大戒者，激学者而警剽掠牵合耳，恐非杨子之所言之者矣。

二四

夫物不必相待而为配，异世同调，盖天偶也。庐山芝庵主偈云："千峰顶上一间屋，老僧半间云半间。昨夜云随风雨去，到头不似老僧闲。"杨诚斋《明发泷头》诗云："黑甜偏至五更浓，强起侵晓敢小慵？输与山云能样懒，日高犹宿夜来峰。"二什清奇，可以季孟之间而待矣。

二五

世所传《唐宋千家诗选》后村先生编集者，恐非也。予见《后村集》六十卷，绝无其事，只跋《宋氏绝句诗》云："余选唐人及本朝七言绝句，各得百篇，五言绝句亦如之。"又云："元、白绝句最多，白只取三首[①]，元只取五言一首。"又云："夫合两朝六七百年间，冥搜精择，仅四百首，信矣，

---

① "首"，底本作"百"，据文意改之。

绝句之难工也。"以是而言，刘氏之诗选，其法犹严。今之《千家诗》，其选体繁冗舛错，岂出于后村手者邪？疑俚儒托名于刘氏手。其间诗，多错作者名，或四韵诗截四句收为绝句。凡绝句、四韵，体裁各别，若分四韵作绝句，不协诗法，后生见其不协者，只信后村选，以为法格，败诗道者不鲜矣。又，朱淑真诗，其格律软陋，而多收，何哉？雪诗，押"兼"字者，不成文理。我反复详之：刘氏欲选诗，先博采诸家，未遑精择而没，后人以其创之，漫加名氏耶？

二六

客问："一诗两字，病诸？"曰："尔。"曰："古人何有之乎？"曰："达人不妨。"曰："见贤思齐。"曰："初学容恕，不得琢句。先辈有之者，达懒也。凡诗文，拘声韵复字不得佳句者，皆庸流也，作者无之。七通八达，若有声韵碍，可知未入作者域。然古人犯声韵复字者，达懒也，非不能矣。"

二七

予有数童，狂游戏谑，不好诵习。予鞭笞诲诱，使其赋诗。童曰："不知声律。"予曰："不用声律，只排五七。"童嗔愁怨懑，予不恕焉。童不得已而呈句，虽謇涩朴拙，而或不成文理，其中往往有自得醇全之趣，予常爱怪。又令学书，童曰："不知法格。"予曰："不用法格，只为临模。"童之嗔懑、予之不恕如先。不得已而呈一二纸，虽屈蚓乱鸦，而或不成字形，其中往往有醇全之画，予又爱怪。则喟叹曰：世之学诗书者，伤于工奇而不至作者之域者，皆是计较之过也。今夫童孩之者，愚呆无知，而有醇全之气者，朴质之为也。故曰：学诗者，不知童子之醇意，不可言诗矣；学书者，不知童子之醇画，不可言书矣。不特诗书焉，道岂异于斯乎？学者先立醇全之意，辅以修练之功，为易至耳。

徂徕先生问答书

荻生徂徕 著

荻生徂徕（1666—1728），字茂卿，号徂徕，又号蘐园，日本江户时代著名学者、思想家、文学家。

荻生徂徕出生于江户，其父为幕府将军德川纲吉的侍医，幼年从师学习汉语与汉学。后因父亲被流放，而随父流转乡村，二十五岁后回到江户，为生计而开设私塾，讲授汉语与汉学。在学术上，早年学习中国的朱子学，继而心仪日本的伊藤仁斋的仁斋学，后又与之决裂。五十岁后，受明代李攀龙和王世贞的启发和影响，尽弃前学，转而治古文辞，既批宋儒，也批仁斋等日本儒学。所著《译文筌蹄》《学则》《辨道》《辨名》等学术著作，还有经典注释书《论语征》《大学解》《中庸解》等，均能振聋发聩，成一家之言。他反对当时流行的对汉语原典的日本式训读，也反对宋代朱熹等理学家的性理之说，提倡直接阅读先秦诸子原典，以探求语言原意，为此提倡学习"古文辞"，并形成了"古文辞"学派，在江户儒学中自成一家，形成显赫一世的"徂徕学"或"蘐园学派"，培养出了一批著名的学者，如太宰春台、服部南郭、山县周南等,在日本思想史上具有举足轻重的地位。

徂徕著作等身,除上述著述外,还有政论集《政谈》、诗文集《徂徕集》、随笔集《蘐园随笔》、答问集《徂徕先生答问书》等。晚近出版《荻生徂徕全集》(みすず书房,1977年)。荻生徂徕在中国也有一定影响,其《辨道》《辨名》于道光十六年由钱泳编次并附以《日本国徂徕先生小传》,作为海外新书出版。

在《徂徕先生问答书》有关章节中,荻生徂徕提出了自己的诗学见解。他反对朱子学那种抽象的性理说教和思辨,重视自然的"人情",认为要理解圣人之道,就要通晓人情,为此就要进行实际诗文创作,而创作就要重视文辞、重视文章文采。这种重人情、重词语考辨的倾向,从语言入手研究文学的学术方法,对稍后的贺茂真渊、本居宣长等"国学家"的理论与方法,也有一定影响。

《徂徕先生问答书》原文为日文,以下根据岩波书店《日本文学大系94 近世文学论集》(1978年)译出。

一

宋儒历来认为诗文之类是无用之物,指责所谓的"辞章记诵"[①]。其实,中国的"五经"中有一部《诗经》,就如同我

---

① 辞章记诵:宋代儒学家将只背诵古书而不求性理者,贬为"辞章记诵"。

国的和歌，并没有讲述修心养性持家的道理，也没有讲述如何治理天下。古时候，人们无论是忧伤还是高兴，都形诸语言文字，既表现了人情①，遣词造句也美，又可以借此了解一方风土人情，所以圣人便采集编纂，并向人传授。但这仅仅是学习而已，对于明是非、讲道理，并没有直接用处。用词巧妙，又合乎人情，故而对人心自然具有感染力。虽然无助于明道识理，但可以了解难得一见的地方风俗，所以自然被吸引，读者的心也为人情所动，便于从高远处俯察底层人等的生活情景，了解男女之情、还可以辨别人心之贤愚。因为词巧的缘故，虽然没有明确说明，但作者之心却能让读者感知，因而对于施行讽谕教化，是有不少益处的。特别是若没有《诗经》这样的书，就不可能在性理之外，得以体察君子的言谈举止。

后世的诗及文章，都承袭和祖述古代诗文，越是晚近的，越容易理解，倘能以上述的心情学习之，益处多多。特别是在我国做学问，无论是研究圣人之书、唐人经书，还是唐人的语言，若不能掌握中国古代文辞，则难以理解圣人之道。若能掌握古文辞，古人著书时的心情就可以得到透彻理解。不会写诗作文，则理解诗文也多有困难。只读经书，而对文辞没有掌握，那只能是囫囵吞枣、一知半解。因此，对于日

---

① 人情：作者使用的一个重要概念，与宋儒的"性理"相对而言。

本的学者而言，学习中国的诗文尤其重要。

我国的和歌之类与汉诗异曲同工，只是我国的风俗人情偏于女性化，是因为我们古代没有圣人的缘故。尔等后辈还做不到上述要求，但只要知道什么是"风雅"，就不会失去君子风度，就可以成为人上之人，益处不少。

总之，理学①在世上影响甚久，因此许多人不懂得"无用之用"②的道理，事事急功近利，多悖于圣人之道。这一点请好好理解。

二

我也经常被问到如何做学问的问题。这些问题我在书中都已经说尽了，不再赘述。对那些从远方来求学的人都一律谢绝，也是因为这个缘故。当然，离得很远，有时候在传授方面当然会有一些困难，所以孔子的门生们还是被招来随师从学。一旦入师门，便有所谓"门风"在。在师教之外，还要有同门朋友的相互切磋，方能博闻多识，增进学业。以前一些诸侯大名身处高位，学习上有什么不明之处，便找明师

---

① 理学：指宋代儒生的性理之学。
② 无用之用：出典《庄子·人间世》："人皆知有用之用，而莫知无用之用也。"

请教，而身边没有朋友，妨碍了在学艺方面有所成就，这便是一个明证。交什么朋友，事关门风好坏，这是第一要事。然而相距太远，传授困难，确是显而易见的问题。但是有远大志向者，在没有师友的情况下，也可以取得学业上的进步，至少可以学业有成。

没有师友而学业有成，那就要依靠书籍了。为人之道，远恶友而近益友。对那些坏书，应该避而远之。现在流行宋学，但以在下之见，学问发展到宋朝，便走入歧途，与古代圣人的思想方法分道扬镳了。倘若落入宋学窠臼，学问就不可能有所长进。宋朝有四书五经的新注①、大全②等，还有宋儒的语录之类；诗文方面，则有东坡、山谷、《三体诗》③、《瀛奎律髓》④之类；历史书方面，则有《通鉴纲目》⑤中的所谓"书法"、"发明"⑥等，都可以说是书中的恶友。所谓经学，就是古注⑦；历史学方面，就是《左传》《国语》《史记》《前汉

---

① 新注：指朱熹的《四书集注》《五经集注》等。
② 大全：指明代胡光等编纂的《四书大全》《五经大全》等。
③ 三体诗：宋代周弼编唐代七绝、五七律选集。
④ 《瀛奎律髓》：元代方回编唐宋五七言律诗集。
⑤ 《通鉴纲目》：全称《资治通鉴纲目》，宋代朱熹编。
⑥ 朱熹在《资治通鉴纲目》中有题为"书法"、"发明"的注记，表达朱熹自己的见解。
⑦ 古注：与朱熹等的"新注"相对而言，指汉唐时代的注释书。

书》；文章方面便是《楚辞》《文选》、韩柳散文，都是有益的。总之是汉代以前的书籍，《老子》《庄子》《列子》之类，都是开卷有益。但是林希逸①的注解则不可取。诗则有《唐诗选》②《唐诗品汇》③等，也是良师益友。明朝的李空同、何大复、李于鳞、王元美的诗文，也值得一读。这些都是因路途遥远、求师不便时的应读之书。以上书，先粗读，后可逐渐读懂。

以上只是我想到的可以替代老师的书，对此有人可能会感到惊诧，因而还需要再加详细解释。

吾道之元祖是尧、舜。尧、舜是人君，因而圣人之道是专治天下之道。所谓"道"，并非是事物应当遵循的"理"，也不是天地自然之道，而是由圣人建立的"道"。"道"就是治理天下之道。而圣人之教，专在礼乐，专在风雅文采，而不是什么"心法"、"性理"之类。而宋儒却舍弃了这一根本，而专讲性理，以理为先。把风雅文采都丢掉了，而流于野鄙。忘记了天子之道，而把专讲大道理、使人开悟作为第一要务。于是便陷于是非正邪之争论，而欲罢不能。这种空谈议论达到极端，无论如何用功，也不可能增进见识，只能是胶柱鼓

---

① 林希逸：宋代的学者。
② 《唐诗选》：明代李攀龙编，在日本颇为流行。
③ 《唐诗品汇》：明人编唐诗集。

瑟、徒费心思。这是教法的错误，与孔门之教法有天壤之别。至于文章，宋儒的文章是循规蹈矩写出来的虚伪之文，文辞粗卑浅陋，若被这样的书籍所污染，汉代以前三代的书籍就看不下去了。只有将其间的差别搞清楚，才能有所长进，有所深入。

三

汉字是中国人发明的，与日本的固有语言性质不同，而且中国语言文字古今也有不同。宋儒的注释却使古语的原貌丧失了。我们可以根据古语来推知某书属于哪个时代，但后世的注解多有舛误。因此，读《老子》《庄子》《列子》等原书是非常有益的。但是，六经是道，徒有文辞而不合于道，也是不行的。因而初学者，可以先从《左传》《史记》《前汉书》之类易读的书籍入手。

四

若有同乡朋友相聚，而一同会读，你说这句，他念那句，可以相互启发。地处偏远而无友，无法相互切磋，自学的时候，不得不读那些没有点校的书籍。带点校的书籍读懂了，不带点校的书也就能读懂。但有些人读的时候，习惯上会将意思前后颠倒，所以不带点校的书就读不懂了。一定要下苦功，改掉不好的阅读习惯。

五

读书的时候，逐句阅读会感到无聊。这时跳读的话，会提高阅读效率。

六

学习写作诗文，只求用词像样即可，此后自然可以学会。

七

除以上之外，可说的暂时没有了。如还有不明之处，可以垂问。大凡士大夫的学问，就是辅佐国君，能够治国持家，能够通晓文武政务，方能成就学问。这一点务必注意。

八

还有未尽之处，需要补充。学问之道，无非就是写文章，正如古人之道在于著书立说一样。书籍就是文章。能文者，读懂了书籍，而不夹杂私意①，便可以明古人之意。学习圣人之道，而不学圣人的教法②是不可能真正学到的。其教法都表现在圣人之书中，最终体现在圣人的文章中。

文章写法也好，字义也好，都随时代的变迁而有所变化，而后世的儒者却妄加解释，重道德而轻文章。因为轻视文章本身，所以对文章理解就有偏差；对文章理解有偏差，就不明白圣人的教法，就会从自我的意思出发来理解圣人的意思，致使圣人之书成为自己的注脚。因此那些后世儒生之辈的见识也便越来越鄙陋。而在我国，山崎暗斋③、伊藤仁斋④等人，信奉程、朱、阳明等儒学末流，他们离孔子之教太远了。这就好比信奉佛教的不取释迦牟尼之说，却以法然⑤、日莲⑥为师一样。教无古今，道亦无古今，圣人之道直到今日仍能治天下，此外无可替代；圣人之道至今仍能使人成就德才，而且也无可替代，古今一以贯之。天下人愚人多、不肖之子多，故圣人之道、圣人之教不被理解，这种情况古今皆然。但

---

① 私意：原文"我意"，作者认为朱熹等人的学问（宋学）夹杂了私意，故加排斥。
② 教法：这是作者的使用的一个重要概念，指的是圣人传教的方法。
③ 山崎暗斋（1618—1682）：江户时代前期儒学家。
④ 伊藤仁斋（1627—1706）：江户时代前中期的儒学家，古学派的创始人。
⑤ 法然（1133—1212）：日本佛教净土宗创始人。
⑥ 日莲（1222—1282）：日本佛教日莲宗（法华宗）的创始人。

是，古代圣人之道、圣人之教，并不像后世儒生所说的性理之学那样难懂。性理难懂，愚人不能理解，故而古代圣人之道、圣人之教都直接体现在行为中。只要行为做到了，即便道理不懂，也能自然而然地移风化俗，有利于世道人心，有利于国泰民安。就个人而言，若能做到善行善举，自然就能明辨事理，德才兼具。这就是圣人之道、圣人之教法的妙用。所以，今日做学问，务求平易，只为读懂文章，文章读懂了，古代文辞搞明白了，就会发现古代圣人之道、圣人之教都体现于其中，这些都可以在文辞上直接见出。只是，我们日本人要弄懂外国①的古代的文辞、读通外国的文章，是不容易的。

---

① 外国：指中国。

诗学逢原

祇园南海 著

祇园南海（1676—1751），名瑜，字伯玉，江户时代著名诗人、诗论家、日本文人画的鼻祖。祇园南海继承父业，为纪伊藩儒官。早年以汉诗知名，据说十七岁时曾一夜赋诗百首，受到其老师木下顺庵（1621—1698）、同辈新井白石（1657—1725）的称赞，当时曾与新井白石、梁田蜕岩，并称诗坛"三大家"。著有《一夜百首》《南海先生集》《湘云瓒语》《明诗俚评》《诗学逢原》《南海诗诀》等。

《诗学逢原》是祇园南海诗论的代表作，也是日文诗话的代表作。写作目的是为初学者指示学诗门径，并提出了有关中国诗歌史及诗歌创作与鉴赏方面的一系列观点主张。例如，他主张作诗以唐诗为宗，而排斥宋诗；强调诗语不同于常语，要使用雅语；认为诗有"境"与"趣"两者，境与趣要相互搭配。他对荻生徂徕的古文辞学派的模拟泥古之风不满，又反对宋诗派独尊宋诗而流于俗。他把一首诗比作事物的形体，认为诗意就是形态的影子，作者要捕捉诗意，就要具备"影写"的艺术技巧，倡导"影写"说，主张在诗中要委婉表达，不可直抒胸臆，而重言外之意。

《诗学逢原》原文日文，以下据岩波书店《日本古典文学大系94近世文学论集》（1978年版）完整翻译。

上　卷

诗语常语·取义

凡欲学诗者，须先知诗之原。所谓诗之原，就是诗为心之声、心之字。六经之教，分门别类，各有畛域，《易》本是卜筮之书，《书》本是诰命之书，《礼》本是礼仪之书，《春秋》本是记录之书。《诗》是歌谣，皆是借以实施教化，《诗》是圣人为了教化之需要，在从前的音乐歌唱中，编选三百余篇，示于后人。故而《诗》也是音声之教，一如其他书籍，都是清楚地阐述义理，而不使人产生误解。人听见其声，自然相互感通，止恶心、发善心。这就是所谓"思无邪"。学习《周南》《召南》，只是学其音声上的东西，宋儒对此不知，反以理窟①说诗，实乃大误。时至周代末年，音声之道衰亡，其节拍、音乐伴奏均已失传，不可能仍像从前那样依靠音声而感，姑且靠吟味朗诵，互通心声，并延续至今。《诗大序》所

---

① 理窟：此处用于对"理"、"道理"的贬义说法。

谓"动天地、感鬼神"指的是从前音律和鸣的时候才会有的效果，后世只靠吟咏，恐怕就没有从前那样的感觉了。如今若赋新诗，只要有"诚"，即便不付诸歌咏、没有音乐伴奏，也能感天地、动鬼神。

如上所言，从前的音声之教衰亡，到了孔子时代，就特别强调学习古诗。认真诵读，便可从中明事理、戒自身、教化人、表心迹、讲义理，故而孔子曰："诵诗三百"便"可与言诗"。方法并不是自己作诗，而是把三百篇中的诗，或者是逸诗①，将其中的两句三句四句六句，从原诗中抽出来，加以吟咏使用。这就叫作"断章取义"。春秋时代的列国士大夫，在会盟、朝聘的时候，为了表自己心意，或表示祝贺，或抒发喜悦，或表达忧愁，或用以答问，使用起来纵横无羁、自由自在，这是其他的书籍所没有的功用。不过，诗本来就不是说理、辨义的工具，只是为表现人情而歌咏，别人听了，便受到感染，而把道理附着于诗，也就是赋予了诗以不可思议的妙用。于是，儒家就这样把诗作为一种世代传授的学问。

如何把诗作为一种学问，其方法在《论语》《孟子》《左传》《礼记》等典籍中都写得很详细了。而这种方法，后世学诗者慢慢忘记了，于是就自己作诗来抒情。最早的就是屈原的《离骚》。到了汉魏六朝时代尤盛。若问其故，是上代人心

---

① 逸诗：《诗经》中未选入的诗。

质朴，对诗的意义不能够领悟，所以就按上述的方法断章取义。通过模仿他人，来抒发自己的感情。后世的人觉得要是仍然模仿就太麻烦，所以模仿者就少了，而是自赋新诗，以充分抒情，于是风气日盛，至六朝时代，有人专门对诗歌巧拙加以品评，体裁也更为多样。随后，谢灵运、鲍照、庾信等人，从经史著作中引用词语典故，写诗遂以学问才艺争胜。以上是大体回顾。从那以后，很长时期内，诗歌追求华美，正如韩愈所言："周公以下，故其说长。"[1]才乃古今时事所致。

此后及至唐代，又一变，开始以诗取人。让人作诗，视其巧拙，而判定能力大小，并授予官衔、任命职务。如此一来，天下人均喜好诗歌，以至妇女儿童及奴婢，皆能作诗。无论是悼文、祝贺、赠答，都使用诗的形式。到了宋代，诗歌专以理窟为尚，以议论为诗，但求合辙押韵。到了元明时代直至今日，诗歌只是以"慰"[2]为事，甚至可以使用俳语、戏剧用语。有人争相使用生僻字词，炫耀学识，或耽于月露风云、花鸟游宴，或佐之以琴酒，或附之于书画，于是失去了诗的吟咏性情的本意，有识者皆摇头叹息。然而时至今日，以一人之力，无论如何也不能挽狂澜于既倒。

---

[1] 韩愈《原道》："由周公而上，上而为君，故其事行；由周公而下，下而为臣，故其说长。"
[2] 慰：原文"慰ミゴト"。

呜呼！诗之原，一以贯之。中国上古三代之初，诗以人情贯之，发于声而鸣于物；周代时，各国诗歌由太史采集，以诗观列国之风及善恶兴衰，是诗歌的功用之一。又，诗和之以管弦，在朝廷庙堂之上，祭祀飨宴之时吟诵，用于邦国、闺门，通和人情，以成乐章，也是诗歌的一种功能。到了孔子时代，弦歌讽诵、断章取义，又是诗的功用之一。至唐代，更以诗取士，也使诗歌具有了后世的那种游戏因素。这也是诗的功用之一。相同的一首诗历经数代，被使用的途径方式不一，所不变者，乃是因为它源于人情，所表现的也是人情。故而今日我们所作之诗，能不负诗之本意，即是斯道大幸。为此，我将诗歌源流叙述如上。愿学诗者，无论学诗写诗，皆依此而行，正本溯源，务求不失本意。

所谓诗之本意，如上所说，乃吟咏人情、以音声为媒，又有赋、比、兴三体，如实写出诗的境界，直接表达诗人心情。例如写诗时的比之于物，就是在某物中见出情感、托物兴词。其事其辞虽然千变万化，但不出赋、比、兴三体。三体的作例，在《诗经》三百篇及以下的所有诗歌中都有表现，熟读便可知晓。

如上所说，诗歌并不是说理和议论的工具。宋人以诗议论道学、评价历史人物，更有甚者，认为杜子美的诗寓一字之褒贬，称之为"诗史"，称赞他议论时事的时候，不忘忠君等等，其实这些都与诗的本意无干。寓一字之褒贬，对世人加以教诫，此乃《春秋》之教，是后世史官所看重者，更无需借助于诗。诗是吟咏性情之物，所吟咏的手段，也无需借助于史法。至于议论时事，是在位者之所为，是居官者之责任，如果为此而写诗，那就可以说是越俎代庖了。何况杜子美在卸任司户参军后，只是西蜀的一介布衣而已。心守忠义、不忘君上，抑或有之。那时安庆绪、史思明等贼臣虽不能制止吐蕃、回纥的干戈锋镝以使天下无事，但国家也不乏郭子仪、李阳冰那样的名将勇士，在其任地，鞠躬尽瘁、粉身碎骨无憾。即如杜子美，即便有奇谋妙策，无奈身不在其位，即便说了万语千言，也毕竟只被付诸一哂。所以只在其诗中发发感想，能有什么作用呢？《小雅》《大雅》中，固然也有言时事、讽时政的诗篇，但那也是身在其位的人说的话。以此来看杜子美，说他关心民众疾苦、牵挂民生万事，也并非没有根据。但以此称他为诗圣，则是很大的误解，是很可笑的。这不仅仅是宋人的错识，在唐代就已经有了此类看法。特别是杜牧的《咏史》等篇，就有许多有关的议论，可以说是宋人的相同议论的源头。

所谓吟咏性情，并非只能使用日常用语，并非一味简明、平易。以日常用语，若要尽量写得通俗易懂，那就不要特意去写诗。例如表达高兴的心情，干脆说"我高兴得不得了啊"就可以了；要表达悲伤的感情的时候，就说"我实在太难过啦"即可；要表达喜爱之情时，就说："可爱呀，可爱呀！"

如此之类，都是日常用语，连襁褓中咿呀学语的孩子都会这样表达，而且表达得很好。这样从口中发出的声音固然也是声音，但因为缺少"文"的缘故，所以即便这样表达了，也没有多少感染力，听者也不会受感动或觉得有意思。故而说"诗者，发于声，声成文，谓之音"①，只有为"文"者，才可以称为诗。但也不能为了追求"文"而刻意为之。所谓"情生于文，文生于情"，是说情感真挚时，自然成文，正如风吹万物，自然成音，是同样的道理。因此，诗并不使用日常用语，要用雅语，表达不可过于直露。表达悲伤的时候，不要直接说"我难过啊"，表达高兴的心情时，也不能直呼"我高兴啊"。吟咏诗歌，要自然地表达出悲伤的心情，自然地表达出高兴的心情，把自己的感情传达出来，并引起他人的感兴，这就是诗歌的妙用，而有别于其他的文辞。古人云："长歌之哀，过于泣哭。"比起啼哭来，诗歌更能表达悲伤的情感，也更能深刻地感动听者。为什么呢？就因为诗歌音声感人，是自然打动人心的，故而感人至深。写景状物，言事兴寄，若隐若现，若有所闻，但又无迹可求，方能意趣盎然、意味深长。这样的诗篇，就可以称作"诗词雅语"。须知过于平直、过分直白的描述，使用日常用语的表达，都是不能触及诗歌本体的语言。不过，也不能写得像谜语一样让人费解。"体"

---

① 出典《诗大序》。

与"用"要互相协调对应。要首先弄懂作诗的方法,基本掌握诗歌的思维方法,巧拙姑且不论,就已经具备了诗人的姿态。在此基础上,再论巧拙。倘若不具备诗人的姿态,分不清日常用语与诗语的区别,即便写了千万首,也不能称之为诗,而只是平常的话。故而,以上我先将日常用语与诗语作了区分,只是示例,可以触类旁通。这里我把话说得非常通俗,只是为了让初学者理解。请高明方家勿见怪。

比如说,要邀请一个人,说一件事情的时候,邀请人家是出于情。在表达其情时,可以用雅语,也可以用俗语。俗语就是日常用语。写信的时候,可以这样写:"今日若您方便,静候光临。"将这个意思表达得再文雅客气一些,便是"雨中无聊时"或"庭前鲜花盛开时,很想一起举杯对饮"。有各种表达方式,但这些毕竟都是日常用语,并不是那么有意思的、值得玩赏的语言,虽然也表达了感情,但还不足以感人,只是将世间事物加以表达而已,所以我将日常用语视为俗语。

若将以上的意思加以变化,用尺牍体来表达,文字华丽,用词讲究,一板一眼,例如写成这样:"即辰敬陈,小酌奉屈,文驾过叙,伏冀惠顾勿辞。"[①]这样的文字,可以稍作变动,但大体都是一样,都是华丽的日常用语。

---

① 原文为汉文,此处照录。

以上的例句，都是过于日常，因而不能免俗，若稍改为雅言，则可以写成："近日霁色尤可喜，食已当取天庆观乳泉，泼建茶之精者，念非君莫与共之，然早来市无肉俎，当与啖茶饮酒耳，不嫌可只今相过。"①

以上和文②，与华丽的日常尺牍体比较起来，稍有风雅，但仍然属于华丽的日常用语。

可知以上三种表达，都属于日汉日常语体。

将以上的意趣用诗来表达的时候，由于完全不使用以上的日常用语，就成为诗的语言。可以写成这样的诗：

今日好风景，野庭花鸟繁。
请君有余暇，吟杖叩柴门。

这样写来，与上述的尺牍体的日常套语大异其趣，岂不风雅有趣吗？即便是缺乏鉴赏力的人，也会玩赏、感受诗的魅力。两者之所以有很大不同，是因为这首诗字字借用诗语，而上述的尺牍体虽然也不使用日常俗语，但其语势③与平常的话并没有不同。不懂行的人，认为文字上是诗的文字，那就是诗了，其实非也。即便是荆山之美玉，若是让拙劣工匠雕琢，也比不上

---

① 原文日本式汉文，此处照录。
② 和文：日文、日语文章。
③ 语势：原文"语势"，指语气节奏。

一块雕琢精美的石头；蜀地的美锦，若让拙劣的裁缝来剪裁，也比不上精心裁缝的普通绫罗。能用于诗的字就是好字，但若使用不当，从语势上看，全篇就成了日常的凡俗语言。为什么这么说呢？我们把这首诗试着加以解释，用口语来说就是这样的："今天天气很好，正好庭院前面的花儿正在盛开，鸟儿也在欢快地鸣啭，这样的时候难得啊，您要是有空的话，就顺便来一起吟诗，用手杖敲敲我的柴门，我将多么高兴呀！"像这样的表达，与上述的尺牍体在文字上不同，但语势上却是日常化的。世人多不知日常化表现在用字上，也表现在句式上。所以，上面的那首公认的好诗，经过这样表达之后，实际上已经不是诗了，而是变成了日常用语。

若问：那按照以上的论述，不使用日常用语，而是使用诗语来写诗，应该如何写呢？

> 春雨旬已浃，吟床且独坐。
> 莓苔深数寸，履痕谁踏破。

这样写出来的诗，要邀请的人是谁，完全没有说明，只是表达春雨中寂寞独坐之意，因为春雨下了许久，庭院中的青苔都长出了数寸，没有任何人来访问，没有人踩踏庭院中的青苔。这种情况下，能有人来访，那是多么令人高兴的事情啊。这层意思是言外之意。文字用的是诗语，而不是常语。语势也是诗语之语势，所以尤可玩味、意味深长。如此，方可称之为诗。初学者一定要好好领悟。唐代诗人的佳作都是用此手法写出来的。其中最为重要的第一要谛，就是要透彻领会诗法，虽说初学者未必一定要做到，也不妨举例加以说明如下。

以上所举出的一首诗，就足可表示诗之门径，照此好好吟咏，便可接近于诗。但诗中的莓苔履痕谁踏破，是希望招请来人，其中最为重要的"招"字，是在言外表达的。这叫作"影写"①的手段，叫作"水月风影"，叫作"镜花"。诗中的第一要谛，正在于此。

有酒有花易负春，半为风雨半为尘。
今日晴明若不饮，花落啼鸟亦笑人。

这首诗，头两句说的是春光易逝，接下来说的是，今天天气晴好，若不出来游宴，连花鸟都要笑话我们了。由此表达一定要出来游玩的意思，还有言外之意。整首诗表面上都没有招待客人的词句，但是在惜春的意境中，却自然地包含了这层意思。所谓"影写"这一手法的妙处就在这里，值得好好玩味。凡初学作诗的人，一开始还不能臻于这种妙境，要从上文列举的第

---

① 影写：本书的重要概念之一。原文"影写"，是借鉴中国古代文论中的"影写"一词。《文心雕龙·通变》有"汉之赋颂，影写楚世"一句。

一首诗那样做起,然后逐渐积累,就会慢慢获得这种妙境。如此,就是终于踏入诗道了。

上文所说的"断章取义"的方法,不仅适用于《诗经》,对后世之诗,也可以从高妙的作品中断章取义,对这一妙用许多人还不了解。对于圣贤的格言妙论,有些词也不能断章取义地拿出来使用,但有时道理也大致相通。意思千变万化,取决于听者的感受,也取决于使用的人的用意,自由自在加以活用的,就是诗。其中,高手的作品,能够广泛取用旁通。上面例句的这首诗也有可以相应"取义"之处。此诗的头两句的本意是说,世间有可以供人消遣的美酒,也有可爱的花儿,这些到了春天都具备了,谁也不会说不想去赏玩,但人们往往为俗事所羁,或为风雨所阻,就这样让当年的大好春光白白地过去了。诗人要表达的意思就是如此。只是由于读者不同,而理解各有不同。有人理解为"有酒有花易过春",而诗人的意思是"虽然有酒有花",正如后句所说的,对人生感到万事满足,便疏忽大意,但肯定也有感到不满足的人。庭前没有花、也没钱买酒的人,便四处寻花赏花,典当衣物来买酒,而不放弃游玩的时机,趁着好天气、趁着有时间,尽情赏玩春天美景。而世上那些有钱的富人,庭前有很多树木,以为何时赏玩都可以,结果不小心耽误了赏春,或者被风雨所阻,或者因身体有恙,就错过了春光。所谓"有酒有花易负春",原来就是这个意思。后两句中作者的本意是:要有惜春之心，人要珍视世间事物。对于美景不加赏玩，连花鸟都会笑话的。何况那些无行、无能之辈，当然会叫人笑话。优秀的诗篇，感情真挚，意味深长。但是并非每首诗都是如此。好诗并不是一定要讲出一个道理，非让读者如此感受不可。要在吟咏之余，自然生发自己的理解与感兴，正如天上的一轮明月，可以映照在千江万河中，成为不同的月亮。

以上讲的是学诗的方法，并不是这样理解之后才能作诗。只是有一条要记住：去掉常语，使用雅语。也顺便讲了讲取义的方法。

诗 有 境 趣

诗有两者：境与趣，并无外形。虽然千变万化，但不出此两者。先说"境"。境者，境界、景色。凡人目之所见、耳之所闻、身之所触，从天地、日月、风云、雪霜、寒暑、时令，到山河、草木、禽兽、虫鱼，还有渔樵、牧耕、管弦、歌舞、绮罗、车马等，都是我身之外的境界。总起来说都是"境"。所谓"趣"，就是意趣、趣向的意思，凡是我心中所想、所知、所思、所乐，都是心之用，都名之曰"趣"。《三体诗》中，把境、趣分别视为虚、实，分为表现于形者、不见于形者，名异而实同。

凡诗，都是自我述怀，自我咏物，或作以赠人，或对他人答赠,都是描写眼前的"景气"①,或者过去的景气,或者别处的景气,或者此处的景气,山水、花鸟不必说,亭台楼阁、舟车坐卧,若不以这些为境,就写不出诗来。虽说是触景而作,但其趋向都出自我心之所感。如上所说,境、趣两者可以概括诗的全部。首先要立意,然后在写作时,境与趣不分轻重,各占其半,或境占八分,趣占二分,或者境占一分,趣占九分,或者趣占一分,境占九分,也有全篇皆境者,或者全篇皆趣者。这些并非在作诗的时候特意掂量,而是写出后看去,其情形如上所说。有以境胜者,有以趣胜者,有境、趣等分者,但不能有境、趣错乱杂沓者。境与趣的搭配,初学者只要掌握作诗的形式方法,加以联系,写出五十首、百首的时候,大致就可以掌握。牢固掌握之后,即便不是特意要将两者结合在一起,也可以做到适当搭配。有初学者不知此法,而是根据自己的理解信口吟咏,每首都没有章法,听上去如同胡言乱语,这不是诗。要在很短的时间内学习境、趣的搭配,或者由境而移至趣时,若中间联系中绝,则两者无缘;而由趣而移至境时,语气阻隔,听上去支离破碎,或者因两三字的处理不当,语气不畅,或者用一两个虚字而得以接续。这些情况都是有的。

---

① 景气:原文"景气",诗学概念之一。这里的"景气"主要指景色,与和歌论中的"景气"大体相同。

为了明确境趣的搭配方法，特强调如下：

《三体诗》一书，全部都是以境为实、以趣为虚，两者搭配，以示诗之作法。读者对本书的主旨各有理解，并以此对诗之意义加以穿凿，于是对"夜半钟声"①也理解各异，莫衷一是。由于心境不同、见解各异，于是该书特立"前虚后实、前实后虚"之法，并列举符合这种格式的诗作。在七言诗中，也有不合此格式的作品。虽说可以根据不同情况，对诗之意义理解把握，但周弼撰写《三体诗》的本意，是在此而不在彼的。其他的方法，与三体诗并无不同，但为了让初学者明白易晓起见，也举出了例诗，加以讲解。

七言绝句作例。

境句中含趣者，为第一。但这是就一句或一联而言的，全篇四句或八句，还是将境、趣加以区分为好。首先，就绝句而论，欣赏山水风景，其美丽者堪比绘画，如能够把风景写好，那么其风景就是境，与绘画相比，作优劣判断，也很有趣味。对此，可以举例说明。

（一）境趣中分法（即是《三体诗》中所谓前虚后实）

> 枯树倒影半溪寒，数个沙鸥与水安。
> 曾买江南千本画，归来一笔不中看。

---

① 夜半钟声：指张继的《枫桥夜泊》。

这首诗写的是：松树的影子映照在溪流上，沙鸥安闲地在水上游戏，真是不可言喻的美景，这叫作"先境"。而从前自己一直喜欢山水画，购买了成百上千轴，以为画中的景色是最美的，如今看到了实景，再把以前的那些画取出来看，比较之下，没有一幅画是可以与此美景相比的，于是不由得叹息这里的风景实在太美了。所谓"不中看"，就是觉得不想再看的意思。

（二）境三句、趣一句法

> 水阔天长雁影孤，眠沙鸥鹭倚黄芦。
> 半收小雨西风冷，藜杖相将入画图。

这首诗的意思是，在大湖畔眺望，水面宽阔、天际辽远，一只大雁飞过来，影子映照在水面上。这个远景写得很有意思。又，近看，鸥鹭之类的鸟儿正依偎着芦苇入眠，远近景色构成完整的画面。此时，村中小雨下了一会儿，是凉凉的西风吹过的时节，人们如何不为此景所动呢？于是拄着藜杖，来到湖边，觉得真是置身图画中。上三句由下一句作结。这首诗，上三句都是境。只有最后一句是趣，似乎境是重心。然而上三句，一句是远景，一句是近景，一句写出时节，第四句加以总括。这种方法是很奇特的。《三体诗》中没有列出此法。

（三）前趣后境法（《三体诗》作"前虚后实式"）

千金却买吴州画，今向吴州画里行。
小雨半收蒲叶冷，渔人归去钓船横。

这首诗的意思是，以前见吴州山水画很美，曾出千金买下。如今亲自到吴州来，直接面对吴州山水，便怀疑自己是行走在吴州的画中。这里叙说的是自己的心中之趣、眼中之美景，此时小雨下了一会儿，在似停未停之时，蒲叶上有冷冷的水珠。出去打鱼的人，在傍晚时分都回家了，在江湾的炊烟中，钓舟都横在那里，真如同一幅画。画是画，景是景，两者却难以分清。

（四）四句皆趣、境含其内法（《三体诗》作"四虚之格"）

昔年曾见此湖图，讵识人间有此湖。
今日乍从湖上过，画工还缺着工夫。

这是游西湖①时所作。意思是，以前看过西湖的画，当时曾想：这样的景物，人世间如何会有呢？这只是画工的虚构描绘而已。如今到了西湖，从湖上穿过眺望，方觉得这里比以前在画

---

① 西湖：指中国杭州西湖。

中见过的美景，还有过之而无不及，妙不可言。再想想以前看过的画，觉得画家的功夫还没有下够。这样贬抑绘画、褒扬实景，全篇虽然没有一字属于"境"语，其实都是写"境"。其构思是将实景与绘画加以比较，夸赞了绘画，也就是夸赞了实景。这首诗在表现方法上别具一格。

顺便说一下。这首西湖诗，是日本派往中国的使节所作。据说最早载于田汝成①的《熙朝乐事》中，说是"正德年间②，日本使者经西湖题诗"，又说"诗语虽俳，而羡慕之心，闻于海外久矣"云云。近年，《曲头陀传》一书载录了许多清朝人的诗篇，其中也收录了此诗，并称："西湖观音阁，题咏甚多，唯此诗为绝唱。"可惜作者不知其名。想来可能是五山使僧③所作。田汝成评曰"诗俳"，甚恰当。综观全篇，应出自功力深厚者之手，故为绝唱。又似乎有一点玩笑之意，所以被评为"俳"。不知到底是否出日本人手笔，特附记如上。

（五）四句皆境、内含趣法

千里莺啼绿映红，水村山郭酒旗风。
南朝四百八十寺，多少楼台烟雨中。

---

① 田汝成：明代文人，字叔禾，钱塘人，官至广西右参议。
② 正德年间：明代年号，公元 1506—1522 年间。
③ 五山使僧：中世时代京都镰仓两地的名刹古寺，各称为"五山"。五山僧人曾作为幕府使者，访问中国明朝。

又：

秋林返照散孤烟，秋水涵虚混碧天。
飞尽寒鸦江漠漠，青山一点白云边。

以上两首，诗意盎然。四句连在一起写的都是"境"，而没有一字来写"趣"，然而全篇都像一幅画。可谓诗中有画，画中有诗。画与诗不分轩轾，直接构成山水画。

以上以七言绝句来说明不同格式，而五言格律也相同。五七言律诗，若按以上的格式把两句作为一句来看，也是相同。只是律诗的格式比较容易看出，写起来也较为容易。这一点读读《三体诗》就会明白，故而在此不赘。

以上讲的都是唐代诗的章法，而古体诗又是另一种格式。其中长诗也是单独一种。在文字表现上方法相同，都有抑扬顿挫、波澜起伏之势。对初学者而言较难，在此省略，当另作论述。

下　　卷

雅　俗

诗是风雅之器，并非俗用之物。若是俗用之物，不必借助诗，使用常语、俚语来表达就足够了。不仅是诗，日本的和歌也是如此。说起俗用之事,例如,说"这个人很聪明啊!"这样直接使用俗语就可以了。然而在他人面前,说:"那个人好乖哦!"就像哄孩子一样,总是说不出口。尤其是对不太熟悉的人,或者对位尊德高的人,就更难出口了。然而,根据交流的需要和情况,需要这么说的时候,非常郑重的场合,可以说:"岂弟君子,民之父母。"①或者"有匪君子,如切如磋"②。比较轻松的场合,说"有美一人"③"国之司直"④。以下,或比之以"芝兰"、"玉树",或以山川、土地作比拟,或形容其衣服、环珮、车马、器物,这样褒美对方,听之不轻薄、不阿谀,通达情理,人能接受。何况击节而歌,那格调就更高了。假若今日临庆贺之宴,举杯祝寿,虽然也说了不少话,但祝贺之意却难以完全表达,也无法博得宾主的欢心,于是唱一小曲,曰祝君千年,又曰敬献美玉,如此祝贺之意便浓,宾主尽欢。春秋时代,列国士大夫,每次会合,必从《诗经》中取义一章两章,加以吟咏,就是为了表达上述的心情。此外,表达对人的怀念、恋慕、惜别、生死别离的场合,有时感情的表达不可太直露,就用拟物比喻的

---

① 《诗经·大雅》:"岂弟君子,民之父母。"
② 《诗经·卫风》:"有匪君子,如切如磋,如琢如磨。"
③ 《诗经·郑风》:"有美一人,清扬婉兮。"
④ 国之司直:掌管国家的人。《诗经·郑风》:"彼其之子,邦之司直。"

方法，表达自己的感情。这就叫"雅"。

唐朝的白乐天认为，诗发自人情，因而使用典故、雕琢文字，写得幽玄难懂，都会使人难以接受。而无论谁听了都能懂，对世间人情加以充分表现者，才是诗之本意。所以他每次作出诗来，都求通俗易懂，让一般俗人都能理解，让门前的老妪听听，她说有意思，那就很好；她说不好，就弃而废之。这样做似乎有其道理，但那是另外一回事。后世诗道衰微，就是从这里开始的。因此，后世把这叫作"白俗"[1]，认为是一种简陋之病。将风雅之道视作鄙俗之道，正如以天为地、以月为日一样，学者应该避而远之。

有时，径直使用所谓的鄙俗之语，反而意趣盎然、情意深长，胜于风雅之语。根据具体情况、具体场合的不同，村巷俚俗之语也饱含感情。而诗一般对此是很排斥的。如《子夜歌》《竹枝曲》之类，本来是民间男女之词，当然不是雅语。虽是俚俗，却无伪饰，吐露真情，比起后世的士大夫、硕学鸿儒先生以雅语写出来的作品，感动更深，可泣鬼神。故而《诗经》中也有"毋逝我梁，毋发我笱"[2]，或者"莫使尨也吠"[3]之类。日本《万叶集》和歌中，也有很多民间的俚语。

---

[1]《珊瑚钩诗话》："元轻白俗，郊寒岛瘦，皆其病也。"
[2] 出典《诗经·邶风》。
[3] 出典《诗经·召南》。

毕竟诗人是抒写人情的，诗应该表现天诚自然的真实感情，本来就没有什么雅俗之分，只因为雅者听之悦耳，俗者听之不美，于是便好雅而嫌俗。《诗经》三百篇九成是雅，俗而有趣者不足一成。唐诗也是如此。而白乐天每当作诗，都以通俗为务，实在是很大的谬误。

不仅仅是诗歌，雅正是所有文学都应具有的。世上也常见俗而有趣者，享保初年，我游玩于京师，路过名叫八濑的村庄，发现路旁的民舍正在举行婚姻酒宴，人车拥塞，人们推杯换盏，饮酒正酣时，听见有人吟唱《浜松》的歌谣，曰"'三国第一'之好夫婿"，笑语欢腾，可谓情景交融。同行者赞道："京师田家竟然也能吟唱如此风雅的歌谣，真是不失古风遗韵啊。"我说："不敢苟同。这般田家古风，实在不敢恭维。"觉得甚为无趣。我认为，在这等场合，丝竹管弦都合调子，当时所歌唱的一曲，音声不美，即便听上去煞有介事，其实令人呕秽。《浜松》之音美于春莺鸣啭，《三国第一》胜于太平乐①。这叫作"风"，而不是"俗"。故曰：诗乃风雅之道。所谓"俗"，就是粗陋卑俗之词，听之不雅之词，观之不美之词。

不仅是诗歌，琴棋书画之类，也是风雅之事。先说画。例如画山水农家，无论怎样地描写实景，也不能把厕所、粪

---

① 太平乐：唐朝雅乐之一。在日本成为"武将太平"，是代表性的朝廷音乐。

堆或者灶台等都画出来，那是很不雅观的。再如画人物，不能将人身上的所有物件都画出来，例如画出臀穴阴物，那是非常下作的事情。即便是这些东西实际存在，那对于本来雅观的且不必说，画就要取雅，而不能取卑俗。若问世间诗人，则说诗是实赋其事，不雅的实事要写、不雅的俗言要用。那就是另外的意思了。

要辨别雅俗之义，须知雅俗之品。在雅俗中，又分事之雅俗、字之雅俗、趣味之雅俗。譬如，丝竹管弦、琴棋书画、渔猎酒宴之类，都是雅事。而杂剧、"放下"与"踏歌"等舞蹈、茶汤、米钱、买卖等，都是俗事。中华的俗字，有"怎么"、"东西"、"家伙"、"这个"等，日本的俗字，有"夕立"、"村云"之类，地名则有"五十铃川"、"久保田"，还有"小夜"、"狭衣"等。其余的人名、物名、谚语等，都是俗字。在汉语中，书信用语、小说用语等，都是俗语俗字，这些都无需多说了。所谓"趣之俗"，是指趣味的低劣。例如，唐诗中有"卷荷乍被微风触，泻下清香露一杯"这样的诗句，虽然写得不太坏，但其趣向，是写荷叶被风所吹，叶上的水珠落下来，好像从杯中洒落的酒一般。这就好比五岁七岁的小儿游戏时所说的"掉下银钱、掉下铜钱"之类的儿歌，几近儿戏，不是须眉丈夫写的东西，实在卑俗。又，杜诗中有"老妻画纸成棋局，稚子敲针做钓钩"，是写年老的妻子在纸上画格子做成棋盘以消遣，孩儿们用石头敲针做成钓钩。还有一句诗"长夏江村事事幽",将乡村的寻常情景,写得很是温馨甜美,但是句子过于平易,就像传奇戏曲中的诗句,甚是俗鄙。那老杜在年轻的时候,也写过"朝把香烟携满袖,诗成珠玉在挥毫"之类的诗句,又有"棋局动随幽涧竹,袈裟忆上泛湖船"之类,都写得很雅。然而及至年老家贫,住在蜀中乡村与村民交往,不知不觉间失去了雅趣雅言,于是才写出了这等卑俗的句子。此后,从白乐天、张籍等人,到宋代诗人,专门琢磨所谓"俗趣"。到了苏东坡,甚至大写饮食之事,卑俗上加卑俗,真是可恶可叹!后世学诗者,务必要看清这一点,务必去俗,才是疗救诗病的第一要义。

诗有轻重、清浊、大小、缓急

如上所说,写诗要选用雅字,此外,还要知道篇中的一句一字,有轻重、清浊、大小、缓急的节奏。以上八个字的协调叫作"搭配"。一句有一句的搭配,一篇有一篇的搭配。所谓一句中的搭配,例如五言中的上两字和下三字,七言分上下,或者是上二字、下二三字,或者是上四字下二三字,都有一个上下搭配的问题。该清者清、该浊者浊,该轻者轻,该重者重。大小、缓急也是如此。又,在作对偶句时,上一句和下一句必须搭配而不能错乱。例如,"池塘生春草",若写成"江塘生春草"就太重了,与下面的"春草"不搭配。

又,"池头生百草","百草"二字太浊,与上面的"池塘"不搭配。"五更斜雨送青春",如果把"五更"换成"满城",就显得太重了,而与"斜雨"、"青春"不搭配,若写成"满城风雨"的话,就搭配了。像这样的例子不胜枚举。

在对句中,"明月"轻而清,"暴风"重而浊,都是不搭配的。"明月"应该对"白云"、"清风",都要相应地使用清而轻的字词。又,"凤凰城"重,"鸥鹭渚"轻。"凤凰城"应该对之以"鹊桥"或"鹓鹐观"①,"鸥鹭渚"应该对之以"鸳鸯矶"。这并不是为了表达意义,而在于文字的音韵效果。再举一个例子,就是杜诗"白帝城中云出门",由于描写的是暴雨,所以诗之"势"甚大,没有滞碍。而杜甫吟咏曲江的几首,因为是描写春天的悠闲,其诗"势"甚缓,《登岳阳楼》风格"重"而"大",而吟咏何氏山林的几首②则"轻"而"小"。要根据诗题、题材来决定其缓急、轻重、大小的不同,因其有所不同,整首诗才能应题而作、和谐统一,哪怕一句不协调,就会妨碍全篇。后世诗人不注意这一点,纵然在意义表达上是通畅的,但作为诗来看,却是不成功的。而日本的诗人根本就不知道还要注意这一点,所以写出来的诗,在轻重、清浊、大小、缓急的搭配方面就出现了混乱,令人不

---

① 鹓鹐观:汉武帝时在甘泉苑建造的楼观。
② 何氏山林:指杜甫的《陪郑广文游何将军山林十首》。

忍卒读，惹人嗤笑。关于轻重、清浊、大小、缓急的问题，我将另外口传①。现在即便想将秘诀口传，也没有合适的对象，所以只能引而不发。以前，我曾对一个人说过："杜荀鹤'风暖鸟声碎，日高花影重'这两句，且不问其题是什么，都可以把它看成是闺情诗。"对此说法，那人不同意，说："非也，这首诗与闺情无关，写春景的诗句，放在何地都合适。"对这种愚昧之人谈诗，简直就如同对牛弹琴。

字　眼

无论是诗，还是文，都有字眼。一篇有一篇的眼目，一句有一句的眼目。一篇诗文中，最首要的是特别引人注目的警句，或者一段，或者两句三句、五句七句，是全篇的提纲挈领，是关键字词，也是出彩之处，这就叫作"字眼"。一句当中，以一两个重要的字词，使整句活起来，若没有这一两字，此句便是死句，其作用正如人的眼睛。

一篇中的眼目易见，也易作；一句中的眼目难作，也难以张目。上一句中重要的字，不用心就不出彩，此处大多是针脚缝合之所在。所谓"针脚"，就是将一句缝合的地方。例如，"轻风"与"细柳"，是古来就一直常用的熟字，两个词

---

① 口传：日本艺道的传授方式，对特殊对象秘密传授。

都很好，但仅仅是"轻风细柳"还不能成为诗句，也没有意义。又如，"澹月"与"梅花"四个字也是一样。将它们连缀成诗句的时候，就要"轻风细柳〇，澹月梅花〇"，或者"轻风〇细柳、澹月〇梅花"，要在"〇"的地方加上一个字眼加以连缀、缝合，就决定了是否能够写出好句。所谓需要"炼字"之处，首先正在这里。例如，"轻风细柳、澹月梅花"八个字，正如一幅需要按尺寸裁剪的锦缎，仅仅裁剪出来，还不能成为衣服，还要把它缝起来，做成一件衣服，那就要看裁缝的手腕了。拙劣的裁缝，会把衣料弄得乱七八糟，不能穿。而高明的裁缝妙手缝制，才能做成一件真正的锦衣。古人云"鸳鸯可逢，金针难度"[1]，意思是做出一件鸳鸯的刺绣来交给别人，是容易做到的，而把刺绣的针法教给别人，那就是大事情了。因此，在字眼上是需要高超技巧的。要把上述的八个字写成诗句，其原本就有的旨趣，就是"轻风吹细柳，澹月照梅花"，若按照这样的旨趣，使用"吹"和"照"字是讲得通的。但从缝合的手法上来看，这样写就像女童一样，手法幼稚拙劣，类同儿语，而不是诗。

听说从前，苏东坡有个妹妹特别精通于诗，用功甚勤。有一天与苏东坡、黄山谷在一起，就"和风细柳、澹月梅花"

---

[1] 出典元好问《论诗绝句》："鸳鸯绣出从君看，莫把金针度与人。"

的腰①字应该是什么字，推敲切磋了许久。东坡先拈出一字，曰："和风摇细柳，澹月映梅花。"妹妹评论道："未必佳。"黄山谷拈出一字，曰"和风舞细柳，澹月隐梅花"，妹妹评论道："稍佳。"两人说："你的如何呢？"妹妹曰："和风扶细柳，淡月失梅花。"两人听罢，击掌赞叹。苏东坡的那句太浅，黄山谷的那句缺乏意蕴，而苏东坡之妹的那句，则出人意表、甚为新奇。由此，可知"字眼"是何等重要。

不过，应该炼字的地方，不仅是诗腰，如上文所说，从第一个字，到第七个字，句的缝合处都需要炼字。"气蒸云梦泽，波撼岳阳城"，是炼了第二个字；"吴楚东南坼，乾坤日夜浮"，炼的是第五个字；"问人远岫千重意，对客闲云一片情"，炼的是第一个字；"花迎剑佩星初落，柳拂旌旗露未干"，炼的是第二个字。"旌旗日暖龙蛇动，宫殿风微燕雀高"，炼的是第四和第七个字。

另外还有一种情况，就是该字虽然没有意思，也不起缝合作用，但却决定了这一句的巧拙和雅俗。僧齐己②有诗云"前村深雪里，昨夜数枝开"，郑谷将此修改为"一枝开"，便使此句显得非常高妙。又，杜诗中有"鹦鹉啄余香稻粒，碧梧栖老凤凰枝"，此两句上下融然，精神甚为高妙。王勃有

---

① 《诗辙》："一句之腰，即五言之第三字，七言之第五字。"
② 齐己：唐朝诗僧。

"朱帘暮卷西山雨"，若是换了别人来写，恐怕就要写成"朱帘暮过"或"暮望"，而最没格调的，恐怕应该是"卷帘暮望西山雨"之类了。这个"卷"字，使整句诗顿时提神，因而特别重要。这都是缝合处炼出了最恰当的字，所谓点铁成金，妙手天成，学诗者需要牢记。

豪句、雄句，并敏捷

以上所说的炼字眼，是指平时作诗而言。倘若在一些社交场合，所谓击钵刻烛、对客挥毫的时候，若临时炼字、苦吟，便会影响诗情的发挥，难以完成诗作，即便勉强作出来，也会滞涩不畅、有碍观瞻。因而，在这种场合吟诗需要敏捷，不必求趣味和幽玄①，而以豪放成诗。在那种场合，上述的"和风"句也不再难作，例如可以作成"和风吹细柳，淡月在梅花"这样的粗犷豪放的诗句。李峤②一夜吟咏百首，用的就是这样的方法。在他的咏风诗中，有"丹山有仙鹤，其名曰凤凰"，在咏海诗中，有"三山巨鳌涌，万里大鹏飞"这样的诗句。这样作诗，速度很快，句字结构紧密，清丽壮健，语惊四座。要掌握这种方法，需要好好体会和学习，若不临场

---

① 幽玄：原文"幽玄"。
② 李峤：初唐文人、诗人。

吟咏，便不能作出。

又，平常有些诗题，即便是独自吟咏的时候，对于应该仔细推敲的字，也要故意粗放用之，不必过于推敲润色。江海、天地、日月、风雷、军旅等方面的题目，都是豪放的题材，不应为了追求情趣而小刀细工。以上提到的唐人应制之作以及李峤"百咏"中，属于豪放诗作的，有杜子美的锦江诗、白帝城中诗，王维的观猎诗等作品，都是此类风格。若仅仅从个别的例子去理解，追求"幽玄"，那么像上述的豪放题材，写出来则显得非常细弱，不足观瞻。又，如果用豪放的标准来理解游宴、闺情、山林等题材的诗，则会写得粗陋，以至鄙俗浅陋。对此要好好斟酌体会。

但是，即便是游宴、闺情、山林、闲适等题材的诗，在以敏捷为追求的场合，也可以像写江海、风雷那样，即便不写成豪爽之句，也要写得清丽流畅、意义明了、流畅自然。

诗 有 强 弱

凡诗歌，都有强弱之分，正如人天生都有刚柔肥瘦一样。这虽然主要是由先天决定的，但后天的修养，也可以使先天柔弱者变为刚强。写诗时，由于题材不同，风格刚柔自然也有不同。但也有人的诗作整体看上去，即便是写河海风雷，也是柔弱的；而写闺情、闲适的题材，也有人写得很刚强有力。古人也是如此。唐朝的许浑、贾岛等人，其诗风整体上较为纤细，缺乏骨力。而那些妇女、僧侣的诗，无论写何种题材，都显柔弱，此事古今皆然。此乃天生秉性使然，同时与才智的强弱也有关系。许浑、贾岛之辈，学力甚薄，唯精通诗法，其诗写得纵然有趣，但缺少强劲之力。打个比方说，就如同病人看花，虽觉有趣，但满眼孱弱。而如杜子美、韩退之等人，才学茂盛，无论写何种题材，都写得刚强有力。这就好比是富贵人家的茶汤，看上去清淡，实则醇厚。看上去是弱的，实则是强。

即便是天生并不豪迈的人、性格细柔的人，如果学力深厚，诗风也自然刚强有力，故而叶秉敬①在其诗话中云："不读三百篇，不足以知诗之渊源；不读五千四十八卷，不足以入诗之幻化；不读尽十三经，不足以开诗之作用。今人于此数书，瞀不接目，徒曰吾观《文选》而已，读唐诗而已，与村学究教痴儿、读《千家诗》者何异？"对此，或有人反驳说：《诗经》三百篇，多是妇人、小子之作；汉高祖的《大风歌》、项王的《垓下歌》，都不是读书人写的。然其作品，就连后世博学的老儒生也是赞叹不止，故《沧浪诗话》云"诗有别趣，非关书"，因而叶氏的说法并不可取。

话虽如此，《沧浪诗话》说的是作诗之人，论的是诗之根

---

① 叶秉敬：字敬君，明代学者。

本，而叶秉敬说的是学诗之法。但他确实是言过其实了。即便不是学诗的人，《十三经》有谁不读呢？五千四十八卷书，即便一眼不看，又有什么害处呢？谢灵运、沈约等人虽然是博览群书的人，但他们未必都通读过《大藏经》。依靠饱读经卷，也未必就能提高诗艺。古今诗史上的那些有名之人，不懂佛教者甚多，只要对经史广为涉猎即可。

日本诗史

江村北海 著

江村北海（1713—1788），播磨（今兵库县人），本姓伊藤，字绶，字君锡，号北海，通称传左卫门，为福井藩儒伊藤龙洲之子。自幼学习儒学，精通汉诗文。著有《北海先生诗抄》《日本诗史》《虫谏》《授业编》等。

江村北海的主要作品是明和八年（1771）出版的《日本诗史》，是日本第一部汉诗史。《日本诗史》全书五卷，是一部以中日诗歌关系史纵向演变为线索的日本诗论，体现了"日本诗"的意识自觉。全书以论代史，简明扼要，颇得要领。其中卷四有云："余谓：明诗之行于近时，气运使之也。请详论之。夫诗，汉土声音也。我邦人不学诗则已，苟学之也，不能不承顺汉土也。而诗体每随气运递迁，所谓三百篇，汉魏六朝，唐宋元明，自今观之，秩然相别，而当时作者，则不知其然而然者，气运使之者，非耶？我邦与汉土，相距万里，划以大海，是以气运每衰于彼，而后盛于此者，亦势所不免。其后于彼，大抵二百年。"认为中国的诗风影响到日本，其间需要二百年，由此提出了诗论史上的著名的"二百年说"说。"二百年"为概数，并非确指，只是说明了中国诗影响日本在时间上的滞后性，可谓诗史规律的一个发现。

《日本诗史》原文为汉文，以下全文照录，并加新式标点以及少量注释。

日本诗史序（一）

北海先生著《日本诗史》而成，将上之梓，则命予序之。予受而卒业。自中古而今世，数百千载之邈焉，自王公而士庶，暨缁流红粉之杂焉，残篇剩语，脍炙人口而其名堙晦无闻者，广搜博采。人传其略，旁及噉名俗子、好事估客。苟其诗可观者，并录而无遗。盖不以人废才也。可谓词家苦心、艺苑盛举哉！然而斯史也，逮于近世则详乎布韦，而略乎冠冕者，独何也？先生博闻广识，潜心于此者数年，岂其有遗漏哉？然则予之平日慨然于怀者，无乃其有征乎？盖吾邦先王之奉神道以设其教，亦迨乎聘舶相通也，则礼乐政刑，无一而不资诸汉唐以为损益者。而其明经文章之选，亦惟无一而非金马玉堂之则也。故公卿大夫，翕然皆用心于诗赋论颂，而若和歌则其绪余也耳。

延喜中，敕编《古今和歌集》而掌其选者，未必阀阅之胄也。则可知以和歌名其家者，盖当时缙绅名族之所未屑也已。嗟夫，自皇纲解纽、学政不振，文事颓败殆几泯没。

于是乎和歌者流始擅艺柄，夸张相尚。卒乃世之所称歌仙者，推尊之甚，比之神圣，视其遗什犹典谟。古言或难晓，则附以神秘之诀，斋戒传授，礼最崇重。辄曰和歌之教之道，而王公之学之礼，而穆穆宫禁，奉以为盛典。吾侪小人，岂敢置一辞？虽然，三代圣人之道，有何等秘诀？而吾邦中古，亦未闻有此仪也。降此而曲艺末技之师，亦皆藉此机以干①进，则种种衒饰，靡所不届。而王公大人，或为之甘心，至乃泪吉誓神，恭执弟子礼，传秘探密，惟日不给。尚何暇属辞苦心之业之为？宜乎近世廊庙之上，文学寥寥，亡闻于世者。而惟衡门之寒、衲衣之陋，独擅美于草莱之下者，其可胜叹乎！抑虽世变之使然乎，亦未必无任其责者也。予尝持斯说将以微讽之。而青云之与泥涂，其相隔天壤不啻也。将质诸先觉，则自丧吾景山先生，而离群独学日就孤陋。故抑愤蓄疑，隐忍者久之。

幸矣！斯史之作也。予多年之所怀，今而足以征者，不亦喜乎！北海先生，奕世名儒，学识赡博，可以大有为者，而作此区区文士之举，盖其意之所在岂徒哉？以故诗论所及，诸子百家，无所不有，而非寓褒于贬，则视戒于宠。皮里阳秋不可测焉。不知先生托之以言其志者，如予所怀，亦在其中乎？

---

① 原文为"于"，疑是误刻，"干进"为谋求仕进之意，出自《楚辞·离骚》："既干进而务入兮，又何芳之能祗？"

庶几王公大人一阅斯史，或有所愤发，而小用心于文学乎？天厩之种，谷食之养，一日千里，岂敢凡骨驽材之所企及哉？时方升平，地是土中。王室肃雝，公卿委蛇，有宁处之遑，而无鞅掌之劳。余力学文，何求无成。况乃乘文明之运，而鸣泰平之美。岂翅①鸿业润饰，皇猷黼黹？可谓吾日出处之国光，赫赫乎足以辉万邦哉！草莽微臣如顺，亦得被其末光者，其喜岂有穷已哉？然则《诗史》之作也，其关系亦大矣哉！因不自揣，敢书鄙见，以为之序，并质诸先生云尔。

明和庚寅冬十月
平安医员法眼武川幸顺撰

日本诗史序（二）

余蚤岁从北海先生学，而得读异邦之书，谈异邦之诗，论异邦之世也。先生之言曰："晋杜征南，既建策平吴，又潜心训诂《春秋传》，其业可谓勤矣。而犹为不足，刊其成业于碑，为后世之名。其志可谓深矣。夫名不可以已者也。而徇名为利囮，君子弗论也。"余因窃谓，徇名为利囮，异邦人士滔滔皆是。盖异邦自古者圣明之主，莫不以举能求贤为先务。

---

① 翅：古同"啻"，意为但、只。

而周时取士，教官掌之，汉以后设选举法，至后世科目益广，乃童子有科目，耆老有礼征。是以岩穴下能屈王侯之尊，则终南为仕进捷径，亦何足怪哉！唐时以诗试士，一时躁竞，唯诗是务。后人称诗盛于唐，抑亦时政所使焉。

吾邦自穹壤剖判，亘万世一帝系统，政教概不与异邦同。况复升平日久，海内仰无为之化，封建之制，上下分定，士民安业，靡有觊觎之心，靡有躁竞之习。即有务为名高者，要是不为科第，则材学可称，诗篇可传者有焉。而后辈往往忽近，不必传者不少，岂可不惜哉？吾先生尝有感于此，近撰《日本诗史》，并考其世与人以论其诗。呜呼！先生之业可谓勤矣，先生之志可谓深矣。宜刊而传之，则后世其有所征焉。传曰："颂其诗，读其书，不知其人可乎？是以论其世也，是尚友也。"先生斯举，其得之哉！

明和庚寅仲冬
柚木太玄谨撰

日本诗史凡例

一、是编论诗以及人，非传人以及诗。即巨儒宿学，苟无篇章存在者，亦不论载焉。此所以名以"诗史"之义。

一、是编本为十卷，起稿丙戌之秋，戊子业就，乃命男惊秉校焉。但余罢仕八年于兹，囊橐既竭，剞劂殊艰，因拟割爱，先梓其半部。今兹庚寅二月，惊秉罹疾没。钟情之极，闭户谢客。长夏无事，殆难销日，乃修旧业，且以遣忧。会弟君锦自关东还，乃使其重校，以付剞劂。初为十卷，尚未足称词坛阳秋，况删其半，直是艺园刍狗。即敝帚传晒，抑亦婆心后辈云。

一、五卷中，初卷商榷中古近古朝廷文学，簪缨辞藻，始自白凤时，迄于庆长末。二卷者初卷绪余，其所论载，为武弁，为医，为隐，为释氏，为闺阁，年代同上，但闺阁不可多得，则近时亦附焉。第三卷论述元和以后京师艺文，兼及他州。第四卷东都，兼及他州。第五卷，第三、第四两卷余绪，论及诸州。

一、是编之作，全在揄扬元和以后艺文，而名以"诗史"，则不得不原其始也。是以溯洄古昔者，不必广搜。盖古昔诗可征于今者，莫先乎《怀风藻》。《怀风藻》作者六十余人，诗凡百二十首。《经国集》虽残缺，今存者二百余首。《丽藻集》凡百首，《无题诗集》七百七十首。其余中古近古诸集诸选尚多，若人人而评之，篇篇而论之，蕞尔一书，非所能辨，故断不言及。今初卷所录，以林学士所撰《一人一首》为标准，略陈瑜瑕以成卷者。要之，省笔减简，不能不然。

一、《怀风藻》所载朝绅，始自大纳言中臣朝臣大岛，讫于中宫少辅葛井连广成，人必具官衔者，于义当然。是编本拟亦据其例，至删为五卷，都除官称，单录姓名，亦唯省笔减简，不能不然。

一、是编初卷所论列，并是朝绅，绝无韦布士，由古选所收然也。盖一时艺文，特在青云上，而草莽士无染指者欤？不然则《怀风》《凌云》《经国》《无题》等诸选，率朝绅所纂辑，是以采择不及民间欤？是编第三卷以下所论载，靡匪布素。元和以后，朝野文武，靡然向学，青云上定不乏佳撰。而余意窃谓，以草莽士叨评论尊贵著撰，不敬之甚，以故全不论次。

一、是编删为五卷，阙略固所不论，而就其中言之，盖亦非无差等。京师详于东都，东都详于诸州，此非有所私厚薄。余住京师者数十年，于京师文学颇得要领，东都隔远，物色既难，况乎他州。余近览《本朝诗纂》，私钦敬其盛举，但其中录次京师近时作者，大为愦愦，其薰莸杂陈，亡论耳。若载余伯氏，已录伯氏姓名，又别举伯氏旧名旧表号，此以伯氏一人为二人，余可准知。噫！以宗藩之势何求不得。加之文学之职，宾客之盛，承顺其美，赞成其业，无所不至，而犹且如此，况余一人心力，管蠡海内，其谬误奚啻千万。

一、是编所论次近时作者，必盖棺论定而后敢论。若夫声名显著当今，下帷延徒，亡论余知与不知，并不举瑜瑕。盖誉之似党，毁之似夺，不能不避嫌疑。但不以讲说为业，及湮晦远名，或羽翼未成者，不拘此例。

一、我邦多复姓，操觚之士或以为不雅驯，于是往往减为单姓，不翅代北九十九姓，其义得失姑置之。是编多完录姓氏，要使后人易检索，而亦不尽然者有说也。余已载诸《授业编》，因不复赘。地名亦然。远江州称袁州，美浓州称襄阳，金泽为金陵，广岛为广陵之类，于义有害，是以一概不书。

一、古曰："作诗之难，论诗更难。"非论之难，论而得中正之难。夫诗体裁随时，好尚从人。必欲使天下作者归己所好，一非一是，矫枉过正，其极，变温柔敦厚之教，开倾危争竞之端。悲夫！《孟子》曰："物之不齐，物之情也。"五色各色其色，未尝失为其明，夫玄之与黄，孰是取焉？孰非舍焉？余不好为诡言异说以建门户，是编所论，中古即以中古，近时即以近时，京师即以京师，东都即以东都，人人各逐其体评论，冀无寸木岑楼之差。

一、是编所论载诗，大率近体，绝不及古诗者，中古朝绅咏言，近体间有可录，至古诗殊失其旨。元和以后，作者辈出，近体诗实欲追步中土作者，但五言古诗未得其面目。蘐园诸子文集，其首必多载乐府拟古诸篇，然以余论之，尚有可议者。其详载诸《授业编》云。

明和庚寅冬十月　北海江村绶题于赐杖堂

日本诗史 卷一

按史：应神天皇十五年，百济国博士阿直几来朝，献《周易》《论语》《孝经》等书，上悦，使阿直几授经诸皇子，我邦经学盖肇于此云。后阿直几荐王仁，上乃诏百济王征王仁。王仁至，与阿直几同侍讲诸皇子。上崩，仁德天皇即位，迁都浪速。王仁献《梅花颂》，所谓三十一言和歌者也。或曰："异域之人何以作和歌？所献或是诗章。当时史臣译通其义耳。"或曰："王仁归化既久，熟我邦语言，学作和歌。"未知孰是也。要之距今千有四百年，载籍罕传，其详不可得而知也。自仁德升遐，历世三十，经年四百五十，天智天皇登极，而后鸾凤扬音，圭璧发彩，艺文始足商榷云。

史称："诗赋之兴，自大津王始。"纪淑望亦曰："皇子大津始作诗赋。"而其实大友皇子为始，河岛王、大津王次之。大友诗五言四句：

道德承天训，盐梅寄真宰。
羞无监抚术，安能临四海？

典重浑朴，为词坛鼻祖而无愧者也。大友，天智太子，与太叔龙战于关原，天命不遂。"安能临四海"之语为谶。河岛王有五言八句诗，大津王兼作七言，才皆不及大友。

葛野王，大友长子，《游龙门山》诗："命驾游山水，长忘冠冕情。"风骨苍老，不减皇考。详诗意，壬申乱后，潜晦形迹，纵情泉石欤？葛野王生河边王，河边王生淡海三船，世有才名。

至尊睿藻见于古选者，文武天皇为始。《咏月》五言八句，见《怀风藻》，又《咏雪》曰："林边疑柳絮，梁上似歌尘。"齐梁佳句。

平城天皇有《咏樱花》诗。

嵯峨天皇，天资好文，睿才神敏，宸藻最称富赡。其七言近体中警联殊多，但未免骈俪合掌，亦时风尔耳。如曰："家乡杳杳多归志，客路悠悠少故人"，"云气湿衣知近岳，泉声惊枕觉邻溪"。冲澹清旷。

弘仁御宇日，平城让皇在西内，淳和以皇太弟在东宫，三宫融睦，孝友天至，花晨月夕，宴乐相接，宸章往复，几靡虚日。不直右文养德，实是旷代盛事也。但平城、淳和二帝睿藻，传者不多。

宇多天皇有《玩残菊》七绝，醍醐天皇有《读菅氏三代集》七律，二帝御制，止此而已。

村上天皇亦称好文，所传《宫莺晓啭》七绝，自以为警绝。史称："上亲制诗题，召词臣同赋，以为娱乐。"而余不概见，惜夫！

永延帝《披书见往事》七律，虽语重累，而足见睿思正大。

长历、永承、延久三帝御制，散见诸书者，皆只句断章，无有完者。延久帝聪明善断，大有为之君，而在位仅五年而崩，宸章亦沦亡，殊可慨叹。是时上距天智即位四百三十年。帝崩后，文教渐不振，世方尚和歌。陵夷迄乎保元、平治，朝廷多故，经学、文艺，并不复讲者，几乎百年。尚幸有嘉应帝内宴御制一首见《著闻集》，当时应制作者十余人，其诗无传。嘉应帝崩后，历十七帝，百七十年，康永帝即位。元年春宴，以《山家春兴》命题，御制诗曰：

桃花流水洞中天，不记烟霞多少年。
满目风光尘土外，等闲逢着是神仙。

意境闲雅，语亦圆畅。当时应制词臣二十二人，诗今存者仅九首，其中如僧贞乘曰："微风时送幽香至，似报前山花已开。"藤国俊曰："游丝百尺飘天上，不及山翁心绪闲。"虽韵格不高，颇见巧致。是时南北战争，四郊多垒，而帝能以文雅帅臣僚，不亦伟乎！自康永至天正，又二百年，其间无睿藻见史册者。至文禄改元之后，有天子赐源通胜御制诗，盖否极而泰，元和文明之运已兆于此者欤？

皇子、诸王之诗，大友、大津、葛野之外，大石王、山前王、仲雄王、犬上王、境部王、大伴王等令藻，见古选者不过数首，独长屋王则有数十首，要之鲁卫之政。若论其才俊，无出兼明亲王，次则具平、辅仁耳。兼明，醍醐皇子，二品中务卿，世称前中书王是也。自幼好学，才识绝伦。帝爱重之，欲立为太子，而执政惮其贤明。帝不得已，以承平帝为东宫，兼明为右大臣，赐姓源氏。复为执政所忌，不能久居台司，退隐嵯峨，作《菟裘赋》以见其志。赋中有曰：

> 扶桑岂无影乎，浮云掩而乍昏。
> 丛兰岂不芳乎，秋风吹而先败。

抑郁之怀可想也。尝《咏禁中竹》"迸笋才抽鸣凤管，蟠根犹点卧龙文"，称为警拔。又《咏养生方》三言，《忆龟山》杂言，真情畅达。其余诗赋见古选者，往往可吟哦。

具平亲王，村上皇子，二品中务卿，世称后中书王。《题橘郎中遗稿》七律，悲惋凄恻，一时传称。其结句曰："未会茫茫天道理，满朝朱紫彼何人？"盖亦为藤原氏发也。又《遥山暮烟》七律，精诣被赏一时。

辅仁亲王，延久帝子。《咏卖炭妇》七律，用意恳恻，语亦平整，以亲王尊贵，注情于此，岂不贤乎？保平以降，帝子徽音，寥乎无闻，唯有贞常、贞敦两亲王遗篇而已。贞常亲王，贞和帝曾孙，《落叶》七绝，见《康富日记》：

> 枯梢寂寂带夕阳，满砌飘尘拥藓苍。
> 莫道晚风吹叶尽，老红却恐晓来霜。

虽语差晦，用意自工。贞敦亲王，贞常曾孙，《江山春意》七绝：

> 江山雨过翠微平，樵唱渔歌弄春晴。
> 风动水南酒旗影，杏村既听卖花声。

兴象宛然，意致亦婉。

公卿朝绅，著称词林，世不乏其人，而兰玉竞芳，凤毛绍美者，藤原氏、菅原氏、大江氏，次则纪氏、橘氏、源氏、三善氏、小野氏、巨势氏、滋野氏等，不过十数家。

藤原氏，以淡海文忠公史为首。公盛德大业，位极人臣，宅暎余暇，留意翰墨，辞藻亦冠绝一时。《元日朝会》诗，五言十二句，见《怀风藻》，华赡而典则。公生四子，并有才学。长子左大臣武智，继位台鼎，其诗失传。次子参议房前，《七夕内宴》诗：

> 琼筵振雅藻，金阁启良游。
> 凤驾飞云路，龙车度汉流。

骎骎乎王杨卢骆。其次参议宇合，史称"宇合有文武才"，尝为聘唐使，风采可想。四子兵部卿万里，少长簪裾，而不忘丘壑，常曰："当今上有圣主，下有贤臣，我曹何为？"放浪琴酒，自称圣代狂士。《怀风藻》载《暮春宴会》诗曰："城市元非好，山园赏有余。"记其实也。

武智、房前二公子孙，南北分宗，世官宰辅。椒聊蕃衍，衣冠满朝，而篇章传世者，武智曾孙三成，有《渔家杂言》。房前曾孙左大臣冬嗣，有《奉和圣制宿旧宫》七律，左京大夫卫，有《奉和圣制春日感怀应制》七绝，参议道雄有《咏雪》七绝，玄孙弹正少忠令绪，有《早春游望》七律，其余无多。

中纳言葛野，亦房前曾孙，有辞才，延历中为聘唐使，惜著作无传。葛野子刑部卿常嗣，博学强识，少知名。承和中为聘唐使。父子妙选，世以为荣。常嗣诗见古选。《秋日登睿山》五言近体中曰："仙梵窗中曙，疏钟枕上清。"清迥不凡。

左大臣时平，有《秋日会城南水石亭寿藏大师七十》诗。水石亭，公别业。藏大师，大外记大藏善行。公少受业善行，因有斯举。公以陷营公，获罪名教，其人固不足道，而崇师也，重业也，挽近未得其比。当时右文好尚可想。史称："此会一时，名士毕集。"藤氏势焰固当尔，而亦善行之荣幸也。诗今存者二十余首，纪发昭、三善清行亦在其中，而清行七律得骊珠，其余鳞甲，无足把玩者。

参议菅根，有才子誉。尝被菅公荐引，后阿附左相而倾菅公，其人固卑。《惜秋玩残菊》七律，殊不雅驯。此宽平中内宴应制诗。同时作者二十余人，今存十三首。而藤原氏七人，大纳言定国亦有作诗，皆不足录。

藤原氏权势，至太政大臣道长，穷极满盛。所谓男公女后，富逾帝室者，其侈丽豪华，震耀一时，而其人好诗善书，亦可嘉尚。公尝创法成寺，世称御堂公。又营别业于宇治，高阁层轩，擅流峙之胜，公数往游，有诗云：

> 别业尝传宇治名，暮云路僻隔华京。
> 柴门月静眠霜色，茅店风寒宿浪声。
> 排户遥看渔艇去，卷帘斜望雁桥横。
> 胜游此地人难老，秋兴将移潘令情。

意境萧散，绝无权贵相。公侄内大臣伊周，中纳言隆家，并好文词，而淫凶无取，诗亦不韵。

大纳言公任，世称其多才。大江匡衡尝评一时诗人，以公任敌齐信。余索其遗篇，寥寥罕传。若夫《题山川晴景》七律，稚拙不成章，匡衡之言溢美耳。

参议有国，《重阳陪宴》七言长篇，用事错综，足见才思。但章法句法未透，难入选耳。有国，参议真夏之后，其高祖创建大刹于洛南日野，自以为大功德，由是称日野氏。其父辅道，对策高第，至有国，家声益振，子孙世名于儒林。

五品为时，《题玉井别庄》七律：

> 玉井佳名世所称，松楹半按碧岩棱。
> 山云绕屋应裹幔，涧月临窗欲代灯。
> 梅吐寒花朝见雪，水收幽响夜知冰。
> 池边何物相寻到，雁作来宾鹤作朋。

虽乏声格，首尾匀称，足称合作。

为时女紫式部，以著《源语》①称于世。

木工头辅尹赋《醉时心胜醒时心》，鄙俚可笑，而大江匡衡数称其才。时论之不足凭，古今同愦愦。

大纳言仲实赋《德配天地》，右京大夫公章"回文体"，及正时赋《日月光华》，长赖赋《海水不扬波》，公明、敦隆俱赋"走脚体"，宪光、尹经俱赋《班万玉》，皆试场诗，殊无佳者。（正时以下六人未详官衔。）

三品实纲《贺新成太极殿》，右大辨有信《三月尽》，中纳言实光《咏傀儡》，左大辨宗光《尚齿会诗》，少纳言敦光《夏夜吟》，四品实范《遍照寺作》，五品季纲《东光寺作》，

---

① 《源语》：指《源氏物语》。

茂明《劝学院作》，知房《秋日即事》，并七言律，见古选。其中不无半联只句佳者，而瑕颣相半，全佳者绝无。但知房"郊扉暮掩茶烟细，岫幌晴寨桂月幽"意匠闲澹，全章亦不甚拙。

左卫门尉周光《冬日山家即事》，虽有小疵，自是胸臆中语，故平澹中反觉有味。史称："周光宦仕不达，有北门叹，虽居辇毂，常眷山林。"余阅《无题诗集》，载周光诗多至百首，大抵山居题咏，则史言诚是。

左大辨显业《三月游长乐寺》七律：

寺比五台形胜地，时当三月艳阳天。
山楼钟尽孤云外，林户花飞落日前。

字句工丽，金石铿锵，但起结不谐，殊可惜也。余览前古选集，骚人文士，留题长乐寺者甚多。藤原氏则敦宗、李纲、实兼并有七律。据其诗，殿堂之美，林泉之胜，巍然一大刹，今则不然，桑沧之变，物外亦然。

东宫学士明衡《花下吟》，虽造语不合，意义自全。明衡，宇合之裔，编《本朝文粹》有功于艺苑不眇，其子刑部卿敦基，夙有诗名。"风生林樾时疑雨，浪洗石棱夏见花。"一时传称。

少纳言通宪，文章博士实兼子，保元帝乳母夫也，博学多通，辨给而有才略，少时不遇，尝作诗曰："顾身深识荣枯理，在世偏慵游宦心。"遂剃发，更名信西，保元帝即位，登庸掌机密，恃才果用，志在革弊政，而苛刻少恩，终以此败。《无题诗集》多载其诗，其子俊宪亦有词才，官至参议。

大政大臣忠通，相国忠实长子，相国悬车，代为宰辅，后相国溺爱少子左大臣赖长，谋废公移政柄，而公奉承依依，恭顺无亏，惟孝之德足颂，而加有好文之美，岂不伟乎！《无题诗集》载公诗九十首，间有谐合者。

左相，公异母弟，少时颖敏，好学能诗，往使相国教以义方，当为栋梁伟材，而趋庭失训，阋墙畜奸，保元祸乱，实阶于此。如其著作，今犹传世。

元久中内宴，题《水乡春望》，应制作者，今可征者十九人：太政大臣[①]良经、左大臣良辅以下，藤原氏十五人，中纳言资实、中纳言亲经、式部大辅宗亲、左大辨盛经、东宫学士赖范、文章博士宗业、大内记行长等，大率无足录者。

---

① 太政大臣：底本"大政大臣"，疑为误刻，太政大臣日本律令制度下的最高官位，位居太政官四大长官之首（太政大臣、左大臣、右大臣、内大臣），与左大臣、右大臣并称"三公"，唐名相国，淳仁天皇天平宝字二年至八年（758—764）一度改名为"太师"。太政大臣为非常设官职，辅佐天皇，总理国政，定员一人，对应位阶为从一位或正一位。天智天皇十年（671）由大友皇子（即后来的弘文天皇）首任，而最后一任太政大臣是在明治四年（1871）担任的三条实美。

建保内宴,作者见古选者,藤原氏九人,诗殊无可览者。盖保平以降,朝纲解纽,文学衰废,于是和歌特盛,内宴咏言,和歌为主,诗存饩羊耳,其不精工,不亦宜乎?

中纳言基俊、中纳言定家,并称和歌巨匠,有诗传世,固非其所长。

左大臣兼良,有《避乱江州水口驿遇雨作》:

忆得三生石上缘,一庵风雨夜无眠。
今日更下山前路,老树云深哭杜鹃。

按史:公才学该通和汉,著作殊多,《四书童子训》其一也,当时天步艰难,公虽位宰辅,南北播越,忧虞度日,而讲明圣经,操觚无废,此足以有纪也。

文明十五年,足利相公第宴会诗,传者十九首。太政大臣政家、左大臣实远、内大臣实淳、内大臣通秀、左近卫大将冬良以下,藤原氏十人。文明,上距建保二百六十年,其诗较诸建保,反有可观。盖此时虽朝廷文教益废替,五山禅林诗学盛兴,朝绅或因其鼓荡尔欤?

内大臣实隆,号逍遥院,致仕后诗云:

三十年来朝市尘,扁舟归去五湖春。
平生惭愧无功业,合对白鸥终此身。

每诫子弟曰："吾少年不努力,老来悲伤无及,汝曹宜勿效尤。"因课子弟,誊写"六经"及《史记》《汉书》等。世知公为和歌巨擘,而不知有文学,故揭而出之。

右所录外,藤原氏见诸集者,犹有数十人,以繁删之云。其余一联一句,古今传称,而全章阙亡者,五品笃《咏砧》:"捣处晓愁闺月冷,裁将秋寄塞云深。"右马头季方《三月尽》:"林间纵有残花在,留到明朝不是春。"右少辨雅材《晴景》:"松江日落渔舟去,萝洞云开隐径深。"左中辨维成《江上作》:"客帆有月风千里,仙洞无人鹤一双。"大纳言齐信《咏妓》:"秋月夜间闻按曲,金风吹落玉箫声。"等,不可枚举。齐信名价重于一时,而其诗不多见,使人叹惋。

菅原氏,本姓土师,圣武天皇天平元年,赐侍读土师古人姓菅原。古人子清公,夙有文名,延历中为聘唐使,有《汴州上源驿值雪》诗云:

云霞未辞旧,梅柳忽逢春。
不分琼瑶屑,飞沾旅客巾。

历官至左中辨。清公子是善,自幼聪敏,才名显著,官至参议。

菅原善主、菅原清冈(诸家系谱不载二人,官职失考,《江家次第》以善主为清冈侄,春斋林子以为清公子,未知孰是),并有《咏尘》,应制五言排律。中良舟、中良楫、藤原关雄,皆有此题咏,必一时作。较其优劣,二菅最超绝矣。二菅诗精工整密,力量相等,难为兄弟。今并录全首,以质具眼者。善主云:

> 大噫笼群物,惟尘最细微。
> 遇霖时聚敛,承吹乍雰霏。
> 洛浦生神袜,都城染客衣。
> 朝随行盖起,暮逐去轩归。
> 动息常无定,徘徊何处非。
> 冀持老聃旨,长守世间机。

清冈云:

> 微尘浮大道,霭霭隐垂杨。
> 色暗龙媒埒,形飞凤辇场。
> 徘徊宁有定,动息固无常。
> 逐舞生罗袜,惊歌绕画梁。
> 因风流细影,伴雪散轻光。
> 无由逢汉主,空此转康庄。

右大臣道真,是善子,自古儒臣官至台司者,吉备公之后,有公而已。公之德业，非特东方人士钦戴之，至于遐方异域，闻其风者，靡不景仰。元萨天赐、明宋濂辈歌诗，历历可征也。但世之口碑，往往失实。罗山林子辩驳之，更作公传，文集十三卷，俨然具存，穆如之美，可得而见也。又如《重阳侍宴同赋菊散一丛金应制》云："微臣采得籝中满，岂若一经遗在家。"其雅尚岂徒寻常文士之俦哉？宜乎庙祀千载，威灵显赫，子孙绳绳，文献世家也。

文章博士淳茂，右相次子，文才秀发，无愧箕裘。赋《月影满秋池》云：

> 碧浪金波三五初，秋风计会似空虚。
> 自疑荷叶凝霜早，人道芦花过雨余。
> 岸白还迷松上鹤，潭澄可数藻中鱼。
> 瑶池便是寻常号，此夜清明玉不如。

盖其少时作，稍见工密，惜起句逗漏。

大学头文时，右相孙，大学头高规子，世所称"菅三品"是也。辞才富逸，名价与大江朝纲相拮抗。《题山中仙室》云："桃李不言春几暮，烟霞无迹昔谁栖。"优柔平畅，元白遗响。又天历中，应制赋《宫莺晓啭》云："西楼月落花间曲，中殿灯残竹里音。"帝叹嗟以为不可及。兄左少辨雅规，弟大学助庶几，子大学头辅昭，右卫门尉惟熙，从子右中辨资忠，皆有诗名，可谓一门兰玉，追踪谢家矣。

宽弘二年十一月，皇子始读《孝经》。礼毕，帝诏词臣献诗，侍读辅正，侍读宣义，并有应制作。辅正，右相曾孙。宣义，文时孙。可见菅氏世能其业。

《朝野群载》载菅才子《沈春引》一首。菅才子失其名，或曰"永久中人"，诗无足观者。

大学头是纲、文章博士在良、大学头时登，皆民部少辅定义子，为右相七世孙。埙篪相和，才名并著，较其力量，亦相伯仲矣。就中是纲《长乐寺》颈联："楼阁高低随地势，林泉奇绝任天然。"景象凑合，气骨兼完。

文章博士为长、大学头在高，并有《水乡春望》七绝，俱非佳境。

文章博士在躬、刑部少辅忠贞、大学允永赖、五品斯宗、五品义明，皆称善诗，而遗篇寥寥，难论造诣。

大江氏出于平城天皇，至参议音人，始以艺业显著，世称江相公是也。音人遗篇散亡，《江谈钞》仅载《花落》一绝，尤非佳作，而《谈钞》反以为得意诗何耶？音人子式部大辅千古，千古子中纳言维时，相绍能业，而维时最知名，世称江纳言。二人词藻亦复散逸，无足录者。

参议朝纲，音人孙，天历中声名籍甚，世称后相公，以别音人。其《咏王昭君》七律颔联云："边风吹断秋心绪，陇水流添夜泪行。"寓巧思于平易，颈联云："胡角一声霜后梦，汉宫万里月前肠。"寄悲壮于幽渺，诚为佳联。惜乎起句率易，已失冠冕之体；结句卑陋，又绝玉振之响。世传朝纲梦与唐白乐天论诗，尔后才思益进。盖当时言诗者，莫不尸祝元白，犹近时轻俊之徒，开口辄称王元美、李于鳞也。朝纲名重艺苑，所以附会此说也。

文章博士以言，千古曾孙，夙有声誉，尝赋《晴后山川》，源为宪击节叹赏，今诵之，有大不协者。又《暮烟》七律，不及具平亲王，惟《闲中日月长》一律，似胜他作，而颔联牵强不成句。《江谈钞》曰："橘在列不如源顺，顺不如庆保胤，胤不如江以言。"岂其然乎？《谈钞》，江帅门人所编录，故当云尔。噫！虚名溢美，何代不有？

式部大辅匡衡，维时孙，博学强记，文辞宏富，世推大手笔。以侍读两朝，历任清要，加之累世儒业，高自矜伐。作五言古诗一百韵，详述遭遇，他章亦多称官阀。文集三卷行于世，其作类失粗豪，且不免俗习，虽饶篇什，无疵瑕者无几。

时栋、政时，二人谱第不详，职位无考，诗各一首，见《朝野群载》。

扫部头佐国，朝纲曾孙，性爱花卉，野史云"佐国死后化蝶"，亦可证有花癖也。《无题诗集》多收其诗，大抵怜芳惜香之作。其中云："六十余春看不足，他生亦作爱花人。"温藉脱落，余最嘉之。又有《观宋国商人献鹦鹉》四韵云：

> 巧语能言同辨士,绿衣红嘴异众禽。
> 可怜舶上经辽海,谁识羁中忆邓林。

着实明畅,语有次第,当时咏物,无出此右者,惜起结不称耳。余论大江氏,朝纲上襄,佐国雁行,其他往往名浮其实。

中纳言匡房,匡衡曾孙,博涉群籍,学通古今,最留意国家典章,以八叶儒家、三朝侍读,名重朝野。尝为太宰帅,世称江帅。其在宰府,诣营公庙,作二百韵诗,盛传一时。其他大篇巨什,经见诸书,而造语浅率卑近,无足采者。但所著《江次第》,至今行于世。要之,才敏综覆,而自运非其所长也。子式部大辅隆兼,诗才出蓝,不幸早世。

纪氏,武内之后。武内十三世孙大纳言纪麻吕,有《春日应制》诗,麻吕子式部大辅古麻吕,有《咏雪》诗,俱载《怀风藻》,麻吕父子之诗,接武乎大津、葛野二王,而为公卿先鞭,诸氏咏言,皆贾其余勇。

太宰大贰男人《游芳野》,越前守末茂《观鱼》,民部少辅末守《送别》,三诗古朴,体格未具,不可加以三尺也。

御依也,虎继也,记氏系谱不收,官职无考。御依有应制《赋落花》七言歌行,盖弘仁帝幸河阳离宫,有《落花御制》,从幸词臣,应制奉和,而诸诗散逸,今存者除御依外,有坂田永河长篇一首已。永河之诗,彩缛可睹,御依不及远甚。虎继省试《赋荆璞》五言排律,中联云:

潜光深谷里，韬彩古岩边。
价逐千金重，形将满月圆。
冰霜还谢洁，金石岂齐坚。

精工纯至，可称佳绝。

式部丞长江，麻吕玄孙，有《红梅》诗。

中纳言发昭，字宽，宽平、延喜之际，名声藉甚，至时人与菅右相并称。余阅其遗篇，殊不及所闻，诸选所收《贫女吟》，真儿童语耳。特《山家杂咏》八首，稍有潇洒致。其子参议叔光，亦有诗名，延喜中，藤左相水石亭贺宴，发昭父子并列其席。叔光之后，纪氏无显者。至康永中，有纪行亲者。《山家春兴》云："不识黄鹂栖树底，一声啼破满山霞。"稍有幽况，惜霞字未免俗。

纪在昌："岸竹枝低应鸟宿，潭荷叶动是鱼游。"纪齐名："仙臼风生空簸雪，野炉火暖未扬烟。"二联见《朗咏集》，并逸首尾。齐名有重名。江帅尝评当时诗人曰："齐名之诗，如雪朝上瑶台弹玉筝。"惜遗稿不传，瑶台雪色，无可仿佛。

橘氏，至常重始见艺林，而世次官衔，并无所考，《经国集》载《秋虹》一律。

橘在列，诗名高世，亦阙系谱。源顺尝师事焉。在列后为僧，更名尊敬。亡后，顺为辑遗稿，名《敬公集》，今存者小作数篇已。

宫内少辅正通，或曰"在列子"，有俊才而官不达，居恒悒悒，有浮海之叹。后挈家奔高丽，为彼国大臣。其《赠藤在衡》云：

吏部侍郎职侍中，着绯初出紫微宫。
银鱼腰底辞春浪，绫鹤衣间舞晓风。
花月一窗交昔密，云泥万里眼今穷。
省躬还耻相知久，君是当年竹马童。

其钦羡在衡之超迁，凄恻自己之坎壈者，淋漓乎楮墨间。其弃组投遐，理或有之。

东宫学士直干，才思拔群，而遗藻泯阙，殊可惜也。其断篇只联，散见诸书者，皆可称赏。《赠邻家》云："春烟递让帘前色，晓浪潜分枕上声。"《宿山寺》云："触石春云生枕上，含峰晓月出窗中。"又《游石山寺》云："苍波路远云千里，白雾山深鸟一声。"僧斋然在宋国，"云"为"霞"，"鸟"为"虫"，以为己作示人，彼中人曰："若作'云'、'鸟'乃佳。"

左大辨广相，幼而能诗，九岁召见，属春暮，应诏云："荒村桃李犹可爱，何况琼林华苑春。"又《题项羽》云："灯暗数行虞氏泪，夜深四面楚歌声。"皆非全篇。又作《神护寺钟序》，菅是善铭，藤敏行书，世以为三绝。

源氏，宗统非一，右大臣常、大纳言弘、参议明，皆弘仁帝子赐源姓者。《经国集》载其诗，且录年纪。常十六，弘十五，明十三，其夙慧可知。而三首之外，无复只字，《经国集》残缺，十亡其七，无由考索耳。

大纳言湛，弘仁帝孙，有诗见《经国集》。

能登守顺，弘仁帝玄孙，学该和汉，所著《和名钞》行于世。诗篇传者不多，而《咏白》七言律，当时称之。起句云"银河澄朗素秋天，又见林园玉露圆"，诚佳；三四云"毛宝龟归寒浪底，王弘使立晚花前"，已非佳境；五云"芦洲月色随潮满"，大有精彩，而对以"葱岭云肤与雪连"，痴重殊甚。不惟一联偏枯，全章为废，可惜。

左近卫中将英明，系属宽平帝，菅右相外孙也。《叹二毛》五言古风，自叙履历，读之潸然，语亦不拙。

大纳言俊贤，越前守则忠，皆延喜帝之后，篇什仅存。俊贤博洽有重望，著《西宫记》，行于世。

大纳言经信，才艺多方，庙议廷论，亦卓越一时，诗虽无警拔，音响颇平。

伊贺守为宪，近体数首，散见诸书，其才不及经信。

孝道也，道济也，时纲也，未详其谱系、官阶，诗则并传。就中时纲最名世。《赋宫中蔷薇》云：

蔷薇一种当阶发，不啻色浓气亦薰。
红萼风轻摇锦伞，翠条露重袭罗裙。

饱看新艳娇宫月，殊胜陈根托涧云。

石竹金钱虽信美，尝论优劣更非群。

"蔷薇涧"见白乐天诗，末句亦用乐天"石竹金钱何琐细"之义。

平氏，延历以前已有之。《文华秀丽集》载平五月诗，五月孙有相，亦有诗名。若夫保平之间，宗族滋蔓，貂蝉满朝者，则皆桓武之裔也，而以文雅称者无几。后有参议经高、勘解由次官栋基等诗，皆不足采择。

小野氏，弘仁中，参议岑守，以文章司命自居，所选《凌云集》，多载己作，今阅之，合作绝无。

小野永见有《田家诗》，小野年永有《新燕诗》。永见为征夷副帅，开府陆奥，拥旄杖节，而眷恋桑麻，其意可嘉，诗亦不拙。年永不详履历。

参议篁，博学能文，名声震世，至今闾阎儿女莫不知其名，《经国集》载其诗数首，如《陇头秋月明》六韵，骨气韵格，直逼盛唐，而造语间失疏卤，可惜。

春卿、滋阴，官职并无考。春卿《省试照胆镜》长律，上半颇能铺陈，下半猥劣殊甚，然题已险艰，虽近时作家，恐难遽措辞。滋阴《残菊应制》："金葩留北阙，玉蕊少东篱。"亲切题意。

（以下所录诗人，系谱官职，多不可考者，姑记其姓名，以附重考，不复一一识别。)

大伴氏，出自道臣命。大纳言旅人，《春日应制》四韵，见《怀风藻》，典实得体。旅人子中纳言家持《上巳游宴》诗，见《万叶集》。家持领节钺于奥羽，文武并称。

大伴池主有《上巳》诗，见《万叶集》，大伴氏上有《观渤海贡使入朝》七言律，见《凌云集》。渤海朝贡始末，具见旧史。后辽太祖灭渤海，改为东丹国，以长子倍为东丹王，其地濒北海，明时名哈密者。

都氏，本桑原氏，相传后汉灵帝之后，宫造《伏枕吟》，用赋体，语多凄恻。广田《咏水中影》五言律，虽颇工，语不雅驯。至腹赤，更姓都氏，其子文章博士良香，诗名最著。如"气霁风梳新柳发，冰消波洗旧苔须"、"三千世界眼中尽，十二因缘心里空"等，脍炙于世，皆非全章。集若干卷，今存文三卷。后来，都在中《捣衣篇》，稍可讽咏。

三善氏，或曰百济国王之后也。参议清行，字耀，博学洽闻，器识高远，文名烜赫乎一时。世对以纪发昭，又与大藏善行并称，皆非笃论也。藤左相贺宴诗，今存者十九首，清行七律在其中，不但野鹤鸡群也，如"紫芝未变南山想，丹露犹凝北阙心"，直是钱刘堂奥。发昭、善行岂得望其影尘乎？延喜十四年，上封事论列十二条，又因星变，劝菅公致仕，公左迁后，禁锢诸菅，及门生故吏，人知其冤，无敢言者。而清行上疏论救，其忠愤义烈，前后儒臣，未观其俦，岂徒文辞超绝时辈哉！特怪其子孙无闻于艺苑，果无其人欤？抑失其传欤？后来，有三善为康《古风》一篇，其中云：

径蓬滋兮蓁蓁，泉石清兮磷磷。
劳丹心于虎馆，曝红鳞于龙津。
惊衰鬓于霜雪，洒老泪于衣巾。

寓旨可悲，语亦淳雅。为康著《朝野群载》行于世。

惟良氏，亦百济王之后，弘仁中，有惟山人春道者《山寺作》云："纱灯点点千岑夕，月磬寥寥五夜心。"又，惟良高尚《宫中残菊》云："莫问孤丛留野外，唯知一种在宫闱。袭人香气宁因火，学锦文章不用机。"

安倍氏，首名，诗见《怀风藻》；广庭，诗见《凌云集》；吉人，诗见《秀丽集》，皆不足采。唯文继《晚秋》："朝烟有色看深浅，夕鸟无心暗往来。"可谓以澹调驾巧思矣。

大神高市、大神安麻吕、中臣大岛、中臣人足诗，并见《怀风藻》。高市在持统朝，以忠谏骨鲠①见称。大岛诗《叶落山逾静》有味。

坂上今继《信浓道中》云：

---

① 底本《新日本古典文学大系》（岩波书店刊行）中为"鲛"，《日本诗话丛书》中为"鲠"，辨其意，此处应为"鲠"。

> 奇石千重峻，畏途九折分。
> 人迷边地雪，马蹑半天云。
> 崖冷花难发，溪深景易曛。
> 乡关何处在？客思日纷纷。

整齐缜密，可谓合作。而当时无称何也？坂上今雄《送渤海使》云：

> 大海元难涉，孤舟未易回。
> 不如关塞雁，春去复秋来。

婉而有致。

中科善雄："有月三更静，无人四壁幽。"大是佳境。

良岑安世，桓武皇子赐姓者，著作甚富，而大率碌碌。

庆滋保胤也，贺阳丰年也，朝野鹿取也，当时甚有声誉，而遗诗皆不满人意。菅野真道撰《续日本纪》，文才可想，而诗殊不谐。

善为政《游东光寺》、中原康富《寒山》、多冶比清贞《衰柳》、锦部彦公《题僧院》、勇山文继①《宴游》、高邱

---

① 勇山文继：平安时代初期的汉诗人。底本"勇山文雄"疑为误刻。

弟越①《神泉苑应制》、上毛野颖人《田家》、田口达音《秋日》等，古选所载，稍足可观。其他，林娑婆②《怀古》、淡海福良《田家》、王孝廉《侍宴》、宫部村继《过古关》、三原春上《梵释寺》，朝原道永、扬春师、巧诸胜、大枝永野并《咏雪》，笠仲守《冬日》，高村田使《梅花》，和气广世《落梅花》，布琉高庭《小池》，常光守《岁除》，治文雄"建除体"等，虽入古选，皆不足录。

南渊永河、南渊弘贞《赋梁》，净野夏嗣《咏屏》，石川广主《咏鬼》，大枝直臣《咏燕》，路永名《赋三数》，清原真友《字训诗》，伴成益《东平树》，鸟高名《宝鸡祠》，春澄善绳《挑灯杖》，大枝矶麻吕《爨桐》等，皆弘仁中制题，惜时无良工，陶冶未尽，是以荆璞才剖，而硋跌盈箱，钟鼓毕陈，而箫韶远响，诸臣咏物，往往拙累，唯夏嗣、永河二诗，能协题义，语亦清爽。

古昔诗人见诸书者，右所录外，有巨势多益、美努净麻吕、调老人、荆助仁、吉知音、刀利康嗣、田边百枝、石川石足、道公首名、山田三方、息长臣足、黄文连备、越智广江、春日藏老、背名行文、调古麻吕、刀利宣令、田中净足、守部大隅、丹墀广成、高向诸足、麻田阳春、葛井广成、高

---

① 高邱弟越：底本"高邱茅越"疑为误刻。
② 林娑婆：底本"林婆娑"疑为误刻。

阶积善、文室尚相、大和宗雄、岛田惟上、岛田惟宗、伊与部马养、采女比良夫、下毛野虫麻吕、百济和麻吕、箭集虫麻吕、伊伎古麻吕、石上乙麻吕等，以繁不录。

日本诗史 卷二

考诸汉土，古者文武不甚相岐，列国卿大夫，入理庶政，出帅三军。秦汉以还，文武始岐。所谓随陆无武，绛灌无文。迄唐中叶，千斛弓一丁字，更相诟訾。于是横槊赋诗，据鞍草檄，世称无几。况我东土，琼矛探海，宝剑镇邦，其建极也，素有不同。是以韬钤咏言，无见古选，后来战争之世，反得数人云。

武藏守细川赖之《海南偶作》云：

人生五十愧无功，花木春过夏已空。
满室苍蝇扫不去，独寻禅室挹清风。

赖之行事，见《太平记》。足利义诠既薨，义满嗣立。赖之执政，内辅幼主，外御猛将，上下倚赖，远近偃服，功岂不伟然哉！后近臣忌其刚正，谗之义满，义满渐信焉。于是辞职，退隐于海南，此诗必其时作也。

大膳大夫武田晴信，后更名信玄。初年颇参禅好诗，其将某谏曰:"主将参禅好诗,犹足利僧还俗,文弱不足有为也。"是时,足利学校废而为寺,伪(僧)徒多事诗偈,故云尔。信玄诸作,载在《甲阳军鉴》,今不复录。信玄弟左马头信繁,尝著《家训》,其中云:"贪他一杯酒,失却满船鱼。"斯知信繁,亦读书作诗,惜世无传。信繁孝友,其人可称,而信玄忌之,所以国祚不长也。

弹正大弼上杉辉虎,后更名谦信。天正二年,征能登州,围游佐弹正于七尾城,会九月十三夜,海月清朗,军中置酒宴会,谦信因赋诗云:

露下军营秋气清,数行过雁月三更。
越山并同能州景,遮莫家乡念远征。

将士解作诗及和歌者,各有咏言,极欢而罢。余谓世之谈兵者,必称信玄、谦信,二公诚敌手也。但信玄智计绝人,其御军也,纪律森严,所谓量敌而后进,虑胜而后会。要之其为人也精细。虽由此读书善诗不异矣。谦信暗鸣叱咤,性如烈火,而读书作诗,且军中作此雅会,可谓真英雄、真风流也。

大将军足利义昭,避乱江州,《舟中》诗云:

落魄江湖暗结愁,孤舟一夜思悠悠。
天翁亦怆吾生否?月白芦花浅水秋。

诗诚凄婉。公初为僧，为南都一乘院主，宜其能诗。噫，足利氏之盛，位亚帝王，富有海内，而季世琐尾，扁舟江湖，去往无地，岂不悯乎哉！

少将丰臣胜俊，丰臣氏时，受封若狭，后退隐京畿，更名长啸，以和歌称。所著有《举白集》，其中载诗数首。

兵部大辅细川藤孝，号幽斋，后更名玄旨，为今肥后侯祖。世知其武略及善和歌，而春斋林子所选《一人一首》，载幽斋《鞍马山看花》绝句，则知实于文艺注意者。

中纳言伊达政宗，今仙台侯祖，世称其勇武，而《一人一首》又载其诗，余因谓赖之以下诸人，生长于干戈扰冗时，南战北争，羽檄旁午，何曾得有宁日？不知何暇读书学诗，此尤不易。元和清平以来，诸藩无事，何为不成，而或优游恬嬉，宴安度日，不啻文学不讲，武备亦将并废者，何也？

隐者之诗罕传，盖非无隐者，无隐者而能诗者也。《本朝遁史》，首载维乔亲王。亲王，文德帝长子，以藤原氏故，不得立为皇太子。居水无濑宫，后迁居于京北小野山中，吟诗咏和歌，以为娱乐，亦唯遣其悒悒尔。其诗今无传者，唯《闻琴》诗，载《朗咏集》，而非完篇也。

延喜中，有称嵯峨隐君子者，失其姓名。或曰："源姓清名，博学有文。菅右相、橘参议，与相友善，遇有疑事，即二公就而质问。"其人可想也。或曰"弘仁帝子"，或曰"延喜帝子"，并其诗失传，惜夫！

《怀风藻》载民黑人诗,称曰隐士,亦失其氏族。或曰野见氏,其云:

泉石行行异,风烟处处同。
欲知山中乐,林下有清风。

清迥冲远,大是隐者本色。

《遁史》载藤原万里、高光、周光、为时、橘正通、惟良春道等,余既前录,且右数人,虽耽思烟霞而缠身绅绂,或有所激而遐弃爵禄者,非真隐者也。故不收录于此云。

余考古籍,医之以诗称者绝无。以今思之,似不可解。如他邦姑置之。今京城中,业讲说者,无虑数十人,执谒其门,靡匪医家子弟,除之无复生徒。而医生为学,亦唯不过习句读、学作诗,以润饰自家术业。故虽间有才敏子弟,未至小成,既已弁髦其学,盖儒术文艺,不可立身糊口,而方伎往往兴家殖财也。是以近时为医者,无不作诗,而善诗者至罕矣。余谓古昔为医,非如近时众且滥也,宜其不概见也。迄足利氏时,独有阪士佛《伊势纪行》诗云。

阪士佛,名慧勇,号健叟,京师人。数世官医,给仕足利相公。明德中,除民部卿法印,世称上池院是也。相公尝戏之曰:"卿祖名九佛,父名十佛,卿宜名十一佛。"遂以"十一佛"呼之。后修"十一"为"士"。盖俳优遇也。士佛

善和歌及联歌,有《势州纪行》,以国字录之。其中有诗,其一曰:

> 渡口无舟憩树阴,渔村烟暗日沉沉。
> 寒潮归去前程远,又有松涛惊客心。

优柔平畅,颇足诵咏。

僧诗见古选者,释智藏为始。智藏,奉天智帝敕,赴唐国,盖高宗武德年间矣。其诗传者数首,并无可采。刘禹锡有《赠日本僧智藏》诗,偶同名耳,与此不同。

僧辨正,姓秦氏,亦西游唐国,玄宗眷遇甚笃,数召谈论,时对围棋云。然则或与盛唐诸子缔交,被其润色者。而今阅其诗,绝无佳者,可谓空手自玉山还。

僧莲禅,诗名于当时,《无题诗集》载其诗数十首,鄙野殊甚。

僧玄惠,不详氏族,或曰:"其初业儒,中为僧,后复还俗。"以著《太平记》故,世称博文。若其诗,延元中《内宴应制》一首之外,绝不睹他篇。其余古昔中世缁流诗偈,见诸选者不鲜。若空海,最称杰出,而率赞佛喻法之言,非诗家本色,故不收录。

五山禅林之诗,固不易论也。盖古昔文学,盛于弘仁、天历,陵夷于延久、宽治,泯没于保元、平治。于是世所谓五山禅林之文学代兴，亦气运盛衰之大限也。北条氏霸于关东也，其族崇尚禅学，创大刹于镰仓，今建长寺之属是也。流风所煽，延覃上国，京师五山相寻营构。足利氏盛时，竭海内膏血，穷极土木之工、宏廓轮奂之美，所不必论。其僧徒，大率玉牒之籍，朱门之胄，锦衣玉食。入则重裀，出则高舆，声名崇重，仪卫森严。名是沙门，而富贵过公侯。禁宴公会，优游花月，把弄翰墨，一篇一章，纸价为贵。于是凡海内谈诗者，唯五山是仰。是其所以显赫乎一时，震荡乎四方也。

元和以来，文运日隆。近时学者，昂昂乎蔑视前古，丱角之童，尚能诋排五山之诗，即其徒亦或倒戈内攻，要非笃论也。余谓五山之诗，佳篇不鲜，中世称丛林杰出者，往往航海西游。自宋季世至明中叶，相寻不绝。参学之暇，从事艺苑，师承各异，体裁亦岐。其诗今存者数百千首，夷考其中，不能不玉石相混也。若夫辞艰意滞，涉议论，杂诙谑者，与藉诗以说禅演法者，皆余所不采也。其他平整流畅，清雅缜工者亦多，则不可概而摈之。

五山作者，其名可征于今者，不下百人。而绝海、义堂其选也。次则太白、仲芳、惟忠、谦岩、惟肖、邺隐、西胤、玉畹、瑞岩、瑞溪、九鼎、九渊、东沼、南江、心田、村庵之徒，不堪枚举。

绝海、义堂，世多并称，以为敌手。余尝读《蕉坚稿》，又读《空华集》，审二禅壁垒。论学殖，则义堂似胜绝海；如诗才，则义堂非绝海敌也。绝海诗，非但古昔中世无敌手也，虽近时诸名家，恐弃甲宵遁。何则？古昔朝绅咏言，非无佳句警联，然疵病杂陈，全篇佳者甚稀，偶有佳作，亦唯我邦之诗耳，较之于华人之诗，殊隔径蹊。虽近时诸名家，以余观之，亦唯我邦之诗，往往难免俗习。如绝海则不然也。今录集中佳句若干。五言："流水寒山路，深云古寺钟"、"夜宿中峰寺，朝寻三泖船"、"青山回首处，白鸟去帆前"、"山暮秋声早，楼虚水气深"、"鸟下金绳雪，童烧石室香"、"风物皇畿内，江山霸国余"、"千峰收宿雨，万象弄春晖"、"渔簄残近渚，僧磬彻寒芜"、"寒烟人未爨，野树鸟相呼"、"寒雨黄沙暮，凄风白草秋"、"孤馆啼猿树，四郊戎马尘"，七言："古殿重寻芳草合，诸陵何在断云孤"、"父老何心悲往事，英雄有怨满平湖"、"一径松花山雨后，数声溪鸟石堂前"、"绝域林泉淹杖屦，大江风雨起鱼龙"、"百万已收燕北马，频繁休督海南兵"、"久雨南山荒紫豆，清秋北渚落红莲"、"溪獭祭鱼青箬里，杉鸡引子白云中"、"霜后年年收芋栗，春前日日斸参苓"、"听经龙去云归洞，观瀑僧回雪满瓶"、"瑶草似云铺满地，琪花如雪照幽崖"、"绿萝窗外三竿日，黄鸟声中一觉眠"、"忠臣甘受属镂剑，诸将愁看姑蔑旗"等，有工绝者，有秀朗者，优柔静远，瑰奇赡丽，靡所不有。义堂视绝海，骨力有加而才藻不及。且多禅语，又涉议论，温雅流丽者，集中无几。如绝句，则有佳者。《怀旧作》云：

> 纷纷世事乱如麻，旧恨新愁只自嗟。
> 春梦醒来人不见，暮檐雨洒紫荆花。

《送人归京》曰：

> 辇下招提西又东，因君归去思重重。
> 孤云海国三年梦，落月长安几夜钟。

二僧之外，太白《春水》曰：

> 春水才深数尺强，烟波渺渺接天光。
> 落花涨尽江南雨，一夜闲鸥梦也香。

仲芳《题范蠡》曰：

> 五湖烟水绿涵天，月照芦花秋满船。
> 吴越兴亡双鬓雪，功名不敢至鸥边。

南江《送僧游庐山》曰：

> 庐山何处不胜情,莲社人空芳草生。
> 君去能听虎溪水,潺湲尚有晋时声。

大愚《题水竹佳处》曰:

> 野水侵门修竹清,君居想合似佳名。
> 山扉半湿斜阳雨,翡翠时来衣桁鸣①。

村庵《雪夜留客》曰:

> 茅屋休辞一夕稽,君家归路恐相迷。
> 园林雪白黄昏后,难认梅花篱落西。

正宗《神泉苑应制》曰:

> 上林风物草连空,尚有龙池记古宫。
> 何日宸游留玉辇,神泉纯浸五云红。

金师法晚唐,深造巧妙。

宗山、同山,并有《水边杨柳》诗,宗山曰:"渔桥不似

---

① 底本为"啼",按韵应为"鸣"。

官桥暮,不系金绒只系船。"同山曰:"染不成干烟雨里,半如鸭绿半鹅黄。"二诗体裁颇肖,并工缛矣。

曹学佺《明诗选》,载日本僧天祥诗十一首,机先诗五首。二僧被赏乎中土,而湮晦乎我邦,甚可叹惜。天祥《忆西湖》曰:

> 杭城一别已多年,梦里湖山尚宛然。
> 三竺楼台晴似画,六桥杨柳晚如烟。
> 青云鹤下梅边暮,白发僧谈石上缘。
> 午睡醒来倍惆怅,堪看身世老南滇。

又《榆城听角》曰:

> 十年游子在天涯,一夜秋风又忆家。
> 恨杀黄榆城上角,晓来吹入小梅花。

声格清亮,唐人典刑。其他我邦咏言,为华人所称者甚众,春斋林子《一人一首》论载详悉,今不复赘。

朝鲜徐刚中所著《东人诗话》以"清磬月高知远寺,长林云尽辨遥山"为日本僧梵岭诗,余未考梵岭何人。

余按:古昔宫娥闺媛,挥彤管于国字,抽藻思于和歌,扬芳一时,播美千载者,比比有焉,如诗章无几。而孝谦帝为始，帝以坤德位九五，中葺之言，言之长也。帝酷崇释氏，所传帝诗，亦唯赞佛偈耳。然曰："惠日照千界，慈雪覆万生。"实俊语也。按史，先是吉备公为聘唐使，遂留学于唐国，经二十年，至是归朝，帝师之，学诗学书云云。然则宸藻岂止于此耶？今无所考耳。

大伴氏，不详其人。《文华秀丽集》载其《秋日述怀》七律一首，虽非佳作，亦不甚拙。

内亲王有智子，弘仁帝第三女，幽贞之质，锦绣之才，古今罕俦。年十七，为贺茂斋院。帝尝幸斋院，与群臣赋春日山庄诗，各探勒韵，公主亦与焉。公主得"塘光行苍"，即赋曰："寂寂幽庄深树里，仙舆一降一池塘。栖林孤鸟识春泽，隐涧寒花见日光。泉声近报初雷响，山色高晴暮雨行。从此更知恩顾厚，生涯何以答穹苍。"又尝赋《巫山高》，其结句曰："别有晓猿断，寒声古木间。"殊初唐遗响。其余传者数首。公主薨年四十一，遗令薄葬，且辞护葬使。其贤明不特藻绘之美。

惟氏，盖弘仁时宫女。《经国集》载《捣衣篇》一首，长短成章。其中云"芙蓉杵，锦石砧，出自华阴与凤林，捣齐纨，捣楚练"等数语，最为婉约。此知弘仁右文教化为至也。诸皇子无不能诗，而皇女有如有智公主。外廷诸臣才华纷竞，而内庭又有如惟氏，使千岁下叹称不已。

尼和氏，不详氏族。或曰，和气清磨吕姊也。《经国集》

载《古风》一篇，其中云"栖隐多归趣，从来重练耶。驾言寻此处，处处几经过"等语，足证心地清净。

十市采女《和江侍郎》七言四句，截其半，载《朗咏集》，曰："寒闺独夜无夫婿，不妨萧郎枉马蹄。"世以桑濮鄙焉。或曰："和歌之设教也，亦本诸性情之正，固非诲淫具也。中古风教陵夷，人人假之为花鸟使，红笺往复，半是芍药赠言。前史所录，和歌选集所载，历历可证，有觍面目，而当时惯以为常。采女特以诗代和歌耳，如惩其淫风，宜有任咎者，何必尤一女子？"采女之后，悠悠几百年，闺阁之诗，寥乎无闻，元和文明之后，又得数人，因附录于左云。

昙华院宫默堂，盖皇女归释者云。《八居题咏》附载其《冬日书怀》曰：

> 寒林萧索带风霜，幽竹窗前已夕阳。
> 玩月秋宵犹恨短，寻花春日尚思长。
> 荣枯过眼百年事，忧喜伤心一梦场。
> 静对炉香禅坐久，细烟袅袅绕孤床。

理趣超凡，不啻脱红粉之习，兼远烟火之气。

京师女子名留者，年十三，《送人》诗云：

> 蜀魄声声更断肠，离筵今日泪成行。

> 江山迢递几千里，不若愁人别恨长。

又有《春山寻花》七律，亦颇成章。二诗见《本朝千家诗》，不录女子氏族，今不可考。《千家诗》，元禄中京师书林编辑，距今已八十年。

赞州丸龟士人井上氏女，名通，从东都还丸龟道中，以国字纪行，名《归家日记》，其中载诗十二首。《天龙河作》云：

> 天龙河上天龙游，龙去河留二水流。
> 二水中分为大小，小斯厉揭大斯舟。

筑后柳川，立花氏女，《题山居》云：

> 应是武陵洞，溪流送落花。
> 杳然闻犬吠，何路向仙家？

《江楼赏月》云：

> 江天明月照登楼，十里金波浸槛流。
> 黄鹤仙人谁得见？玉箫吹落桂花秋。

有诗集，名《中山诗稿》。

伊势山田祠官某妇荒木田氏，好读书，善和歌、连歌，近学作诗，间有佳篇，婉顺不失闺阁本色。《题画》云：

> 杨柳青边涧水流，春风倚棹木兰舟。
> 人家隔在峰峦里，想象长伴麇鹿游。

又《浪华客中作》云：

> 江湖一望绿连天，日出烟波帆影悬。
> 归雁几声春梦破，故园消息落花边。

日本诗史　卷三

古曰："文学盛衰，有关乎世道污隆。"信哉！征之我邦，夫谁曰不然。神武天皇东征，绥其士女，帝功于是为盛，然时属草昧，遐荒犹阻王化。应神天皇登极，而后三韩稽颡，虾夷献琛，巍巍桓桓，莫以尚焉。于是我邦始有六经云。仁德天皇为皇子时，受经于百济博士，讲明唐虞之治。即位后，施为靡不由焉。是以海内乂安，众庶仰之如日月，戴之如父母，仁慈恭俭之化，入民心者，至深且固。历千百世，无有携贰，胡厥盛哉！自时厥后，列圣相承，文教日阐，余波及翰墨者，汪洋于弘仁、天历间，可谓帝业与文学偕盛也。延久已降，朝纲解纽，文事日废，一坏于保元，再坏于承久，糜烂于元弘、建武之后，迄乎足利氏失其鹿，邦国分裂，战争无已，生民涂炭，到此而极，艺苑事业无复孑遗矣。既而天厌丧乱，织田氏、丰臣氏迭兴，中州稍削平，然并无学无术，马上得之，欲马上治之。是以天人不与，或业坏垂成，或祚止一世。

要之，拨乱反正，天必有待，而奎璧发彩于久暗之后，固非偶然也。若夫神祖，圣文神武，上翊戴帝室，下煦育亿兆，干戈攘扰中，遣访耆老，以橐籥治道，广募遗书，以润色鸿业，又命惺窝先生，讲析经史之义，于是罗山先生应聘东都，夫然后猛将勇士，稍知向学，而邦国频宫寻兴，士业日广，至今百六十年。玉烛继光，金瓯无亏，风化之美，彝伦之正，亘古所无。而近时文华之郁，无让汉土。今论列其一二，未遑缕举云。

惺窝，名肃，字敛夫，姓藤原氏。其出处言行，并见《本朝儒宗传》，今不复赘焉。初为僧，名椿首座。是时五山诗学尚盛，其中有以才锋称者，而遇惺窝，则折北不支，以故名重释氏。虽归儒后，不畜妻妾，不御酒肉。人或诘之，则曰："我归儒也，崇其道耳。不我知者，谓为食色。吾德不足服人，不能不避嫌耳。"先是京师有唱程朱说者，而犹未普四方，惺窝一出麾之，海内靡然宗之，执弟子礼者，无虑数百人。而罗山、活所、堀正意、松永昌三最有重名。惺窝已以斯文自任，人惮其端严。而亦能风雅，不废文字之业。尝花时游大原，访丰臣长啸，席上赋云：

> 君是护花花护君，有花此地久留君。
> 入门先问花无恙，莫道先花更后君。

一时游戏之言，体格亡论已，然意致曲折，足证温藉。

活所，名方，字道圆，姓那波氏，后更姓佑生，名觚，播州人。年十八游京师，始谒惺窝。惺窝览其《咏杜鹃》诗，叹称焉。由是名价顿发，遂从惺窝，闻濂洛心法，即得其旨归。元和元年，大驾驻京，召见名儒，活所虽年少，亦在其列。后筮仕肥后。肥后国除，更事纪藩，又以方正端严，继惺窝为京师诸儒冠冕。其弟子号入室者最多，而我先太父为首。正保戊子卒于京师，有《活所遗稿》十卷，诗凡五百首，其中有雅驯者。《游东求堂》云：

> 寂寞将军庙，无边草木肥。
> 苔深过客少，松卧古人非。
> 流水几时尽，行云何处归？
> 长嗟山路暮，幽鸟傍吾飞。

长子木庵，克绍其业，为一时儒宗。

木庵，名守之，字元成，嗣职为纪藩文学，后以老病致仕，在家教授。自惺窝至木庵，文学相承。木庵最以毅直称，而其诗多圆畅者。《游金阁寺》云：

相国遗踪在，荒蹊松竹幽。
青山千古色，金阁几人游。
山影浮寒水，林声报素秋。
遥怜应永日，临眺令吾愁。

又《禅林寺看花》云：

过眼山花片片飞，如云如雪映斜晖。
共凭百尺楼台上，自使游人忘暮归。

遗稿若干卷，名《老圃堂集》。我义祖全庵先生，以同学故，唱和殊多，至今余家藏木庵诗数纸，笔力遒劲，字字飞动。木庵一子名元真，俗称采女，多病不业，先木庵死。有二孙，余髫年从先考过其家，是时木庵配某氏犹无恙，令二孙出见先考，曰："吾家业诗书，世有显名。吾儿不幸短折，今以二孙累先生。"于是二孙受业先考，亡何祖母氏卒，二孙后遂并为医。那波氏世住播州，家资巨万，迄活所事纪藩，岁禄五百石，家道益饶，是以极力典书，至数万卷。余友师曾，与活所别家而同宗，才名夙著，至今紧苦读书，其志不小，所谓废于彼兴于此者欤。

堀敬夫，名正意，号杏庵。惺窝门人，初仕张藩，安艺侯素闻其名，厚礼请之张藩。张藩命应其聘，于是更仕安艺侯。子孙嗣职，世为艺州文学。其诗见《扶桑千家诗》暨《扶桑名胜诗集》。

松永昌三，名遐年。惺窝门人，声名籍甚于一时矣。承保中，敕以布衣召讲春秋经，因名其居曰春秋馆。馆在西洞院，是时板仓侯为京尹，好学，素重昌三，闻春秋馆狭小，为卜宅地于堀川，名曰讲习堂。昌三二子，长昌易，次永三。昌三卒，昌易居春秋馆，嗣绝。永三居讲习堂。子孙能守其绪业云。昌三著述，余不多睹，《名胜诗集》载《市原山题咏》八首并小序。

三宅亡羊，号寄斋，活所同时人，或曰亦惺窝弟子，讲说为业。其子子燕，名道乙，始仕备前，《名胜诗集》载三宅可三《备前八景诗》，疑是其人若子孙也。

惺窝门人，有菅原玄同，字得庵，有鹈饲信之，字子直，罗山门人，有人见友元、永田道庆，活所门人奥田舒云，昌三门人野间三竹等，当时并有声誉，尔时诗论未透，雅音罕振。今阅诸人遗稿，虽各有低昂，大较鲁卫之政。

山崎闇斋，专讲性理，如诗章，非其本色，要之其所以不朽，在彼而不在此也。《名贤诗集》载闇斋诗百首，可谓伧父不知好恶也。中村惕斋、藤井兰斋、米川操轩，亦有诗见《千家诗》。

宽文中，称诗豪者，无过于石川丈山、僧元政。

丈山出处在世之口碑，已武且文，隐操亦卓然，年九十卒，可谓伟人也。至今京师东北，一乘寺邑，有诗仙堂暨其遗留琴砚等，依然尚存。当时啸咏其中，誓不入城市，诸名士每经过，谈论唱和，以为娱乐，所著有《覆酱集》。韩人权伋者为之序，称曰："日东李杜。"余览其集，句多拙累，往往不免俗习。权伋溢美，不俟辩论。然当时诸儒咏言，率出于性理之绪余，乏温柔旨。而丈山独梦寐山林，襟怀潇洒，如"窗间残月影，枕上远钟声"、"风柳起莺懒，山花留马蹄"、"半壁残灯影，孤床落叶声"等，意象闲雅，殊可讽咏。

僧元政，修持法华，戒律坚固，而雅尚风雅。所著有《草山文集》，尝结茅于京南深草里，香火到今不断。其诗虽韵格不高，意义平实。元政本江州士族，乡有老母，后迎养庵侧，孝敬纯至。《客中》绝句曰：

> 逐月乘风出竹扉，故山有母泪沾衣。
> 松间一路明如昼，遥识倚门望我归。

记其实也。先是明人陈元赟，避乱投化，后以山人应张藩聘，时时来游京师会晤元政，心机契合，缔方外盟。有《元元唱和集》。元政诗中有云："人无世事交常淡，客惯方言谭每谐。"亦记其实也。或曰："元政得《袁中郎集》，悦之，以为帐秘。"余谓中郎诗祖述白香山，欲矫七子套熟，勤去陈腐，而其弊失诸率易浅俗。元政赠元赟曰：

> 公本大唐宾，七十六老人。
> 吾少公卅六，才调况非伦。
> 不知何凤世，合如车双轮。

等，正是公安委流，或说恐然。

明人避乱投化者，元赟之外，有朱之瑜，又有林荣、何倩、顾卿、僧独立辈。

元赟字义都，号既白山人，崇祯进士下第者云。朱之瑜字楚玙，号舜水。尝为鲁王宾客，明亡，附商舶来长崎，无人知为文儒。穷困备至，独有筑后安藤省庵，执贽为弟子。省庵世事柳川侯，岁禄二百石。于是分其半供舜水，以助薪水。常藩闻之瑜名，聘召，赐禄五百石，眷遇甚笃。年八十余而终，私谥曰文恭。林、何、顾三人，不详其颠末。大高季明《芝山稿》中称三人明儒，推奖特至。意三人止于长崎，而不入京欤？或后再西归者欤？又《芝山稿》中，说元赟子瑜之事，与他说异矣。其言曰："陈，杭州贩夫。朱，南京漆工。并非知学者。"余未知其孰是也。若诗，则元赟为胜。元赘诗间有佳者。其气韵萧索者，亦唯邦亡家破，孤身航海，理固然矣。何、林、顾三人诗，见《芝山吟稿》暨《名胜诗集》者，鄙俚最甚。僧独立，名善书，诗亡论耳。之瑜诗余未见焉，或曰"之瑜文集三十卷"。

省庵之于之瑜，好学勇义，求诸古人，不可多得。省庵名守约，少时游京，从学昌三，名善属文，诗亦多传，间有佳句。

高季明，本姓大高坂氏。自修为高，字清助，号芝山，土佐州人。其履历详于男义明所撰《高氏家谱》。少时游学两都之间，博览而有大志，最研理义，又好著述。有所作，则必致之长崎，请正于林、何、顾三人。三人极口褒赏，其《答季明书》曰："我辈来贵国，视数家文章，虽各有所长，然或未谙章法句法，唯足下所作，尽合规矩。"又曰："足下文章，意深语简，韩柳欧苏无过。"又曰："足下诗，格调兼高，宜贵贵国纸。"孟浪诳言，固不足论。而季明信之，妄自夸毗，遂欠精细工夫。《芝山会稿》十二卷，篇章不为不多，而可采者无几。余酷爱季明慷慨有气节，因深惜为三人所误也。

延宝中，吉田元俊纂《扶桑名胜诗集》。元和以来作者不下百人，泾渭混淆。其中虽有短长，概而论之，无足采录者。平岩仙桂、熊谷立闲、山本洞云咏题殊多，余未详其人。唯有余元征《西冈八咏》，体裁颇整。元澄，名澄，号东庵，有

《竹雨斋诗集》。

宇都宫由的,名三近,号遁庵,周防人,昌三门人。讲学于京师。有《遁庵诗集》,弟子恕方者辑录,其序云:"先生著述罹灾,今所存特晚年作。"云云。余阅其集,诗犹千余首,七绝最多,至七百首。其中云:

> 海色茫茫山色长,孤舟风雨转凄凉。
> 天涯一夜愁人梦,半在京城半故乡。

凄怆婉约,可称佳作。其他则芜陋浅俗,可笑者不鲜。十删其九,则可不朽矣。又五言"好花三月锦,啼鸟几弦琴"、"千竿遮畏日,一榻纳微凉",亦佳。

松原一清,字孙七,号鹤峰,安艺人。仕本藩,职为行人。幼好读书,九岁作诗,长而益勤。诗集二卷,名《出思稿》,语多胸臆,不喜踏袭。其《宿西条驿》云:

> 西风驱暑送新凉,不厌前程云水长。
> 行李更无官事累,悉收秋色满诗囊。

意度悠远,足可诵咏。

贝原益轩,名笃信,字子诚,筑前人,后隐居京师。元和以来,称饶著述者,东涯、徂徕之外,盖无如益轩者。其所撰，不为名高，勤益后人，乃至家范、乡训、树艺、制造，亹亹恳恳。余少年时不解事，意轻其学术，今而思之，殊为忏悔。其诗亦朴实矣。益轩之侄损轩，名好古，志尚如同舅氏，著述数种，诗亦颇占地步。又有贝原存斋，余未详其人，《千家诗》载其《三月尽作》云：

今年花事今宵尽，衰老难期来岁春。
风光别我我何恨？留与后人千万春。

可谓知道之言。

村上冬岭，名友佺，字漫甫，活所门人，与余先太父同学。相友善。余少年时，闻先考数称其人，盖好学天性，其推奖先达，揄扬后学，不啻如自其口出，一以为己任。当时诸儒，会读二十一史，会月数次，又结诗社，并轮会主，必有酒食。临期，会主或有他故，冬岭必代为主，以故社会绵绵二十有余年。后进所作，时有佳句，则击节叹称，吟诵数回。一时艺苑赖之吐气。其自运亦矫矫乎一时矣。今读冬岭诗，精深工整，超出前辈。元和以后七言律，到此始得其体。《梅花》云：

名园桃李竞婵娟，独自清寒倚竹边。
东阁题诗人动兴，西湖载酒鹤迎船。

点苔欲效霏霏雪，傍柳偏含淡淡烟。
何处金筇明月下，晓风咽断更凄然。

《秋夜宴伏见某楼》云：

秋入水乡鸣荻苇，壮游不用赋悲哉。
丰城剑气冲星起，北海樽酒乘月开。
万顷鸥沙吞楚泽，千帆贾舶溯蓬莱。
此翁矍铄人争说，物色行看到钓台。

又《小集席上作》云：

青樽岁晚思难禁，共见头颅霜色深。
慷慨堪收灯下泪，低垂姑任世间心。
愁边一笑比双璧，老后分阴重寸金。
薄宦身间亦天幸，清时莫作独醒吟。

又《田家》绝句云：

羁思官情两不知，春耕夏耨鬓成丝。
门前垂柳长拂地，不为别离折一枝。

伊藤仁斋，首斥程朱，创一家学。其说是非，余有别论。东涯《盍簪录》曰："先人教授生徒四十余年，诸州之人，无国不至，唯飞驒、佐渡、壹岐三州人不及门，执贽之士以千数。要之亦豪杰之士也。概其为人，宜不屑声律也。而诗间有有旨趣者，殊可嘉称。"

东涯，仁斋长子，名长胤，字元藏。其如经义文章，姑舍是，诗亦一时巨匠。近人动辄曰："东涯诗冗而无法，率而无格。"噫，谈何容易！东涯篇章最饶，余阅其集，有润丽者，有素朴者，有精严工整者，有平易浅近者，体段难齐。余虽生后时，犹及识东涯，其人温厚谦抑，口讷讷似于不能言者，与今时学者自托龙门，倨傲养名，懒惰失礼者不同也。人有乞诗，则无论贵贱长少，黾勉应之，大名之下，乞者日众，所谓卷轴之积，如束笋者。是以其所作，有历锻炼，有出率意，毕竟无害为大家。东涯兄弟五人，其季即今兰嵎是也。

北村可昌，字伊平，号笃所，江州人，仁斋门人。在京师教授生徒，负笈者四方云集，朝绅为之弟子者亦众。元禄中，上皇闻其笃学，老而不倦，特宣赐古砚。享保三年卒，寿七十二。碑铭及书，并成贵介手。《名贤诗集》载其诗四十余首。《和州道中作》云：

飞雪寒风天漠漠，长途短晷意匆匆。
闲云本是无情物，底事营营西复东。

余近阅《熙朝文苑》,有可昌《谢赐砚表》,其大意深钦庆为其传家之宝云。然可昌一男一女,男不肖且废疾,可昌没后,不知赐砚流落何处。

小川成章,字伯达,号立所,仁斋门人。按东涯《盍簪录》曰:"先人教授生徒,殆以千数。小川成章、北村可昌,相从最久,众推为上足。"又曰:"小川吉亨,京师人,壮岁不事家产,晚年卜居北野,稼圃为乐,闲暇手自誊写异书。有二子,曰成章、成材,共从先人受学。成章长而有学行,后仕常藩。"云云。据此,则成章亦一时翘楚。其诗见《名贤诗集》及《千家诗》。

松下见栎,字子节,京师人。受学先太父。笃志博综,尤好著述。余家藏其诗若干,气骨沉雄,翘翘一时。书法亦苍劲而润美。其《咏鹰》云:

> 齐野玄霜楚泽冰,十分猛气正腾腾。
> 目中今已无凡鸟,天外常思制大鹏。
> 利爪几经红血战,奇毛深入白云层。
> 谁言一饱即飏去?左指右呼怜尔能。

又《题秀野亭》五律十五首,甚有曲致,语繁不录。

绪方维文,字宗哲。亦受业先太父,学成仕土佐侯。男某不业,家遂绝矣。《熙朝文苑》载其诗,而诗非所长也。又

曰,《千家诗》载绪方元真诗。余不详其人,疑是宗哲族也。其《有马道中作》云:

木绵花发稻青青,处处水田龙骨鸣。
百里长堤日将午,篮舆且傍树阴行。

大町敦素,名质,称正淳,京师人,受学先太父,诗见《熙朝文苑》。当时梁蜕岩《和徐文长咏雪》七言八十韵,尖新而精巧,脍炙远近,敦素有和作效其体。余少年时一再睹之,今不复记,可惜。

笠原云溪,名龙鳞,称玄蕃,京师人。诗名显著一时,到今遐陬僻境之士尚啧啧称焉。盖自惺窝先生讲学于京师,百有余年于兹。其间虽有以诗赋文章称者,风俗未漓,学必本经史,以翰墨为绪余,而云溪独以诗行。是时仁斋门人中岛正佐者,专业讲说,而所讲不出四书,终始循环,一日数席。诸州生徒,辐凑其门。云溪居止,接近正佐,乃以诗授人,生徒以为便,于是云溪诗名,传播四方。亦京师学风一变之机会也。云溪没,门人竹溪者,钞其遗稿,梓而行之,名《桐叶编》。其诗妩媚足自喜,而气骨纤弱,如律诗,全篇佳者无几,绝句则间有堪录者。五言:

雷驱残云去,雨随返照收。

逐凉多少客，立尽柳塘头。

七言：

　　白屋寒深古敝裘，朔风彻晓未全休。
　　家童预识雪将至，行汲前溪一曲流。

又曰，云溪诗，瑕颣最多。《梅花》七律有"疏影上窗月亦香"句，足称佳句，而对太不协。又《失鹤》七律，当时喧传以为绝唱。其颔联曰："松巢影动犹疑在，蕙帐眠惊误欲呼。"诚佳矣。颈联殊不协焉。云溪又有绝句曰：

　　楼兰介子剑，南越终军缨。
　　清世成何事？壮心误此生。

人传："云溪卓荦，兼好武术。"其或然也。右《桐叶编》卷末，附载竹溪诗数十首，跋亦竹溪作，而无序，以朝绅和歌一首代之。竹溪余未详其人，以先师遗稿为玩弄具，且为售己名奇货，轻薄亦甚。

　　柳川顺刚，字用中，号震泽，又号雪溪，京师人。《千家诗》载《元日》七律一首，其中云："乾坤于我知鸡肋，邱壑何心负鹬冠。"颇铮铮矣。

柳川沧洲，名三省，字鲁甫，本姓向井氏，出继顺刚后，冒姓柳川。从木下顺庵学，学成不仕，授徒讲学。或曰："元和以来，从事翰墨者，虽师承去取不一，大抵于唐祖杜少陵、韩昌黎，于宋宗苏黄、二陈、陆务观等。至云溪，始右唐左宋，而犹未及初盛中晚之目。沧洲出，而后始以盛唐为正鹄。"余谓是之时，物徂徕唱古文辞于关东，称扬明李于鳞、王元美，轻俊子弟靡然争从，然京师未有为其说者。而今诵沧洲诗，骎骎乎明人声口，盖气运所鼓，作者亦莫知其然而然也。沧洲《送人之美浓》曰：

> 西风万里动关河，摇落何堪送玉珂。
> 迟暮谁怜平子赋，清时犹唱伯鸾歌。
> 路连山岳秋云合，天入江湖旅雁多。
> 闻道浓阳秋水阔，莫将蓑笠老烟波。

又《咏晓莺》七绝曰：

> 香雾冥冥夜色深，黄莺啼处月初沉。
> 无端唤起梅花梦，能使春心满上林。

又五绝《关山月》曰：

>　　青海孤云尽，天山片月寒。
>　　高楼人不寐，半夜望长安。

沧洲教授有方，其门人多成材。其最显者，石川伯卿、上柳公通，及长野方义、渡边士乾、大桥叔辅之徒。沧洲卒后，皆能守旧学，文会无渝。伯卿、方义已没，公通、士乾、叔辅，今无恙云。

石川伯卿，名正恒，号麟洲，京师人。沧洲门人，学成仕小仓侯。为人谨恪，而藻思亦蔚然矣。尝著《辩道解蔽》，驳徂徕说，嗣子今嗣职，为小仓文学。

长野方义，字之宜。往余于友人壁上，睹其诗数首，今偶记一首，《秋闺怨》云：

>　　摇落寒砧秋晚催，黄花戍客几时回。
>　　伤心最是南归雁，万里飞从君处来。

松冈玄达，名成章，号恕庵，又称怡颜斋，京师人。博学强记，无不该通。最研确本草家学。诸国生徒，上其席者，每以百数。少时颇事操觚，后以讲学，遂废吟哦，故所传诗篇至罕，余家藏其少作数纸，亦自平实。

堀景山，名正超，字君燕。南湖之从弟，与南湖同为杏庵玄孙。盖杏庵之后，分为二家，并为艺藩文学。景山笃学精通，而和厚近人，循循奖掖后学，是以从游之士多向彬雅。其诗结构整齐，亦一时作家。某年卒于京师，艺侯亲制碑文，赐之嗣子云。

堀南湖，名正修，字身之，别号习斋。其学广搜博采，强记绝人，最精易理，尝演苏氏易说，著书数万言，与景山同为艺藩文学。而其在京师时，准三宫豫乐藤公，数召对清问，礼遇甚优。其卒也，藤公赐亲制碑铭。南湖夙好吟哦，暇日多游五山诸刹，与僧徒相唱酬。当是之时，海内方宗唐及明诗，而南湖独祖宋，最尚子瞻。故誉之者曰一时无二，毁之者曰诗无所解。要之，南湖才识出群。如曰："一径年年藓，四时日日花"、"梅每枝枝好，雪教树树妍"、"曲渚舟横草，深山钟度花"，虽非大雅中正之音乎，天造奇逸，自有妙处。且古曰："宁为鸡口，莫为牛后。"如其言，则南湖亦艺苑夜郎王矣哉。长子名某，长于余数岁，少时有才子称，已没。今嗣职者为南湖之孙。

僧百拙，卓锡泉溪，为宝藏寺开士。能诗善书，与南湖诗盟法契，往来唱和。余尝论元和以后释门之诗，以百拙对万庵，人无信者。盖其无信者，以诗体玄黄相判也。如其资才，二僧斤两大抵相称，无有轻重。但其志尚相反，轨辄异途耳。盖万庵欲莫以禅害诗，百拙欲莫以诗害禅。故万庵诗，诗必诗人之语；百拙诗，诗必道人之语。是以万庵诗高华雄丽，百拙诗深艰枯劲。并是假相有意，非其本相也。有时出于其无意者，万庵未必无道人之语，百拙间有诗人之语。百拙尝作《春雨书怀》七绝七首，其一曰：

梅花落尽李花开，禊事将来细雨来。
半幅疏帘人寂寞，前村野水洗苍苔。

又《湖上采莲歌》曰：

西湖十里玻璃绿，隔岸仄闻采莲曲。
蕙带茜裙风自香，荷花如锦人如玉。
荷柄断时须断肠，藕丝纤纤知难续。
画桡归去歌声遥，夕阳波上湖山缛。

僧西岩，住持南禅天授庵。博览宏识，禅余好诗。其名重于丛林，亦能与一时文士往来唱酬，温粹近人，而僧规亦肃，世人钦其学德。

享保中，坊间所刻《八居题咏集》中，有伊藤佑之、服部宽斋、梅园正珉、五井纯祯、今西春芳和作。佑之字顺卿，号莘野，称斋宫。宽斋，称藤九郎，失其名字。正珉，字某，号文石。纯祯，字惠迪，号兰洲。春芳字阳甫，号白野，称正立。又有橘洲先生、桃溪先生，余不详其人，其诗虽不能无少妍媸，要亦娣姒耳。

入江兼通,字子彻,号若水,摄州富田邑人。酿酒为业,家累千金,为人不羁,少时好游狭邪,资产荡尽。于是愤激读书学诗,后着山人服,携诗囊,游放诸州,到处闻有闻人,则必以诗为贽,造诣会晤,是以江山人诗名,显著四方。最后结庐京师西山,称栎谷山人,日与天龙寺僧徒往来唱和。其诗辑为二卷,名《西山樵唱》,序者四人,徂徕、服子迁、富春叟、韩人申维翰,并论其诗为晚唐。以余观之,其诗颇肖宋陆放翁,但剪裁欠工,容易下笔,故动失诸粗率,可惜已。然诗诗自肺腑出,句句流动,较诸近时诸人,藉口盛唐,剿窃嘉靖七子糟粕,饤饾陈腐者,反有可观。五言《题水竹园》曰:

　　幽居宜懒性,水竹伴闲吟。
　　洗砚钓鱼濑,题诗栖凤林。
　　清流声漱玉,明月影筛金。
　　唯见七贤侣,过桥日访寻。

又《春日访诗仙堂》曰:

　　草堂依岳麓,花竹足风烟。
　　梁引双双燕,壁描六六仙。
　　书残多蚀字,琴古自无弦。

欲吊征君墓，扪萝陟翠巅。

七言《西山卜居》曰：

城西十里避尘缘，卜筑溪边弟数椽。
门外谁曾栽翠柳，竹间本自引清泉。
群峰竞秀连崖寺，一水中分入野田。
日日行吟诗是业，烟霞痼疾未全痊。

濑尾维贤，字俊夫，号用拙斋。京师书林。少时从仁斋学，后与若水欢，遂以诗称。其诗追步若水，而更浅率矣。《访江山人》云：

一路断桥外，孤村杳霭中。
柳垂前夜雨，花落暮春风。
白屋经年漏，青山与昔同。
浮生须痛饮，浅水月朦胧。

先是林义端，字九成者，颇事翰墨，其诗见《千家诗》及《八居题咏》附录，亦京师书林，称文会堂者。

乌山硕夫，名辅贤，号芝轩，亦摄人，或云伏见人。余少年时，已闻江若水诗名，以为摄之巨擘，未知有硕夫也。

迄为邸职,以吏事数往来浪华。一日访葛子琴,见架上有《芝轩吟稿》,乃知硕夫之遗稿。携归逆旅,读之一宵,始叹其作家。其才大率与若水颉颃,细论之,步骤不及若水,而韵度胜之,咀嚼觉有余味。《上巳》七绝云:

不向江边泛羽觞,雨中闭户兴偏长。
松煤细研桃花露,临得兰亭字几行。

又《归田诗》云:

谙得农耕鬓着华,桑田数亩即生涯。
荷锄未减初年力,拟向东畬更艺麻。

鸟山辅门,字某,硕夫子也。《名贤诗集》载少时作数首。《淀河舟中》云:

舟行三五里,帆影受风斜。
绿涨鸭头浪,白分燕尾沙。
山光笼野色,蓼叶杂芦花。
落日孤城外,炊烟和暮霞。

体裁明媚,可称合作。如论其才局,似胜乃翁。特怪尔后寥乎无闻。苗而不秀欤？韫椟而不出欤？今浪华有鸟山雏岳者，盖别家云。

大井守静，字笃甫，号蚁亭，亦摄人。家世业贾，笃甫少志学，博综群籍，最好藏书，凡奇书珍篇，必捐重赏典之，殆致数千卷。后来京师讲说。所著有《蚁亭摭言》。诗集手所选定，名《覆窠编》。不袭时风，自为一家。《送春》绝句云：

> 烟林布绿葛原东，迟日芳菲不负公。
> 春去春神呼不返，乌纱巾上落花风。

萧散有趣。但集中数用奇字僻语，如："柳巷昼弹浑不似，杏村夕酌醉如泥。"又有以"护花时"对"共惜春"，殊远风雅。盖"浑不似"，乐器名；"醉如泥"，杯名；"护花时"、"共惜春"，并禽名。

富春叟，或曰桐江山人。享保中，住摄之池田邑。尔时海内方向物氏之学，而徂徕及门人，褒称春叟，诗筒往复，岁时不断。是以富山人诗名，震乎京摄之间，邑中子弟，争从春叟游，好事之徒，每岁首，辑春叟及社中诗为小册子，名《吴江水韵》，刊行四方。邑人桧垣宗泽者，尝受学义兄青郊先生，以故年年寄示。其诗似学陈去非者。或曰："春叟，奥州人，尝以儒业仕柳泽侯。《徂徕集》中称田省吾者。"

森亿，字昌龄，弱龄翱翔艺苑，大篇巨什，信手挥成，世人往往以才子称之。是时京师有郭西翁者，以相术称，昌龄善病，乃从西翁相。翁曰："君实奇才，惜乎无寿。"昌龄自是纵意游荡，操觚亦废，不数年果死。余谓：昌龄检束修业，尚或保无他，即不幸短折，名声益馨。余今录之，以戒少年才者云。

安田超，字文达，本姓鸟井小路。医安田立睦，抚而为子。年甫十岁，受学义兄青郊先生，才敏研学。为人白皙，眉目如画。以诗挑诸文士，词锋颖甚。后以奔走于刀圭故，学业遂废，才亦落矣。

僧惠实，号雪鼎，又号玉干，住圆德寺，寺在宣风坊，隶于本愿寺。与余相识最熟。雪鼎天资清雅，好学能诗，兼学绘事，多畜古今载籍，又爱古画、古法帖及文房古铜器，竭资典之。又性好山水，闻有流峙之奇，虽险远靡弗造焉。尝以本愿寺主命，如土佐州，检校寺务，迄归斋，一木箱甚重，封缄亦密，人疑以为宝货，后开箱，则海滨沙石耳。又尝赴美浓，游养老瀑布，傍多紫青石，意谓作砚则佳，驮数片而归，颇费钱镪。既而石质过坚，不适砚材，乃置之庭际，爱玩竟日，其雅尚大率此类也。惜寿不得五十。诗亦清雅，类其人云。

宇士新，名鼎，京师人。家世为子钱家，以赀贷宠于众诸侯。士新耿介，不喜商贾业，与弟士朗辟族别处。不畜妻妾，日夜闭户勤学。先是物徂徕唱古文辞于东都，士新说其说，而多病不能东游，乃遣弟士朗从学焉。京师讲徂徕之学，自士新始，后来意见渐异，事事反戈徂徕。士新著作颇饶，其文集名《明霞遗稿》，其诗纪律精详，一字不苟下，遂能以此建旗鼓于一方，盖亦词坛雄。加之紧苦力学，志节凛凛，闻其风者，庶可小兴起。惜乎资性褊窄，规模甚隘，其诗亦得之苦思力索，是以规度合而变化不足，声调匀而神气离。弟士郎，名鉴，为人和厚，为众所爱慕。先士新而没，诗集行于世。《蕿园录稿》载《送北子彝侍医膳所》诗，颇合作矣。

陶山冕，字廷美，称尚善，土佐州人。东涯门人。其学兼该稗官小说，又通夏音，为医为儒，并以不遇终。遗文亦散亡，诗素非本色。

冈千里，名白驹，播磨人。初在摄之西宫邑，以医为业。一旦投刀圭，而来于京师，专以儒行。是时京师已有悦传奇小说者，千里兼唱其说，都下群然传之，其名噪于一时。千里于是不复作诗，人或乞诗，则辞以不能。于是人人谓千里文而不诗，其实非也。余览千里在播摄时作，亦自当行。所以云尔者有说也。千里急于名，又好胜人，是时东都有服子迁，赤石有梁景鸾，南纪有衹伯玉，诗名闻于海内。千里自量难与此数子并驱，而世方勤复古业，《左》《国》《史》《汉》，人人诵之，托其训诂，亦足不朽，故废诗，专意作诸皭以网罗其名。既而恐后人以文士观己，则传注《诗》《书》《论》《孟》，以崇其名。然已急于名，又好胜人，故其所论说，引证不精，且以臆见勇断疑义，或剿袭他人说，以为其著作，虽取快于一时，难免识者指摘。余为千里深惜之云。

篠士明，名亮，后更姓武，名钦繇，字圣谟，称梅龙道人，与余相识最旧。初执谒东涯，又从游士新，后以王门宾客，给仕于妙法院。为人俊爽而有气节，博览强志，又能谈论，弥日彻夜不倦。性多病，数至危笃，然未尝废业。明和丙戌年遂卒。其诗尚纵横，累篇叠章，魂砢满纸。要其才长于校阅，而著述非当行也。

樋口卜斋，与余亲厚，仕今河越侯，为京邸留守。方正廉谨，近时罕俦。明和乙酉年病卒。其在邸职三十五年。对人唯曰未学，虽有著作，未尝视人。尝题杨太真曰：

当时君宠超三千，惊破霓裳花落天。
缥渺仙山何处是？人间空自见金钿。

殊有婉致。卜斋少时，学诗铃木尧弼。尧弼字俊良，尝仕某藩，后辞禄放浪京畿。卜斋为余诵其诗若干首，颇有巧思，而世绝不知，由是思之，遗珠弃璧何啻千百哉！

僧翠岩，住三秀院。院在天龙寺中西南之隅。岚山近俯轩窗，最为胜境。翠岩以诗以书，其余雅尚韵事，都下膏粱子弟,啧啧称之。余尝一过其房,翠岩出生平诗稿示余。小楷端正,签帙华整。明和戊子某月日,厨下遗火,房舍悉毁。尔时仓皇,库藏不闭,图书诸器玩都归劫灰,翠岩亦寻归寂。由是观之,诗文存亡亦自有数,不必深罪长吉故人也。

服伯和,名天游,号啸翁,又称苏门居士,京师人。家业织造,伯和以多病故,不服其业,以讲说授徒。其为学也,专务博洽,兼窥佛典,性好论驳,撰著颇多。年垂半百,以疾之故,褊急日甚,遂以此没焉。门人永俊平,携其遗稿,就余请检校。其诗虽欠精细工夫,气格并合。五言《登爱宕山》云:

> 平安西北镇,石磴几千盘。
> 峰插层霄起,雨分众壑看。
> 鹤归华表古,僧住白云寒。
> 时有仙軿度,依稀听玉鸾。

七言《宿山寺》云:

> 微吟曳杖此相寻,才到上方落照深。
> 倚槛寒云归洞口,绕阶暗水咽苔阴。
> 山房宁有人间梦,溪月偏闲物外心。
> 只为社中容酒客,渊明一夜在东林。

日本诗史　卷四

关东古称用武之地，猛将勇士，史不绝书，而文雅之士，不少概见。迄于神祖营建东都，置弘文院，设学士职，文教与武德并隆，终成人文渊薮。罗山林先生际会风云，首唱斯文于东土。芝兰奕叶，长为海内儒宗，无俟曹邱生也。

木下锦里，名贞干，字直夫，又称顺庵，京师人。昌三门人，学成出仕加贺侯，为其文学。宪庙闻其名，征为侍讲，于是从学之士日盛，才俊多出其门。卒，私谥靖恭。《名贤诗集》载靖恭诗三十余首。其中《题楠子墓》云："一心存北阙，三世护南朝。"又《咏百日红》云："老树千年绿，名花百日红。"二联可谓巧警也。嗣子寅亮，名汝弼，号菊潭。寅亮子寅道、寅考诗，并见《熙朝文苑》。

室沧浪，名直清，字师礼，一字汝玉，别号鸠巢，东都人。幼而颖悟，西学京师，师事木靖恭，众推为木门高弟。初仕贺藩。文庙时，征擢为东都学职。尝著《大学新疏》《义人录》《骏台杂话》等书，莫非提起经义，维持名教者也。余尝谓："经儒不习文艺，文士或遗经业，能兼二者，唯东涯、沧浪二儒而已。其训诂异同，不必论也。"沧浪诗，五言古体，学陶而未得其自然。七言古风、五言近体师法少陵，尚隔垣墙。七言近体，祖袭盛唐诸家，而往往出明人径蹊。若夫五言排律，学力与才气相驾，豪健腾踔，最为当行。今摘七言雄拔者数联："关中豪杰推王猛，江左风流起谢安"、"天上双悬新日月，人间相看旧衣冠"、"天连沧海长云绝，月满大江灝气浮"、"輦下衣冠尊五品，日边花萼共三春"、"兰省春传红叶赋，凤池波动紫霞袍"、"荐赋何人逢狗监，求才几处出龙媒"。

新井白石，名君美，字在中，东都人。亦木门高弟也。文庙潜邸时，眷注已渥，继统之后，遂以迁乔，赐爵五品，号筑后守。白石才兼经济，数参大议，其著撰往往国家典刑云。若夫诗章，则有《白石诗草》《白石余稿》。余按：白石天受敏妙，独步艺苑，所谓锦心绣肠，咳唾成珠，呓语谐韵者。索诸异邦古诗人中，未可多得者，而今人贵耳贱目，不甚信余言。雨芳洲所著《橘窗茶话》曰："韩人索《白石诗草》者，陆续不已。"可见异邦人犹且玉之。白石尝和清人魏惟度《八居》七律八首，以溪、西、鸡、齐、啼为韵者，请沧浪嗣响，遂传播京师。京师文士，效而和者数十人，坊间梓而行焉。白石览之，前作有与诸人和诗相类者，因再作八首，语无牵强，押韵益稳。又冬日过某家，主人请诗，白石求题，主人书"容奇"二字示之，白石解其意，辄作七律一首。盖"容奇"者，雪之训读。主人书之以试白石。白石已解其意，故句句征我邦雪，一座服其敏警。诗云：

曾下琼矛初试雪，纷纷五节舞容闲。
一痕明月茅渟里，几片落花滋贺山。
提剑膳臣寻虎迹，卷帘清氏对龙颜。
盆梅剪尽能留客，济得隆冬无限艰。

此一时游戏，虽不足论全豹，亦可窥其天受之一斑。或问余曰："子极称白石，诗至白石蔑以加乎？"曰："非也，如天受，诚蔑以加矣。若夫揣摩锻炼，尚有可论者。要之天受之富，吐言成章，往往不遑思绎，是以疵瑕亦复不鲜。白石《送人之长安》绝句云：'红亭绿酒画桥西，柳色青青送马蹄。君到长安花自老，春山一路杜鹃啼。'四句中二句全用唐诗，夫剽窃诗律所戒，而炼丹成金，犹可言也，以铅刀代镆铘，将之何谓？'草色青青送马蹄'，本临岐妙语，草色送马蹄，言春草承马蹄，以'柳'代'草'，蹄字无着落，殊为减价。此其一耳，余可准知。"

祇园伯玉，名正卿，后更名瑜，号南海。仕纪藩，任职文学。伯玉髫年，受业木门，有凤慧之称。一日宴集，人或唱曰"鸢飞鱼跃活泼泼"，令坐客为对。伯玉以童子在席末，应声曰："光风霁月常惺惺。"众叹其颖敏。元禄壬申，伯玉年十七，会春分日，自试其才，自午至子，赋得五言律诗一百首，人或疑其宿构。是岁秋分，大会宾客，午漏初下，进请诸宾，各命诗题，对坐谈笑，信笔挥霍，夜未半，百首完成。通计前后，凡二百首。藻绘烂漫，而无一句雷同者，满座惊愕叹服焉，于是其名播扬远迩。伯玉初在木门，与松桢卿同甲子，众称"木门二妙"，后来伯玉名价益重，世匹之梁蜕岩。余按：《停云集》载伯玉诗三十首，词采富丽，盖少时作。晚岁渐刷铅华，而神气融和，殊可传者。而伯玉墓木已拱，遗稿未出，余未审何故。近时学风轻薄，仅学作诗，则已灾梓。所谓黄钟毁弃，瓦釜雷鸣，亦愤愤尔。伯玉嗣子师援，余尝一再应酬，诗也书也，并似乃翁。

雨森芳洲，名东，字伯阳，京师人。其幼时习句读之师，为靖恭门人，以故芳洲年十七八，遂东执谒靖恭，靖恭甚称其才。是时对马侯将聘一书记，闻木门多才髦，就而求焉。靖恭因荐芳洲，遂为对马学职。余按：徂徕尝唱复古，傲睨一时人士，特于芳洲称扬啧啧，殆不可解。何则？芳洲说经，崇信程朱，至老无变，而徂徕勤排程朱；芳洲文宗韩欧，徂徕必曰东汉以上；芳洲不好明诗，《橘窗茶话》曰："吾案上所置诗集，以陶渊明为首，李、杜为第二，韩、白、东坡为三。"与徂徕论诗诚冰炭矣。余久疑之，近得其说，已有别论。《橘窗茶话》又曰："京师风俗，各土地神祠祭之日，远亲故旧，互相延请。吾少年时扬言曰：'殊觉其烦也。'柳沧洲在坐，正色曰：'一年一次，团栾叙阔，人情于是乎萃矣，何谓烦乎？'吾为之面颊。"余谓：沧洲诚长者之言，而芳洲称之，且自戒失言，亦长者矣哉。近时学风轻薄，艺苑绝无此等人，可叹耳。芳洲长于文而不长于诗，晚年常对人曰："吾无诗才，生平所作，无虑数百千首，而可示人者，不过数十首也。"长子乾，蚤没。孙连，以谨严称，亦已没。次子赞治，出继松浦氏，其子，小字文平，弱龄来游京摄，数过余家，殊见才颖，今亦为学职云。

松浦祯卿，名仪，号霞沼。《停云集》曰："祯卿，播州人。年甫十三，对马侯见以为奇才，请靖恭授业，学成为对州书记。"《橘窗茶话》曰："祯卿十四岁时，置诗草于案上，南草寿取而览之，吟诵不已。既而闻其自作，大惊曰：'吾谓抄写唐诗。'对马侯闻之，乃使其受业木门。"并考二书，殊有可疑：十三四童子，何以自播州逾海，远抵对州，被侯之眷称？或从父兄在东都，出入朱邸者？然而草寿长崎人，则亦胡以就其案上览诗草？此必有其说。要之凤慧可知也。惜乎《停云集》载其诗仅四首，余绝无睹。祯卿没而无子，以芳洲次子为嗣云。

留健甫，名顺泰，对州人，本姓阿比留氏，后更姓西山。为本藩学职，亦木门弟子。勤苦读书，才思敏赡。元禄戊辰，年二十九，病将死，悉焚诗稿，曰："吾辈诗文，何用遗为？"靖恭哀惜，为制碑铭云。其诗如："竹外无家群鸟下，松阴有寺一僧还。"殊佳。《橘窗茶话》曰："对州平田茂，在朝鲜有诗曰：'江风送人语，隔岸有归舟。'金泰敬者，终身吟赏。"平田茂，他无所考，因附载于此。

南部思聪，名景衡，号南山，长崎人，本姓小野氏。少孤，为南部草寿所子畜，因冒其姓。草寿，不详名字，草寿盖其称号。后来京师讲说，自称陆沉先生。天和中，为富山侯文学，元禄戊辰年卒，思聪嗣职。思聪初在长崎，学诗于闽人黄公溥、杭人谢叔且。后从义父在越中，遂游学东都，受业木门。《停云集》曰："子聪为人温恭笃谨，精通经史，文才富赡，身既多病，自选诗文若干首，名曰《唤起漫草》。正德壬辰卒于越中，年五十五。"又《橘窗茶话》曰："韩人吴南老，尝览子聪《怀环翠园》诗'雁归塞北长为客，梅发江南暗忆人'句，极口称赞。"云云。按：环翠园在越之富山，即子聪所居。子聪在东都怀之，作七律十首，其中佳句实多，"窗容西岭多看雪，圃学东陵半种瓜"，"生前不负十千酒，死后何须八百桑"，"细雨红桃应委径，轻烟绿竹定过墙"，"衔花鸟近书窗语，煮茗泉环竹坞过"，"欲见春山常洗竹，因怜夜雨亦栽蕉"。思聪三子，长即国华。

南部国华，名景春，称权藏，思聪长子。聪慧绝伦。年甫十三，从父赴东都，游东叡山，作五言古风一百韵，为世所称。年十八丧父，哀毁过礼。奉母至孝，友爱二弟，行己以道。其为学，博通经史，又慨然有大志。亡何，丧母氏，次弟亦亡，国华不堪悲感，遂以享保丁酉四月二十一日病卒，年仅二十三。季弟亦夭，南氏绝祀。《停云集》载国华《除夜呈白石》排律一百韵，气象轩昂，珠玑璀璨。又《妙见山寄题》七律八首，亦复隽拔。使其天假之以年纪，与蜕岩、南海驰逐于艺苑，未知鹿死谁手也。天之忌才，其将谓何？且德者未必有才，而才子往往无行。国华有绝世才，而孝悌恭谨，可谓全人。二弟虽童髦，亦已称难弟，乃翁又笃恭著称，不啻著撰，何以死丧相寻，遂至祀绝。古曰："天与善人。"噫！

原希翊、田信威二人，并靖恭门人，靖恭荐诸纪藩。希翊本姓下山，有故胄外父姓榊原氏，名玄辅，号篁洲。在纪藩著《大明律译解》。信威名文，其先朝鲜人，壬辰乱，年尚幼，我邦兵士冈田某者得之，遂冒姓冈田，信威则其孙云。《停云集》载二人诗数首。

山顺之、岳仲通、田子彝、石贯卿，亦并靖恭门人，其才藻大抵相若，其乡贯履历，详见《停云集》。其称顺之曰："年二十余，始学于木门，刻苦读书，行义甚修。家贫，并日而食，晏如也。然则其人最可称。"《九月十三夜对月》排律，亦自不俗。

深见子新，名玄岱，号天漪，长崎人。以文学善书称。初以医术，食糈于萨国，文庙初，闻其有文录用。其详见《停云集》。余谓：天漪以文学荣达，今阅其诗，无甚佳者何也？天漪二子，松年、龟龄，并有材学云。

三宅用晦，名缉明，号观澜，京师人。以文章闻。常藩聘置其史局。文庙时，取补东都学职。《停云集》所载《寄京师人》诗中联曰：

> 三更灯火波心市，十里弦歌岸上楼。
> 杜父鱼肥杯可举，牛王庙古叶将秋。

以其俳偶易入世耳，脍炙一时。余谓：三四为摄之安治川作，则佳矣。鸭水涓涓，曾不容刀。"波心"二字，殊为无谓。第六句徒事对偶，粘景不切，牛庙六月，罗縠相摩，香风扑鼻，何曾有此凄凉？观澜又有《咏倭刀》诗，亦见《停云集》。我邦人咏我邦刀，题曰《咏刀》可也，讵用曰"倭"？宋明多此等诗，效而作之，则曰《拟咏日本刀》犹可也。观澜有重名，而有此破绽何也？或曰：观澜亦木门之人。

服部宽斋，前卷已录其人，今阅《停云集》："宽斋名保庸，字绍卿，东都人。强记力学，且以孝友闻。文庙在藩之日，征为侍读。"云云。《停云集》载其诗三首，颇清畅矣。宽斋弟维恭，名愿，号橘洲。同伯氏录用。《停云集》载《九月十三夜作》，首尾匀称可录。

土肥允仲，名元成，号霞洲，东都人。生而聪悟。及其能言，授书即成诵。六岁作诗。文庙潜邸之日，召见，试讲《论语》《中庸》，论辩甚明。且命书其所赋诗，书法亦可观。于时元禄癸未秋八月，允仲年十一云。《停云集》记允仲事如兹。所谓神童不嗇也。余览《停云集》所载，诗亦当行。其中《赠京师故人》小绝曰：

> 一别音书断,相思秦地秋。
> 欲将双泪寄,墨水不西流。

最存古意。

真子明、都孟明,二人始末,并其诗见《停云集》。子明名璋,殊有才思云。所载诗一首,颇佳。

田伯邻,姓益田,名助,号鹤楼。东都贾人,世业卖药。伯邻少志学,师事白石,遂以诗闻。又以喜客,其名益著。余阅其诗,无甚佳者,要缘诸名士不朽耳。梁景鸾有《赠鹤楼书》及《鹤楼集跋》,服子迁有《鹤楼传》,今并考之,其人则实可传者。京摄雅多大贾,而无一人可比拟。近时摄有木世肃,或曰:"可当鹤楼。"余悉世肃为人,不同鹤楼。鹤楼以豪,世肃以雅。鹤楼用率,世肃勤博。鹤楼一饮数斗,世肃勺饮不劝。鹤楼唯好作诗,世肃稍多歧矣。鹤楼喜客,无客不乐,最重文学之士,客必得文士,不得则杂宾俗客随至而欢。世肃亦喜客,无客亦乐,非不重文学之士,而兼喜诸好事之徒。

僧法霖,号兰谷,本小野氏,东都贾人。性恬世利,唯诗之耽。有儿尚幼,出妻独处,后遂为僧。《停云集》多载其诗,结构精密,佳篇不鲜。一联只句,殊多响亮。今录其数联:"舟中梦破湖天白,马上望迷驿树青","一水人遥梅耐折,三更梦断月相亲","鸾凤长想高人啸,鹦鹉徒怜处士狂"，"花里书窗三月雨，松间禅榻五更风"，"只今天下剑无气，依旧世间钱有神"。

僧若霖，字桃溪，相州人。数往来京摄。东涯《盍簪录》曰"霖善诗，兼能书画，海内文儒之家，参谒殆遍"云云。今览其诗，实出于法霖之下。如《题某池亭》诗，后联曰："钓罢孤舟蘋渚系，鱼稀只鹭蓼汀眠。"前句已系鱼事，亦唯一意，余可以推矣。

梁景鸾，名邦美，号蜕岩，总州人。少游学东都，天才巧妙，前无古人，后无继者。少时负才，不闲小节，故筮仕数跌，屡遇困厄，家徒四壁，而意气不少挠。尝以"不能买书"为题，其末句曰："惠车邺架满天地，谁信空拳犹突围。"不知者以为妄且傲。而其《咏雪》诗序中亦曰："余频年穷甚，书籝中，除四子外，有《诗韵》一册，《徐文长集》半部。"夫"空拳突围"，果非虚语也。余谓尔时东都虽人才如林，除白石、南海外，诸子长枪大戟，恐难敌景鸾空拳。景鸾后仕加纳侯。加纳侯，今松本侯即是也。亡何亦辞去，最后为赤石儒学。赤石有海岳之胜，加之邻于摄，近于京师，其业渐以广被，遂有终焉意。于是湖海之气日销，温润之德月进。余弱龄在赤石，始谒其人，既已皤皤然矣。而薰然和煦，毫不修边幅，且天性爱才，循循诱奖，不以所长加人。长子，小字万虎，才气似乎乃翁，以疾废焉。次子即今嗣职者。余按：蜕岩诗体屡变，为唐，为宋元，为初明，为七子，为徐文长，为袁中郎，为钟、谭。《赠余弟》诗，有"我初御风翔，晚而履平地"之句，而亦唯毕竟为一蜕翁之诗云。余谓：凡作者患，在才者不勤锻推，勤者未必有才也。蜕岩有天纵才，而极力锻炼。何以知其然也？蜕岩与余兄弟交称忘年，赠答殊多，是皆蜕岩赤石税驾之后，考其年纪，盖六十以后矣。厥后《蜕岩集》出，就而阅之，则往往改二三字，而改者更有理致，乃知八十老翁，孜孜兀兀，潜思字句，宜其能造诣精微。今读其集，譬犹上昆仑之丘，步步是玉，入栴檀之林，枝枝是香。诗至于此，宜无遗论。而犹有未尽善者，何也？蜕岩用才太过耳。张茂先谓陆士衡曰："人常恨才少，而子更患其多。"余于蜕翁复云。

桂山彩岩，名义树，字君华，东都秘书监云。余在赤石，梁景鸾数称彩岩诗律精工，因知其作家。后来信州，湖玄岱亦盛称彩岩，乃益知其作家。于是历阅诸选。《玉壶诗稿》载《八岛怀古》七律二首，《昆玉集》载《拟金陵怀古》七律一首，《熙朝文苑》载《赠人》七绝二首，通诸选所载，仅五首，其他无见。京摄年少，往往不知桂秘监为何人。盖数十年来，东都艺文，播传于京摄者，特蘐园诸子，其他虽鸾凤吐音，寥乎无闻，亦可见一时风气之偏。而彩岩重厚不近名者，亦可征耳。

物徂徕，以杰出才，驾宏博学，不能守旧业，遂以复古创立门户。其初一二轻俊，从而鼓吹之，终能海内翕然风靡云集，我邦艺文为之一新，而才俊亦多出其门。至今讲说之徒，藉口徂徕，坐皋比而骄生徒者，比比不鲜。若夫经义文章，余有别论。徂徕尝著《唐后诗》《绝句解》，海内由是宗嘉靖七子。喜之者以徂徕为艺苑之功人，非之者或以为长轻薄。要未之深考耳。

余谓：明诗之行于近时，气运使之也。请详论之。夫诗，汉土声音也。我邦人不学诗则已，苟学之也，不能不承顺汉土也。而诗体每随气运递迁，所谓三百篇，汉魏六朝，唐宋元明，自今观之，秩然相别，而当时作者，则不知其然而然者，气运使之者，非耶？我邦与汉土，相距万里，划以大海，是以气运每衰于彼，而后盛于此者，亦势所不免。其后于彼，大抵二百年。胡知其然？《怀风》《凌云》二集所收五言四韵，世以为律诗，非也。其诗对偶虽备，声律未谐，是古诗渐变为近体。齐、梁、陈、隋渐多其作，我邦承其气运者。稽其年代，文武天皇大宝元年，为唐中宗嗣圣十四年，上距梁武帝天监元年凡二百年，弘仁、天长，仿佛初唐，天历、应和，崇尚元白，并黾勉乎百年之后。五山诗学之盛，当明中世，在彼则李何王李，唱复古于前后，在此则南宋北元，专传播于一时。其距宋元之际，亦二百年矣。我元禄，距明嘉靖，亦复二百年，则七子诗当行于我邦，气运已符。故有先于徂徕已称扬七子者。

《活所备忘录》曰：＂李沧溟著《唐诗选》，甚契余意。学诗者舍之何适？"又曰："谢茂秦《洞庭湖》，徐子与、吴明卿《岳阳楼作》，气象雄壮，与绝景相敌，殆可追步少陵、浩然二氏。"永田善斋《脍余杂录》亦论及七子，而尔时气运未熟，故唱之而无和者。迄徂徕时，其机已熟，白石、沧浪、蜕岩、南海，大抵与徂徕同时，并非买蘧园之余勇者，而其诗虽曰宗唐，亦唯明诗声格。故云：气运使之也。由是论之，则其或继今者，虽数百年可知也。或谓余曰："子之论既往似矣，其继今者何如？"曰："余闻明诗四变，李、何一变，王、李二变，二袁三变，锺、谭四变。逾变而逾卑卑焉。最后有陈卧子出，著《明诗选》，吹王、李余烬，而气运既替，不能复振。清人议论不一，栎下《书影》，呵斥王、李为小儿语，归愚《别裁》绍述卧子，少别机轴。又有专宗晚唐，虽参趋异途，以余观之，清人篇咏，大抵诸家相似，其缜整雅柔，颇似于元季明初作家，较诸近时所谓明诗者，无剽窃雷同之病，而其气格则稍淡弱矣。当今京摄才髦所作，往往出于此途，亦气运所鼓，不得不然，而遐州远境，至今犹尸祝七子者，气运推移，有本末，有迟速，犹我邦之于汉土也。"或曰："向微徂徕，则明诗之行，可以渐也。徂徕才大气豪，言多过激，故其行也骤，而其弊亦速。"余按：徂徕诗有二体，初年作瘦劲雄深，后来影响李、王，勤作高华之言。要之，诗非其所长也。

徂徕门下，称多才俊，其显者，春台、南郭之外，犹数十人，可谓盛也。然细考之，则其中大有轩轾。盖大名之下易成名耳。况赫赫东都，非他邦比。或攀龙附凤，欸托禁脔，或曳裾授简，长沾侯鲭，假虎威者，附骥尾者，青云非难致也。加之邦国士人，各从其君往来，结交同盟，遍满诸藩，褒同伐异，鼓荡扇扬，靡遐僻不届，是其所以显赫一时也。退察其私，则羊质而虎文，名过其实者，亦不鲜。簸之淘之，后世自有公论耳。

滕东壁，名焕图，先于诸子执贽徂徕，所著有《东野遗稿》，其诗在蘐园诸子中，虽华藻不竞，而浑朴可称。

县次公，名孝孺，号周南，周防人。师事徂徕，初次公父良斋，为长藩文学，次公嗣其职，长门泮宫曰明伦馆，次公司其馆事，至今长门多才学之士云。余谓近时文士得行志，莫若次公。其著作有《周南文集》。

太宰德夫，名纯，号春台，信州人。初同东壁，从学中野㧑谦。㧑谦名继善，字完翁，长崎人，尝仕关宿侯云。后东壁从游徂徕，数书招德夫，遂归于物门。其学业行事，详见于服子迁所撰墓碑、松君修所录行状。唯斯褊心，往往为人呵斥。而以余论之，则春台虽褊窄，自信甚确，是以议论透彻，多痛快语，自有过人者。其人以名教自任，而诗亦可观。尝著《文论》《诗论》。余初读之，殊叹其持论平正，后读《春台文集》，与二论牴牾者之有，所谓当局者惑欤？不然，则初年作耳，纂辑其集者，不删何也？其详余有别论。

服子迁，名元乔，号南郭。所著《南郭文集》，自初编至四编，并行于世。盖徂徕没后，物门之学，分而为二。经义推春台，诗文推南郭。余按：我邦诗，元和以前，唯有僧绝海，元和以后，渐有其人，而白石、蜕岩、南海其选也。今以南郭较夫三子：南郭天授不及白石，工警不及蜕岩，富丽不及南海，而竟难为三子之下者何哉？操觚年少，悟入此关，始可与言诗耳。盖白石天授超凡，辞藻绝尘，诚不可及，若就其全集论之，清雅秀婉，绚彩溢目，而悲壮沉郁，浑雄苍老者，集中无几。南海唯是一味绮丽，后勤超脱，却屑屑乎纤巧矣。蜕岩天纵之才，奇正互用，变幻百出，神工鬼警，孤高独立于古今之间，惜乎用才太过。如前论者，盖用才太过，有伤风雅，譬之士庶陪侯家宴席，有时笑谑歌唱亦无害也，太过则有类俳优。南郭能守地步，不求胜于一句一章，而全功于一卷一集。今阅其集，初编瑕颣颇多，二编十存二三，三编四编最粹然矣。乃知此老剪裁，老益精到。因谓作者无才则已，有小才而欲大用之，丑态毕露，最可戒也。大才大用，诚为快绝，而仅欲快绝，易侵三尺。十分之才，每用六七分，正是诗家极至工夫。南郭能解此义，百尺竿头，不肯进步，反是难至地位。南郭次子名恭，字愿卿，幼称才颖，年仅十九而没，有遗稿，名《钟情集》，其中《闻庄子谦登芙蓉以寄》诗中联曰：

> 不啻登临堪小鲁，更知呼吸近逼天。
> 人间长仰三峰雪，海上回看九点烟。

可谓翩翩有逸气。又《送客》绝句曰：

> 秋风飒飒雨纷纷，匹马孤舟两岸分。
> 万里江山如黛色，相望能不叹离群。

亦佳。南郭晚年，抚西仲英为子，亦已没矣，其著作余未览之。

平子和，名玄中，号金华。尝有诗赠服子迁曰："白发如丝混弟兄，中原二子奈虚名。"子和之不自量诚亡论耳。世人亦多与子迁并称，可谓子和之幸。子和诗有太佳者，有太不佳者。太佳者体格雄华，金石铿锵；太不佳者浅陋支离，剽窃陈腐，如出二手，亦唯负才不能精思耳。

高子式，名维馨，号兰亭，年十七丧明，专志诗词，生平所作殆万首。贵介公子，争延讲诗，名声籍甚于一时。其诗剪裁整密，音韵清畅，虽不及白石、蜕岩、南郭等大家名家，在小家数则可称上首者。

岛锦江，名凤卿，字归德，东都秘书监；越云梦，名正珪，字君瑞。并名重于物门。《蘐园录稿》载其诗。锦江《吴宫词》《游猎歌》并合调矣。

菅麟屿，本姓山田，名弘嗣，字大佐，幼有神童之称，年十三，德庙召见，寻为博士。童时游京师，参谒诸儒，尔时余尚幼，侍先人膝下一见之，今不甚记。《录稿》载其诗二首。

石叔潭，名之清，东都侍卫臣云。亦物门之人。

土伯晔，名昌英；守秀纬，名焕明。二人亦有重名，并业医。伯晔仕小仓侯，秀纬仕大垣侯。《录稿》所载秀纬："窗对芙蓉含雪色，槛当沧海抱潮声"、"万家榆柳传新火，千里莺花背旧程"，太佳。《吴宫怨》小绝亦佳。

芙蓉万庵、鲁寮大潮，二僧殊与物门诸子相欢，诗名高于一世。我邦释门诗，元和以前推绝海、义堂，元和以后推万庵、大潮。余读《江陵集》，又读《松浦集》，二僧工力大抵相当，而如才华，则万庵似进一等。

源京国，名义治，号华岳。物门诸子数称其人，谓当作家。而诸选所载，余未睹其佳者。若夫板美仲，名价不高，而《录稿》所选"卧阁青山远，弹琴白日长"、"山对柴门静，海连旷野平"、"故园春欲尽，绝域草初肥"、"残夜传刁斗，频年卧铁衣"、"风裁同卓鲁，治行拟龚黄"，又"湖海论交添涕泪，蓬蒿卧病易蹉跎"，却是谐合。

庄子谦，姓村田，名允益，丰后臼杵人。仕本藩，祗役东都，受业南郭。负才好奇，尝登富岳，作《芙蓉记》，凡民庶上岳者，必斋戒吃素，而后敢上，且相戒不许语山中事迹。

子谦作记,始漏造化之秘,亡何子谦暴卒,俗辈以为得罪岳神。余殊爱子谦《秋怀》二联曰:

> 青山入梦松萝月,秋雨关心水竹居。
> 却恨西都题柱过,且思南亩带经锄。

深婉情至,恨不见他篇。

石子游,姓石岛,初名正狗,字仲绿,后更名艺,字子游,自称筑波山人。尾张人,迁住东都。亦南郭门人。放荡好酒,不能为家,而以诗才雄豪称于一时。尝游京师,作诗曰:

> 敝裘杖剑入西京,自比能文陆士衡。
> 谁见篇章焚笔砚,岂将诗赋让簪缨。
> 一时羊酪无人问,千里莼羹动客情。
> 洛下书生夸博物,寥寥未闻茂先名。

其狂诞大率类此。《玉壶诗稿》录子游诗殊多,往往神气轩鬐,笔端活动,若济以精细,则可为词坛旌门,惜乎其人轻躁,下笔亦复疏率耳。

《蕻园录稿》所载五绝,松子锦《春意》:

> 腊雪二三尺,门前不可扫。

才被春风吹,江上尽青草。

又《古别离》:

送君黄河湄,黄河几千里。
我思长于河,思人终不已。

七绝《平子彬登长兴山》云:

长兴山色秀清秋,日抱摩尼宝塔浮。
湘水如环归大海,连天帆影不曾流。

僧了玄《春日游墨水》云:

风花处处送江春,古渡萧条芳草新。
为是王孙昔游地,纵无白鸟亦愁人。

江子园《秋宫怨》云:

琪树西风白雁过,夜寒如水渺天河。
自将纨扇怜秋色,不问昭阳月影多。

并是警绝,自可不朽。其余作者,当重考补遗,因不具录云。

日本诗史 卷五

品藻之难也,炫卖者其声远播,而其实未副焉;韬晦者其文足征,而其名每湮焉。生其土而商榷其土艺文,犹且称难得其要领,何况他邦人士,所谓隔靴搔痒不啻也。余读浅舜臣所辑《昆玉集》,木实闻所著《玉壶诗稿》,张藩艺文,管见一斑。但二集撰次无伦,且不详作者乡贯,张人与他邦人,混淆不可分别。则余所论列,讹谬固当居多耳。

余少年时,就友人案上阅《防邱诗选》,收录张藩诸家诗,今茫不记,募诸书肆,往往不知其名,殊为怅怅。《扶桑千家诗》载《清水春流》诗,亦未详其人。

木公达,名实闻,余于张藩人士,无所通识。今据《昆玉》《玉壶》二集蠡测之。公达在张藩,或是南面词坛,傲睨诸子者。详其诗体,公达必谓:"吾能探开天之正源,驾嘉万之逸格,殖之以广博之学,出之以纵横之才,意之所欲,笔必从之。"噫!如此,则南郭、蜕岩其犹病诸。公达无天受之妙,而强欲笼盖万象。是以其诗磊砢而无光泽,莽苍而无伦理。

井鼎臣,本姓千村氏,号梦泽。《玉壶诗稿》载其诗六十余首，大抵与公达伯仲。如曰："冯[①]驩弹铗泣，宋玉至秋悲。"直是《蒙求》标题，且驩弹铗歌，非泣也。此等之诗，宜无录。若夫《昆玉集》所载《喜今井生过访》五律、《岁杪书怀》七律，颇为匀称。要之，急于名而不遑自择耳。

千村力之，名诸成，号莪湖，又号笠泽。井鼎臣长子也。《昆玉集》所载，当少时作，然其天授才敏，大逾乃翁。五言："生白怜吾室，草玄避世人"，"雀罗将设处，凤字孰题门"，"沟水通篱后，炊烟横竹边"，"未值西归日，空为东武吟"，"客心惊短发，官况恋扁舟"，"本识地难缩，逾增乡国愁"。七言："西风拂槛秋如水，中夜怀人月在霄"，"病来空凭乌皮几，梦里重鸣白玉珂"，"世上虚名任呼马，尘中浪迹总亡羊"，"频年风雨徒搔首，何地莺花更解颜"等，下字有法，语亦清丽。其余绝句，殊有佳者。

井出识明，名知亮，号凤山，力之次弟。其曰："醉后振衣花乱落，庭阴倚杖石嵬嵬"，"移步山光生杖屦，倚楼海色映衣襟"，"病来耽句瘦逾甚，醉后发狂意却宽"。才调雁行伯氏。《昆玉集》载季弟居卿幼时诗。鼎臣有此三子，自足烜赫艺苑。

木君恕，名贞宽，号蓬莱，尾张人。尝客游京师，后赴东都，讲说为业。其诗较之公达、鼎臣，颇占地步，而隽句

[①] 此处应为"冯"，"冯驩弹铗"典出《战国策·齐策四》，载为"冯谖弹铗"，《史记·孟尝君列传》载作"冯驩弹铗"。原文为"憑"，有误。

警联亦复不多。若夫《昆玉集》所载《中秋无月》云："金茎云黑光犹动，紫陌灯明夜未深。"声华可挹。但金茎，汉武所设，我邦无此。或曰："唐明诗中多用金茎，用之何害？"殊不知唐玄宗、明世宗酷好神仙，诗人假借以咏时事者，此等之事，余于《授业篇》已详论之。

冲野孝宽，号南溟；田中尚章，名采蕙，号雁宕；晁涵德，名文渊，号玄洲；清水彦八，名虎；贺安长，号精斋。五人并张藩人，其诗见《熙朝文苑》者，不过一二首，姑录其姓名以备重考。

松秀云，亦张藩人，《熙朝文苑》载其诗七首。顷日大江稚圭刻《玄圃集》，赠余一部，有秀云序，斯知其人无恙，老益把弄翰墨。

《昆玉》《玉壶》二集，撰次无伦，余已前论。其张人与他邦人，相混不可分别，则姑从二集所录以论及一二。若夫张人与不张人，姑置之耳。伊长卿，名章，号崆峒。《玉壶诗稿》载其诗二首。《岁晚寄井良重》七律，虽剿窃嘉靖七子，而渐近自然。但第五句"芳樽万里河山邈"，不免日上文王之谤，若作"芳樽一夕"，则佳矣。又赠人小诗："东海多秋思，况逢夜色新。遥知奠水月，不照去年人。"虽无奇警，亦自可诵。德良弼《春城寓目》，华赡可观。泽元喜《寄兰皋、梦泽二子》七律，颇能结构。又《留别诸子》绝句云"落魄无人不可怜"一句，太是悲怆，惜乎结不成语。冈长佑《咏雪》云："一庭地白非关月,万树花明不待春。"兴象甚肖,惜乎首尾不称。福昌言《九日作》,中南来《池亭》五律,尾有孚七绝二首,并占得地步。其余,天信景、矶长博、铃子都、岭文溪、出敬迂、野俊明、关德亮、元文邦、藤本弘、江子永、林文清、乔惟宁、叶日洞、山泰信、山芝岩、池子圭、仲文辅、井天目、仓立大、关范艮、须玉涧、谷秀实、丁忠利、竹山东、马意信、村马六、筒恒德、森东发、蒲梧窗、陆知规、吉大壑、田仲文、源基长、源长英、平兰溪等,其中不无玉石之辨,而余未详其人,且二集所载,人不过一二篇,则亦俟重考云。

《昆玉》《玉壶》二集所载僧诗亦夥,今论其一二。僧宝性《寄梦泽》云:

伏枕青春日,闻君解绶归。
鸟窥移柳地,童待映花扉。
探胜支公马,舞雩曾点衣。
昨宵芳草梦,相引到渔矶。

颇华畅矣。《兴善寺分韵作》亦佳,据二诗,则足称方外作家。

僧宜牧诗,嘉靖七子之末响,极意剿袭,然其中自有佳者。《宿圆通寺》云:

古寺钟声度翠微,阶庭柏叶乱斜晖。

> 岩中说偈花为雨，定里忘机月照衣。
> 巢鸟闲窥双树入，香烟细结五云飞。
> 上方遥出藤萝外，杖锡探奇信宿归。

首尾匀称，足称合作。

僧惠仁诗，《昆玉集》载之殊多。其《京馆杂诗》中云："晚来比屋弦歌起，疑是诸天赞我声。"可谓狂妄。又曰："此中无不有，唯少天女侍。"虽用维摩事，亦复甚矣。近时学者动曰："僧诗不可有香火气。"余则曰："僧诗不可有香火气也，又不可无也。"盖有香火气，以法害诗；无香火气，以诗累德。僧家学诗者，宜了得此义。

尾张，东邻参河。在参河，则《扶桑千家诗》载村田通信诗。余未详其人。近时源京国仕刈谷侯，既已前录。冈崎侯儒学秋子帅，名以正，所著有《澹园初稿》，余未见之。又，田原侯大夫①雍子方有《爽鸠诗稿》，子方姓鹰见，省见为鹰，又恶鹰字不雅，更为雍姓者，名正长，爽鸠其号。尝与蘐园诸子欢，是以诗名著闻。余谓：蘐园诸子，除服子迁外，孰不剽窃七子者？而莫甚于子方。如曰："薄官天涯耽浊洒，故人江上感缊袍。"比比是也。要之，以藩国大夫有此文雅，可称耳。

---

① 田原侯大夫：田原一万二千石的领主三宅氏。底本为"太夫"。

从参河以东五州，为远，为骏，为豆，为相。文人才子，意谓当众。余也孤陋，无所闻见，则不得不效史之阙文。上野、下野、上总、下总、安房，五州犹夫五州。

安房，东为常陆，常藩当中纳言义公时，儒术文艺之盛，至今人称东平之贤，无俟余言。当时诸子咏言，必有可观可传者。但常藩与京师相距隔远，所谓风马牛不相及者，茫乎不可考索。若夫朱子瑜，余已前录。《扶桑千家诗》载安积觉、内藤贞显、大串元善、青野叔元、一松拙忠、石井收、内藤延春、安藤为明、名越正通、人见野传、清水三世、相田信也、白井信胤等十三人，同咏菊诗各一首，盖陪宴授简之作，一时文雅可想。安积觉，字子先，夙闻其名，所著有《澹泊文集》，余未见之。其余未详其人。又鹈饲金平、栗山伯立、森尚谦三人，亦常藩学职。金平名信胜，石斋长子云。

常陆东北为陆奥，陆奥大国，大小藩府，无虑二十，而仙台为大。余闻藩中以儒业世禄者有十数人，而其文藻无所闻见。会津亦大藩，往时，山崎闇斋讲学其地，至今人重经业，如其诗章，亦无所闻见。森山，常藩支封，夙以好学闻，藩中或多作家。若夫《本朝诗纂》可谓盛举，余尝过书肆，暂时寓目，其所收载京摄作者，殊有可笑，所谓鸾凤伏窜，鸥枭翱翔不啻也。亦唯距京摄绝远，无由物色耳。今余论及关东，胡以异此，为之可发大噱。松前，僻在海外，与虾夷接壤，或曰："陋如之何。"不知其地富庶，政宽俗朴，为一乐土。往者富仲达传松前侯命，请诗于余。又松前医生，来学京师，染指艺苑者，前后不断，则其地颇向文雅，可知也。从陆奥傍北海而西，则有出羽，有越后，二州亦广大，而其艺业未有所征，佐渡固亡论耳。

信浓，在越后南。诹访侯好文艺，读服子迁集知之，谓下必有甚焉者，亦俟异日考索。信地以山称焉，唯松本廓然矣，乃有湖松江在。松江，姓多湖，字玄岱，少时从学桂义树，能诗能文，兼工临池之伎。松江父，字元泰，蜕岩、万庵集中，称湖柏山是也。柏山父称玄甫，至松江，三世以医仕松本侯，而专以儒术文艺著称焉。松江尚气节，惭食糈于方伎。侯察其意，今春使松江嗣子玄室，代松江为侍医，更命松江为儒学教授，盖特恩云。

飞驒，在信之西北，在万山中，地出良材，如高山府，号为殷富。俗颇事伎艺，而学事无闻。东涯《盍簪录》曰："先人讲学时，弟子无国不至，唯飞驒、佐渡、壹岐三州人不至。"其土风可知也。然客岁余游越中，高山人某，因富山渡边公庸，请诗于余，斯知其土人近稍向文学。飞驒之北，即越中云。

越中都会，有高冈，有富山。富山，贺藩支封。闾阎之富，有志学者。往芳野于鹄，游学京师，时问字余弟，厥后西野士明因于鹄，亦谒余弟。客岁之春，佐伯季麤游京，数过余家，闻余好山水，盛说立山奇绝，遂以秋九月余游富山，留五十日。季虪名朴，诗才绝人，惜乎不甚好学，不读书焉。余谓季虪曰："子如读书三年，可为北陆道第一才子。"季虪曰："小子心期海内，何论北陆？"彼也少年逸气，漫为大言，恐终不读书。季虪诗《山居》云：

> 结庐白云里，白日亦堪眠。
> 啼鸟时惊梦，山花落枕边。

又《过冈子龙旧居有感》云：

> 春林鸟返夕阳斜，终日空关叔夜家。
> 唯有邻人吹玉笛，荒园满地落梅花。

季虪伯父佐伯子桂，名望，往为富山侯文学，已没云。士明、天授不及季虪，而黾勉读书，潜思敲推，不懈有成。

能登，在越中西北，近时僧环空，出自其地，为僧金龙徒弟，从师在京师，弱龄好吟哦，颇有诗才，一朝短折，有遗稿在。

加贺，在越中西，余游越中，路出金泽，泱泱大都会哉，无物不有。如其艺文，但未遑考。往时木靖恭、室沧浪，并为贺潘文学，已前录。《扶桑千家诗》载平岩仙桂诗，余未详其人。

越前，在加贺西南，自余先太父，以及兄弟，辱越藩文学。余恐事涉不敬，因不论列，而余弟数称清圆寺莹上人，信义粹然，且好诗。越前南为美浓州。

在美浓，则岐阜最称富庶。三十年前，学诗于余者，有十数人，迨余为吏职，都绝音耗，唯山田大藏一人，通问至今。其人于诗颇有见解，时见合调。大垣亦一都会，如守秀纬，已前录。又，谷大龄、田吉记，二人诗见《昆玉集》。岭三折、铃木藤助，二人诗见《熙朝文苑》，并美浓人云。美浓之西南为近江。

近江文雅，必推彦藩。有龙草庐、野公台二人在，又往有泽村伯扬，虽其人没，遗稿行世。伯扬名维显，称宫内，号琴所，享保中人。其诗虽乏藻绘之美，铿锵之音，而清淡雅整，足称作家。五言律最当行矣。《早行》中联云：

林聒栖禽散，江平宿雾流。
钟残黄叶寺，露满白芦洲。

江之森山，有宇彦章，时时往来京师，名声显著。日野邑则有建达夫，少时颇称才颖，而数奇辘轲，糊口方伎，遂废吟哦，可惜。下迫村，则有柚木伯华，为仲索兄，好读书，少时从学义兄青郊先生，辩博且能诗。

若狭，在近江西北，《千家诗》载宫腰历斋诗，余不详其人。厥后有小栗鹤皋，在小滨橐籥一乡文雅。余尝览《昆玉》《玉壶》二集所载佐元凯者诗，甚佳，因详其人，乃知其为鹤皋。盖鹤皋少时有故，客寓于张，尔时变姓名，称佐佐木才八云。其诗虽踏袭嘉靖七子，而天授自富，炉锤有法，是以往往有合调。《登后濑山》云：

> 峰回径仄石梯悬，杖屦飘飘度碧天。
> 万顷海波涵越迥，两行驿树入江连。
> 孤城钟动寒云外，极浦鸟还落日边。
> 临眺自堪销世虑，何劳烧炼学登仙。

小滨以鹤皋故，至今言诗者众。土之豪称组屋者，数百年之家。今当户者名翰，字子凤，博涉群籍，诗才殊雄，其人亦奇。又，吹田定孝，学诗于余，岁时不懈，渐入佳境。若狭西南为丹波。

丹波，则《扶桑千家诗》载人见卜幽诗，未详其人。近时龟山侯大夫，多好文雅。若夫松崎白圭，详于服子迁文。今嗣职者君修，文辞益蔚，名声焕发。篠山有儒学关士济。

丹后，则宫津水上士逊，最可传者。子逊名谦，自幼好读书，能诗能书，其人笃恭，季世无伦，今既八十余岁，余恐子逊操行终泯没，近为著传略。又有三上宗纯，为士逊诗友，亦七十余云。

自丹后以西，但、因、伯、云、石、隐，六州艺文，未有所考。云州桃井源藏，著《世说考》，引证精当可嘉，近览其绝句数首，诗或非长技。

山阴、山阳二道，到长门而尽。长门，南北西三面滨海。县次公以来，以文学闻。次公已前录。服子迁所撰《周南墓碑》中，列叙门人，曰："若山子濯、田望之、津士雅、仓彦平、藤子萼、田子恭、仲子路、鲁子泉、林义卿、泷弥八、县鲁彦、秦贞父，彬彬辈出。"义卿夙讲学京师，弥八今在东都，声名烜赫。士雅、子萼，前卷已论及。子濯，姓山根，名清，号华阳，子迁集中，褒称特至。《蘐园录稿》载其诗，如《鹤台春望》七律，殊隽爽矣。其男泰德，客岁游京师，因武南山见余。颇能论诗，自运亦可观。尔时，谋刻乃翁集。望之、彦平、子恭、子路、子泉、鲁彦、贞夫，未详其人。又，左汭真、晁世美二人，见《儒林姓名录》，又《扶桑千家诗》载山田原钦诗。

从长门逾海，抵丰前州。土伯晔、石麟洲，前录。丰后，庄子谦，亦前录。丰后而筑前，而筑后，《扶桑千家诗》收录二州人士殊多。竹田春庵、黑田一贯、柴田风山、鹤原君玉、荻野隆亮、林恒德、林重一，并前州人。伊藤慎庵、伊福胜之、村井定庵、松下雪堂，并后州人。若夫贝原氏之于前州，安藤氏之于后州，亦已前录。又，前州神屋亨著《归鞍吟草》，其诗虽多芜累，而议论昂昂，定非碌碌士矣。

长崎，隶肥前州，往有林道荣、刘宣义、僧玄光、僧独立、僧道本、僧玄海等，有诗见诸选。道本，清人，随缘到此，所著有《萧鸣草》。《扶桑名胜诗集》载南部昌明《长崎八景诗》，余不详其人，或是草寿兄弟。近时高君秉，词锋颇锐，尝东游京师，缔交诸文士，西归后，作七言律八首，并书寄余，余心许和答而未果，亡何君秉没焉。君秉，本姓渡边，名彝，号旸谷。

肥后，近时有艺文之称。秋玉山，名声焕发，诗才可嘉。又薮震庵、墨君徽、水屏山、水博泉四人，见《儒林姓名录》，余未详其人。

萨摩州，及隅，日二州无考。对马学事，前卷论及。

自海西九州，沿南海而东，历长门、周防，到安艺。艺之都会曰广岛，大藩也。其文学，二屈氏及松原一清，并已前录。又，味允明，见《姓名录》，其人名虎，号立轩，所著有《问槎录》云。近时竹原邑有赖惟宽，有才子称，今住浪华。本庄邑有平贺中南，在京师讲说。本庄邑北有佛通寺，奇岩环寺，地极幽邃。往有僧寰海，好诗偈，已寂，有遗稿二卷，阅之疵谬殊多。盖虽有资才，师承不正，致此卤莽，可惜。

三原，虽在备后，入艺侯封内，山海环抱，殊觉形胜，颇有好诗者。芥彦章往游其地，寻余游严岛，彦章贻书三原诸子，为余西道主人。宇士龙、安子桓、川则之，敬待最至。

三子好诗，士龙最铮铮矣。三原东有尾道，一名珠浦，地当海陆之冲，人烟稠密，多素封家，而文雅无闻。近有松本达夫者，子桓姻娅也，请贺岛记于余。其人少时受学东涯，文辞则余不知焉。

备中文艺，余未考之。近，惣社邑人，藤野如水游京师，数过余家。为人短小黑瘦，口讷讷焉，见之如无才者，会晤再三，渐测其所蕴，殊为该博。其诗虽乏华藻，意义自全。特怪西归后，寥乎无音问。

备前，往时，熊泽了介为政其国，举世所知。余尝阅松原一清《出思稿》，其《牛窗泊舟》诗有"渔家儿女亦知字，笑将《孝经》教老翁"句，一时教化可想。至今泮宫之设，尚有典刑云。若夫三宅氏，已前录。《昆玉集》载近藤士业诗殊多，士业名笃，备前学职云。又汤之祥、井子叔二人，并以文学仕其国。之祥名元祯，子叔名通熙。备前北有美作州，文雅无闻。东则为播磨。

播州藩府，西近备前者曰赤穗。赤松良平以诗雄视其乡。赤穗东北有龙野，和田宗允为其儒学，文辞无闻。《儒林姓名录》以川口子深为姬路侯文学，名光远，所著有《斯文源流》云。姬路东有麑川邑，邑有清田君履，名绥，号蓝卿，余族也，既有学殖，又有文辞，恬不近名，人以长者称。若夫赤石，梁蜕岩以诗赋雄乎海内，前卷既详论焉。赤石隔海，近对淡州云。

淡州航海达阿州。阿州学职有数人。柴野彦助有文辞，去年余弟祗役东都，屡相往来云。由岐浦，有井河玄益，谨笃之士，诗文亦如其人。余弟详录于《孔雀楼笔记》。平岛，有岛津琴王，时有诗筒寄余。阿州而赞州，《扶桑千家诗》载冈部拙斋诗，近时高松侯文学。冈仲锡有文辞，《玉壶诗稿》载其诗云：

> 渺渺春波夕照微，白蘋风起鸟双飞。
> 曾攀杨柳江桥上，杨柳挂丝人未归。

婉顺可诵。丸龟亦赞之都会，僧羽山往游其地，藩大夫某闻之，要羽山于途，邀游山庄，尔后至今，诗筒无断，其风雅可称。羽山，余方外友，屡称其事，余老善忘，不记其大夫名氏。赞州而豫州，松山侯文学，前田子绩诗，见诸选。子绩名时栋，所著有《二酉洞吟谱》云。豫州而土州，大高季明，前录。土州隔海，东对纪州云。

纪藩称多学职，若夫活所、南海、玄辅，已见前卷。永田善斋，名道庆，罗山门人，著《脍余杂录》，其诗见《千家诗》。荒川敬元，名秀，东涯门人，《八居题咏》有和作，又附录他作三首，颇巧整矣。阴山淳夫，名元质，强记无伦，至今为艺苑话柄，著作非所长也。又，山君彝，名鼎；根伯修，名逊志。并徂徕门人。在纪藩而著《七经孟子考文》者，诗并见《蘐园录稿》，又有木村源进，名之渐，东涯门人。享保中，兰嵎应聘纪藩，寻劝源进，源进没而无子，今嗣职者任甫，名景尹，受业兰嵎，本姓岩桥氏，因藩府命为源进嗣，遂冒姓木村。

伊势，宗庙所在，山田宇治之间，大小祠官，无虑数百，奉职多暇，往往驰伎艺途，而以文辞称者无几。《八居题咏》附录度会清在、福岛末茂二人诗，又有臼田阳山者，在山田讲说，诗文无所解焉。丁亥之岁，祠官荒木田兴正，游学京师，屡过余家。戊子之秋，余父子游势州，留山田凡三十日，馆于兴正家，兴正以乃翁遗稿示余，翁名正富，字君忠，其诗间有可传。今录其一。《答能州菊南山》云：

孤鸿传信落沧洲，玉露金风两地秋。
北海清樽分手后，南天明月使人愁。

当今山田能诗者数人，度会雅乐为翘楚云。津城，势州大藩，阛阓之富，浮于山田。文学奥田士亨尝受业东涯，世称三角先生。又有石川某，亦其文学云。近时山田东仙、片冈顺伯二人，来京师，攻黄岐术，兼学诗于余。颇有才思，不懈有成。恐以刀圭故废耳。又有大冢公黍，字稷卿，称正藏，秉志坚固，将以有成，而溘乎夭折。顷日得一诗于筐底，览之惨然，因为附录。《闻莺》云：

翠柳参差弄晚晴，为闻黄鸟不堪情。

一身已作他乡客，辜负春风唤友声。

津城支封有久居，《熙朝文苑》多载其土人士，平玄龙、押正胤、佐柳意、服彦进、西正意、平一兴等，余不知其人，所睹一篇一章，难别殿最。桑名亦势之一都会。《昆玉集》载平义宪、水应春二人诗，又有南川文伯，以诗著称，尝来京师，因僧金龙见余。又南宫乔卿，往下帷桑名，后迁津城，余自山田还，路出津城，留止数日，邂逅乔卿。乔卿邀余父子，宴其家楼。乔卿今在东都。又石大乙、滕文二，受业乔卿者。文二从乔卿在东都，大乙蚤来京师，讲说为业。

志摩也，伊贺也，二国文雅无考。大和，则南都松元规诗，见《熙朝文苑》。当今，今井邑有足高文硕者，其人奇，其诗亦可传，受业余弟者。河内则有生驹山人者，诗集行世。和泉，则唐金兴隆诗，见《八居题咏》。

摄之显者，若水、春叟、守静等，既已前录。今追考诸书，菅子旭、阮东郭以下，脱漏不鲜，异日重考补遗，今不复喋喋。若夫当今下帷授徒，岛山、片山之辈，名声显著，无俟余言，亦复亡论耳。余男惊秉在时，论诗不可一世之人，其所唱和，唯摄之葛子琴。子琴实工诗者，闻子琴社中，雁行子琴者有数人。

京师艺文，第三卷详之。今追考之，遗逸殊多，亦俟异日重考。若夫当今籍甚之声，无俟余之揄扬，亡论耳。湮晦无闻，而其实好诗善诗者，亦复不鲜。如松尾祠官田雨龙，为好诗者；如端文仲为善诗者。文仲，东都人，失意去乡西游，穷困益甚。前日，播磨堀生口占文仲《秋日游巨椋湖》诗三首，记得一首：

欲得新诗漫独游，斜阳半晌又为留。
菰浦经雨沙初冷，雁鹜畏人禾未收。
山色犹明危塔外，水烟徐起去帆头。
终宵弄月知何处，万顷汪汪风露秋。

日本诗史　跋

诗史就矣，使予及侄孔均校焉。予会奉藩职于关东，孔均勤焉，未毕，孔均没矣。予适归，乃始从事云。论诗选诗，俱非容易。期主张者，率入颇僻；主调停者，或流软弱。加之势威所吓，得失所眩，爱憎是非，自诬诬人。楚王弟与方城外尹，证验非必真。鹅延项，鳖缩头，冷热非必实。魏蛱蝶非无史才，史以秽称；胡钉铰岂有诗学，诗藉妖显。政理道术，皆有斯诸弊，近日诗家莫甚焉。必如斯书所论，而后可谓公且正矣。若夫命名之义，读者自当得之云。

明和辛卯之春　弟清绚拜撰

淇园诗话

皆川淇园　著

皆川淇园（1734—1807），京都人，名愿，字伯恭，通称文藏，号淇园。儒学家、教育家、汉诗人，著有《淇园文集》《淇园诗集》《淇园文诀》《淇园诗话》等。

在日本的诗话及诗味论中，《淇园诗话》时有新见，具有一定的理论价值。提出："夫诗有体裁，有格调，有精神。而精神为三物之总要。精神不缺，而后歌调可得高，体裁可得佳。"认为三要素中"精神"是关键。而要获得这种"精神"，就需要通过"冥想"。"冥想者何也？若闻古人之诗而默会其意，若触述作之境而潜理其旨，词默会潜理之间，总名曰'冥想'。"由此提出了"冥想"说，并围绕这个关键词，而展开了诗的创作与欣赏论。

序

余嘉时人稍知恶明人王、李七子之轻佻牵强焉，而病其纤弱鄙细日趋于衰晚之气也。夫王、李数人，所得于唐者，独结构字句之间而已,其神韵风情,无复所容力,则漫作支离散涣不了之语以当之。时陆梁夸诩,强张气势以作大欺人,轻薄之徒从而影附,风靡末流之弊,殆至于有不成语者,职七子遗祸也。今既能知恶之,则何不易之以盛唐诸公风神格调沉实优柔者乃可,而又附同闰季颓风僋俗以自喜者,何也?世道日降,文章随污,虽则理势所然,亦得莫非指导乖方乎?余性薄劣,其于诗最不娴,而好时言之,但以出于己者拙陋也,言不足信于世,试问出其一二,则人皆俯而笑,余亦羞与轻俊子弟衡锱铢于小技,辄不毕其说而止。此岁冬得暇归京,友人皆川伯恭首示诗话一卷,其谈诗,特于精神格调,缱缱致意,而一以盛唐为标准。钱、刘以下,则不屑,其论四唐之品及明人之失,衡悬度设,不失平量,其他篇章之体裁,与字句之法局,至乃证引解故之细,皆凿凿可据,其于诗道,善亦尽矣。而伯恭诗高古雅健,以领袖后进,其所言,乃其所能,则非如余之取笑比也,则余知此编出,而夫恶王、李而不得门者知方向矣,而向笑余者,亦知其言之不大悖矣。余是以喜伯恭此书非浅浅,故于其属序也,不复辞云。

辛卯十二月东赞 柴邦彦撰

夫诗有体裁,有格调,有精神,而精神为三物之总要。

盖精神不缺，而后格调可得高，体裁可得佳。盛唐之诗主兴趣，兴趣亦由此精神而出，要认此所在，须求之冥想中而后得之。"冥想"者何也？若闻古人之诗而默会其意，若触述作之境而潜理其旨，此默会潜理之间，总名之曰"冥想"。如何求精神于此中？盖冥想恍惚之间，天地位焉，万物备焉，随感而现，随念而变，主此感念者，即所谓精神也。静察订观其物情状，盖与平生应外之作用有不同。应外之作用者，旋转旋易，动止无常，而无时而不存。如冥想中之精神乃不然，方其感现之时，其人必须继志缉意，念念相续，以执持之、以观玩之，而后始得长存。此其异也。作家之诗，字字不离此境，句句不违此界，念念相续，以执持之，以鼓荡之，为歌诗恍兮有象，惚兮有理，于是咏之可听，讽之可发。而拙者一一反此，文理皆失，阴阳皆讹，不可不知也。

凡诗之篇章字句，皆所用以继缉而存存者也。古人动曰："篇章字句，各有其法。"以余观之，篇章字句，何尝有别法？亦皆不外此存存之业尔。学者苟能参透此旨，则于谈诗之书，皆可以不复待其求读之矣。

凡诗之所吟，天地万物，大约有四：曰色，曰状，曰物，曰位。在《易》曰"爻等物文"，即亦是物也。而此四者之别，大抵从目感者皆色，依体而别者皆状，因有而玩者皆物，就在为地者皆位也。是故虽秋毫之末，有时皆为位；虽虚空之无物，有时乎皆可言之色状。盖所以分其四物者，其本在我，而初不在彼也。而言之之法，勿搪突，勿重复，勿辟而又开，勿阖而又闭，勿有头而无尾，勿有上而无下，勿俄大俄小，勿言彼未尽而遽及此，勿言外未周而却及内。凡如此类，不遑枚举，但透悟者拈来皆是。

凡学作诗，先欲多诵得古诗，其工夫有三：一要口头朗诵来；二要将其所朗诵得来之诗意景象，及篇章辟阖之法，而默存在心；三要就心头所记景象及意思，而别与之拟议一遍，不必把笔书出，而但要在心头运思拟议一遍。每诵一诗，必下此三段工夫，至积多篇，而后始自去作自己之诗，仍是宛然古人之声口。

凡诗中所言之景象意思，其别大约有二：其一，参飘忽变动之象者是也；其一，参永久固定之境者是也。参飘忽之象者，其风云雪月，倏来旋灭，其色眩烂，使视听者意想为之不安，骤见可喜而久之生厌心；参永久固定之境者，其山川草木，取象深远，其情优柔，置辞不促急，使视听者三复致思不已。此是立象动静之别，不可不审择也。

精神亦有动静之别。昔人称王维"诗中有画，画中有诗"，自有是语以来，世人效颦，每见人诗句巧写景致者，辄赞之以如画，而作诗者亦当其锻句炼字之时，务要使己所言如画，殊不知王维佳处，本不止于曰如画。且曰如画，未如曰逼真也。盖如画，则其佳处，乃未过布景点色之美；而逼真，则更兼①天趣。如画，即其布置结构，自然有限于边幅之患；而逼真，即其布置结构，自然有隽永之味，有无穷之思，有活动之机，是故定象莫善尚静，寓精神莫善尚动。

锻炼句字，人往往善言之，而及叩之以其所以锻炼之故，则茫然莫辨。殊不知其所以必用锻炼者，亦唯象与精神之故也。盖凡作诗，未成一语之先，必立以象，象立则精神寓焉。而其为物也，窈然、冥然、倏然、忽然，于是心为之生哀感，情为之发永叹，于是文辞以明之物象，和声以平其所听，诗盖于是乎始成。是故其语未切物象者，必改造之，务以使剀切；其文未当物象者，必换易之，务以使允当。此古人锻句炼字之要旨也。然学者晚进或不能审此义，篇章字句不论权衡，妄改妄换，一取绮丽，不知其却以累全篇也，而犹自谓善锻炼矣。我不知其尝点几黄金以为瓦砾也，可叹甚矣。

诗家用字贵平常，而不贵奇僻；押韵贵平易，而不贵艰险；使事贵用熟故，而不贵出新异。此三者何以然乎？亦不欲以累象及精神也。立象寓神，譬之内气血也；用字押韵使事，譬之外肌肤也。肌肤无所病于外，而气血旺于内，外有所牵滞，内必为昏愦。是故字之奇僻，韵之艰险，事之新异，譬犹美疢，愈美愈害。

连熟字面，或有宜用于五言，而不宜用于七言。其辞意

---

① 兼：底本作"无"，据训读文及文意改之。

颇促急者,宜用于五言,不宜用于七言。大抵五言语短,用字不妨意急节促,而七言稍长,语势动苦弛散,若杂意急节促之字面,一句之间,一曼一促,调之甚难,不可不辨也。同是七言,而古、律、绝已异其体,则其调之之法,亦各有其所宜。律句要浑圆而有力,古诗句要流畅而宕,绝句要含蓄有余响,五言仿此。

明钟伯敬《诗归》批评,击节于奇谲,而不比于正雅,初学读之,贻害不小。盖古人之作,间亦有奇谲者,然并皆其正雅之余,十仅出一二而已,固非以新奇为标的也。《诗归》之所选,乃聚鷸而冠,头头是邪路,尤当戒之迷陷者也。

绮丽之弊,必之纤弱。昔贤往往论之,而近时人士,虽或知其弊,而不肯迁弃,譬犹牵恋声色之人不复顾其身也。闻其所言,乃云:"诗寄兴而足,何必论体格之高卑?"余曰:此故遁辞,盖其人已事绮靡,岂寄兴而足者哉?杜甫尝有言:"多见翡翠兰苕上,未掣鲸鱼碧海中。"据此,少陵未以绮丽为当行也。夫古今诗人,未有不宗少陵者,虽以元轻白俗,亦靡有异论,则"何必论体格之高卑"之言,余恐虽元、白亦耻作此语。盖格力不高者,未足以"掣鲸鱼于碧海"也。

初、盛、中、晚四唐之别,其风格各异,本不得相同。近有人欲混而一之,可谓不能辨菽麦者矣。明一代诗人,务模拟于盛唐,而优孟竟与真叔敖不相近,盖风度虽类,而精神大远。明人志气轻佻，而语皆促迫；盛唐之人志气安舒，而语皆优柔。虽言时风不同，而要之，明人于唐诗，失之皮相故也。

唐人声律未甚严，而宋人已降，拘束日甚，殊不知古韵多三声相通用。如宋礼部韵，本非唐人之旧也，后世乃奉之，殆如金科玉条，岂非可笑之甚？《诗话》载：宋秦少游诗律极严，当时讥其入小石调。据此，则宋人声律，尚未甚极其严。至明李攀龙辈，苛刻严急，不容细过，其意盖恐人或指摘之也。殊不知诗本吟咏性情，略调声律可歌则可矣，人或指摘其余。要之，彼人未达之故尔，本非己所伤也。李攀龙辈不知其当作如是观，而拘拘束束，殆如小禅缚律，是以其诗不唯声律严急，而辞气亦促迫，此皆未究其本之过也。

凡学作诗，当先从七言始，七言长，五言短，作长已熟，则短自在其中矣。其于体，当先从绝句始，绝句用辞不多，篇法易，习之已熟，则虽古诗律体，篇法既亦皆成于其中矣。

学作绝句，始先作三、四，既因其三、四，而学作之起承，务令其意旨前后接应，可以连续成篇，及稍熟而后，乃始作从一、二起。初学必须从三、四作起者，譬犹棋先置势子，势子已定，而后开阖离合，始可论其法也。不则漫然作去，虽累数千篇，而终不能长进，徒枉费岁月而已。

相如三月，枚皋一日，文思迟速，自古有不同。然余性迟钝，诗思甚困，因尝学捷作，数月始得其法。盖始先作七言绝,每首限以线香一寸,初作之甚难,而有或殆不能成语者,然强作之,渐久熟,乃复换以五言律,既复换以七言律,亦初皆不能成语,及稍熟,则必至从容有余思,而虽走笔疾书,间复出佳语,乃其艺之已成也。而其要诀,乃在韵脚,韵脚定则句亦速成。故一转念间,能忆各韵之字七八字,乃至九十字,则诗莫不速就也。然而此捷作之诗,本唯所逐字逐韵而成,所谓逐景生情之类,视之经思锻炼者,究竟有间矣。但初学之人,学此捷作,而笔头得文字三昧,则作诗可免于造语之艰苦,于是始去入于锻炼,则一思一念,有数百文字随之而转,虽一思一念无虚想头,其所益亦甚多矣,此亦不可不以学也。但捷作之诗,虽佳者,意思浅,晚唐盖多捷作者。

登高能赋,自古称之。盖人一到景物夷旷之境,平日之文思,顿减一半,无他,乃情为景夺故耳。余有一法,可以得护我文思,使不随境而转也。每到景物夷旷之境,或欲有所赋,我先闭精敛神,尽收其景物,归之冥想,而就冥想中,择情所惬会,继以文字写之景象,则虽以万里之寥旷,吾或可一言以领略之也。而此法亦非自余始有之,而人苟有赋咏,篇篇首首,总皆以此法,但人独能知心设虚象、文字实之,而未知实景又当归之虚象耳。

凡学作诗,须先多诵古人之诗,又须将其所诵之诗,一一皆领解透彻其意旨。盖诵以参其调,领解以参其格,格调既习,而后可得以参其法。未得参其法,则虽欲扬摧之,亦将何以乎?轻俊子弟,耳食相和,猥品千古,汉、唐必佳之,宋、元鄙之,以"佳"、"鄙"二字,概而论之,不复究求其故,是以妄称妄举,权衡皆失矣。若此,何以进步?学者不可不以自戒也。

学诗须先多知诗家熟用文字,当须每字搜集古人用例,以精辨其义。字义已熟,而后以广解古人之诗,既得解了,则其目中必已能辨之巧拙佳否,诗盖至是始可与商论矣。而所谓锻炼之手段,至是始亦可以点化瓦砾作黄金矣。

严沧浪云:"刘公幹《赠五官中郎将》诗:'昔我从元后,整驾至南乡。过彼丰沛都,与君共翱翔。''元后'盖指曹操,'至南乡'谓伐刘表之时,'丰沛都'喻操谯郡也。王仲宣《从军诗》云:'筹策运帷幄,一由我圣君。''圣君'亦指操也。又曰:'窃慕负鼎翁,愿厉朽钝姿。'是欲效伊尹负鼎干汤以伐夏也。是时汉帝尚存,而二子之言如此。一曰'元后',一曰'圣君',正与荀彧比曹操为高光同科。春秋诛心之法,二子其何逃?"按:此论甚正,二子固无所逃其罪矣。然而后世词人文尚褒溢,辞务侈大,则其于名号称谓之类,往往滥妄,过其等阶,此等之弊,皆不可不痛改也。

盛唐诸人之诗,规模皆宏远,而意思皆着实,譬犹庙廷宫悬金声玉振,而余韵无穷。如杜甫《秋兴》:"千家山郭静朝晖,日日高楼坐翠微。""日日"字,固虽为下言"信宿渔人"作地者，然非规模宏远，决不能下此二字。如贾至《早朝》："银烛朝天紫陌长。""长"字乃见银烛众多。如崔颢《黄鹤楼》："昔人已乘白云去，此地空余黄鹤楼。黄鹤一去不复返，白云千载空悠悠。"直将黄鹤楼头一千年来云物景象，仅以七言四句模写尽。其规模宏远，率皆此类也。意思着实，乃前所谓参永久固定之境者即是也。如"千家山郭"句，骤读只谓此唯泛然写山郭朝景，不知作者苦心，特添以"千家"二字，然后以见望中民舍如织，街衢如棋，朝光正满，却自静閟，稀见车马人物往来走动之景状者也。如贾至句，言"银烛朝天"，即陪写紫陌，然后以得想见众多银烛，照耀如星成行列焉。如崔颢诗，即其"已"字、"空"字，先捉定寥落千古，却更借言云物，以点其中间日日之景象，其意思着实，率皆此类也。余韵无穷，譬如沈、宋同赋昆明池诗，上官昭容定之优劣，必以沈为上，可见虽初唐，风尚已然，而当时诗人，亦皆有意作之，而莫不求其诗有余韵也矣。

精神，譬偃师木偶也；文字，譬偃师木偶机丝机轮也。机丝能长短相顺应，机轮能大小相推转，则木偶起舞，自中节奏矣。人或务施采于机丝，而雕画于机轮，而木偶乃手拘足碍，或乃节节颠仆，而犹不能知其当改，可笑。

盛唐诸人作乐府诗，皆欲其入于歌咏，是以规模务宏远，意思务著实，收结务有余韵。虽其应酬、赠送、闲适、游览之作，未必入歌咏者，亦皆总带此意思，而其乐府佳者，果亦皆入于歌咏。小说所载王之涣"黄河远上白云间",为丽妓所歌。李白《清平调》直入内宴檀板之类,不遑枚举。中唐此风尚盛,至白居易,更欲其惬于俗听,每作一诗,必先令家中老妪听之,而其所难解者辄改之。于是诗体一变,鄙俚满篇,而雅响正音扫地而尽矣。然晚唐李贺七言歌行,尚入筚篥平调,则可见唐一代诗人,皆亦莫不以其入歌咏为主矣。宋元以来,诗歌分行,而诗竟如哑钟,徒供观览耳。降至明人,竞巧于饰辞,夸博于用事,调峻辞急,意短气佻,殆所谓五降之后不容弹者矣。

盛唐诗人用事,不过欲自明其情,援旧事与相类者以言之尔。明人用事,先自有意于夸己博览,一言一语必由典故,虽不相类者亦以情迁就,轻薄莫甚焉。古人亦有一言一语必由典故者,五言排律间见之,而至以情迁就者,断无有斯法矣。

盛唐人喜用地名,而其地,皆世所著闻者,而至僻远者,名称虽佳,亦罕入诗料,盖亦不欲以累象及精神也。近时诗人不问地之著否,而字稍不俗,即辄充采用,甚者乃至擅自换易其名以用之,而读者必再三诘问之,然后始得知是言其地者也。可笑甚矣。

有一士人作诗,辞皆尚典实。尝作《春日仁和寺赏花》诗曰:"青帷半褰映毡红,钿槛朱杯落日中。莫怪三弦调偏苦,樱花如雪点春风。"或难之云:"今所用酒器,是盏非杯也。仁和寺花，乃汉土所无，谓之樱者亦误矣。"士人不能答，即裂其诗而弃之。亦可笑。

王昌龄"秦时明月汉时关"，"明月"二字，殊似无着落。明王世贞读之，不能得其解，即云："诗妙在可解不可解之间。"夫世岂有以不可解而为诗者邪？然此言一出，后进皆惑，务出可解不可解之言，是以当时诗篇，大率皆是醉人呓语矣。而殊不知龙标此语，乃本于杨炯"望断流星驿，心驰明月关"者也。

李白《清平调》三首，不唯其调，而其诗所命意，乃亦专言清平。盖"瑶台月下"等语，皆为"清"字写其神者也。第三首专言平，乃"解释春风无限恨①"之句，为"平"字写其情者也。第二首乃欲调停两首之意，以使相贯承，故于其中间又添置此一首者耳。则不止其辞绝妙，而全篇结撰奇拔更甚。惜前人说此诗者，尚未论及是旨也。

诗有不易解者，如王维《鸟鸣涧》诗："人闲桂花落，夜静春山空。月出惊山鸟，时鸣春涧中。"桂花落，即是晚秋，言春山，又何以重言春涧也？如杨炯《夜送赵纵》诗："赵氏连城璧，由来天下传。送君归旧府，明月满前川。"赵氏璧，虽是因姓用事，二句毕竟不知何以有此语，结末殊不见其意相接应之处。且"明月满前川"，亦将何解？如孟浩然《送朱

---

① 无限恨：底本作"无无限"，改之。

大之秦》诗："分手脱相赠，平生一片心。"何以言平生？何以心又言一片？如李白《独坐敬亭山》诗："众鸟高飞尽，孤云独去闲。相看两不厌，只有敬亭山。"夫目送飞鸿，心玩闲云，自是韵事，何以忽有厌不厌之言也？此特举五言绝句，而其他此类难解者甚多，试思此等解，亦是一适。

盛唐诸公体格各别。少陵状物，情态皆切，而语皆有力，如撑巨岳于将崩，回洪流于方涨。青莲置思于天地之外，而望物于杳眇之际，如怜归鸿于云表，惜落日于海垠。王维如望烟雨于青嶂，瞰霞彩于澄①江。李颀如行过绛岭月下，杳闻笙声鹤唳云霄之际。崔颢如金龙迎日而动，体已矫健，而遍身鳞甲，无所不见光怪矣。余别有律罤之书，精辨诸家体格之别，今略摘其一二云。

晚唐之人，气象衰飒，其诗率多只在文字上设架子。譬如赵嘏《江楼书感》诗："独上江楼思渺然，月光如水水连天。同来玩月人何处？风景依稀似去年。"江楼风景，即"月光如水水连天"句也，"独上"字与"同来"字相反应，而去年"同来望月人何处"，即起句"思渺然"是也。此等诗，全篇二十八字，意思皆吐露，此外无甚余蕴，只仅配列其文字平仄，以为一首之诗耳。盛唐决无此等诗。如"思渺然"字，赵嘏只是不能此外道著一语，若使盛唐诸公代作此诗，必能

---

① 澄：底本作"瞰"，据训读文改。

在此三字上更下一段工夫，而以成一篇绝妙佳诗，此乃盛唐晚唐之别也。

　　盛唐诸家七绝，辞皆浑成，意皆圆足，是以得全体活动，而天机有余。中唐钱、刘七绝，稍乏浑成之力，其篇法，率皆至中间则略一顿，却分出以为结煞，是以其语气至末则差细，竟与所起语势，难复接应。故一篇已完，尚须着数语以补其意。如刘《送裴郎中》《送李判官》诗，及钱《归雁》诗皆是也。韦应物、皇甫冉辈，率亦多用此法，而其稍异者，又乃其起或漫然布景，至结语急生意思，韩翃是也。其他如张继《枫桥夜泊》诗，言姑苏城外寒山寺，夜半钟声，此殆非他乡客里语，是篇腹已溃裂矣。顾况、戴叔伦辈，亦总皆同一症候。李益语稍浑成，而情乏含蓄，至如"碛里征人三十万"，是七言歌行语气。刘禹锡亦以歌行语作绝句，至结往往难收束。其他诸人，率亦皆此类也。

　　张仲素《汉苑行》："回雁高飞太液池，新花低发上林枝。年光到处皆堪赏，春色人间总未知。"是"太液"、"上林"乃以第三句中"到处"二字小束，"回雁高飞"、"新花低发"，乃以第三句"年光"二字小束，而"皆堪赏"三字，乃并二句小束，而又大缴结之者也。盛唐无此法，其似结束者，亦唯是照前一提者。譬如贾至《送李侍御》诗："雪晴云散北风寒，楚水吴山道路难。今日送君须尽醉，明朝相忆路漫漫。"此"今日"字非结束，乃一提"雪晴云散"之句者也，"明朝"字亦非结束，乃一提"楚水吴山"者也。如李白"此夜曲中闻折柳，何人不起故园情"及"此行不为鲈鱼鲙，自爱名山入剡中"之类，亦皆是此法。盖缴结，则前言皆死，只提破，则前言犹活。七言绝句，才是四句，盛唐人每句存之，以为反应回映之地；中唐人每句缴之，欲以便后之收煞，此亦盛中作法所以相异之一端。

盛唐人作绝句，每其首，所命意往往堪取以为一个绝妙佳题。譬如王昌龄《春宫曲》，所命意乃是隔帘望月色；如王维《崔处士林亭》，乃是"万绿中间一双白"；如李白《秋下荆门》诗，乃是"溪口树空望剡中"；如《峨眉山月歌》乃是"身在三峡舟，思悬平羌月"；如王昌龄《送别魏三》，乃是"雨航坐想遥天月"。此类甚多。

王昌龄集中《长信秋词》五首，第五首乃合前四首之意，以为一首者。盖其第一首"金井梧桐"，乃咏其第五首起句"长信宫中秋月明"之诗也；其第二首"高殿秋砧"，乃咏其第五首承句"昭阳殿下捣衣声"之诗也；第三首"奉帚平明"，乃咏其转句"白露堂中细草色"之诗也；第四首"真成薄命"，乃咏其合句"红罗帐里不胜情"之诗也。《采莲曲》二首，"荷叶罗裙"，乃咏其第一首第三句"来时浦口花迎入"之诗也，意此外尚当有咏其第二四句之诗，盖逸之也。

本邦释空海所著《文镜秘府论》，所引昌龄句，率多今集中所无，《寄骧洲》诗："与君远相知，不道云海深。"又《见谴至伊水》诗："得罪由己招，本性易然诺。"又《题上人房》诗："通经彼上人，无迹任勤苦。"又《送别》诸诗云："春江愁送客，蕙草生氛氲。"又云："河口饯南客，进帆清江水。"此外尚甚多，而皆今集所不有，乃知今所传诸家集，阙脱亡逸者固多矣。

昌龄集中《殿前曲》二首，殊浅浅，恐非龙标所作也。以《春宫曲》唐人绝句中题作《殿前曲》思之，盖此二首本作于他人之手，而与昨夜风开诗，当时乐府采而合之，以《殿前曲》命其名者，而后人不知，第见其中有昌龄之诗，因并其二诗，亦编入于集中者也。其如《驾出长安》五律，本是宋之问诗，亦误窜入者也。

少陵七言律，解者往往未能到作者之意。如《曲江对酒》诗，三四："林花著雨胭脂湿，水荇牵风翠带长。""胭脂"、"翠带"二语，并皆为结言"暂醉佳人锦瑟旁"作引者。如"江亭晚色静年芳"句，盖言曲江晚春，是为一年芳菲最盛之会，而此日满苑细雨，游玩者无一人至也。如《即事》诗："暮春三月巫峡长，皎皎①行云浮日光。雷声忽送千峰雨，花气浑如百和香。""巫峡长"，乃为第三句"千峰"字作伏也。"皎皎行云浮日光"，乃为第三句"忽"字作反衬者也，而解者不知矣。如《题张氏隐居》诗："乘兴杳然迷出处。""出

---

① 皎皎：底本作"晶晶"，依杜甫《即事》诗改。

处"二字,乃本《易》:"君子之道,或出或处。"盖谓仕与隐者,而解者以为出路,而不知如此解,则殆不成语也。如《城西陂泛舟》诗:"青娥皓齿在楼船,横笛短箫悲远天。"解者以为"悲远天",哀吟于空阔之地也。不知其言横笛短箫悲嘹飞响,而自远闻其声,却若在云霄之表也。如《赠献纳起居田舍人》诗:"献纳司存雨露边,地分清切任才贤。""分"字,本分际之义,盖亦三声通转也。如《赠田九判官》诗:"宛马总肥春苜蓿。""春",古本作"秦",盖字误,而解者不知。此类不遑枚举矣。

明谭宗公《近体秋阳》论诗疵病,而切中肯綮。曰:诗有篇病,有联病,有句病,有字病。亡情强作,见韵率尔为之,奋兴而踬末,无比兴之趣,前后不相属,辄相矛盾,无层折,无次第,先构中联,而以首尾衬帖成之,此篇病也。两联对法略同,读之取厌,如李群玉:"滩恶黄牛吼,城孤白帝秋。水寒巴字急,歌回竹枝愁。"四句一法,又上联以甲乙分对,而下联单承甲,或单承乙,偏发其一,以虚对实,以客对主,千必偶万,似必匹如,如罗隐:"时来天地虽同力,运去英雄不自由。"时来运去,呆俗到不了,此联病也。语拙意庸俗,结撰平直,本无意思,而邂逅成言,过取切近,使风情垫堕,用古而为古所拘牵,不能化裁斡运,此句病也。双字单用,如"燥燥"、"逢逢"、"霏霏"、"萋萋"等字,不可折取之类,白居易"鹦为能言常剪翅",李嘉祐"登舻一望倍含悽",折用"鹦鹉"、"舳舻"字,大为疚病;单句犯曲韵,如卢纶"玉壶倾菊酒,一顾得淹留。彩笔征枚叟,花筵舞莫愁"之类;本非连用成语字,而句尾两字同韵,如韩翃"人家旧在白鸥洲"之类;若香山"共赊黄叟酒,同上莫愁楼",则二病齐犯之矣;五言七言,二五字同韵,如高适"诸生曰万盈",杜甫"风棱瘦骨成"之类,即七言五七字同韵,亦不好读。又一字之筋力,恒生一句之色,凡炼句皆然,此法少陵最工,即此一字不佳,一句索然矣,此字病也。学诗者尤不可不知此等四病也。

王绩《野望》诗,句句字字,皆伤时将乱之语。孟浩然《临洞庭》诗,句句字字皆伤权臣蔽君之语。唐诗固多此比喻借言,以述己意之作,而近时解诗者,务其说平易,乃不敢言及此,亦一概之见,非公论也。

高适诗:"东路云山合,南天瘴疠和。""和"字,前人解皆为融和之义,误矣。当为和兼之义。盖言南方风土多瘴气,兼有疠风也。"思深常带别","常"字是"当"字误,"思深"二字,本于延陵季子听乐之语者。"山空木叶干","山空"者,谓摇落,候早林已空虚,而委地陨箨,又皆成槁干也。杜甫诗:"范蠡舟偏小,王乔鹤不群。"言其所携资装不必求多,故比他舟更偏小也,"鹤不群",亦谓不事与群类相依也。

岑参《送张子尉南海》:"海暗三山雨,花明五岭春。此乡多宝玉,慎莫厌清贫。""暗"、"明"二字,自然与结语戒勿行暗污滥之事之意相映。李白《送友人入蜀》:"芳树笼秦栈,春流绕蜀城。升沉应已定,不必问君平。""芳树"句,与"升"字映;"春流"句,与"沉"字映。綦毋潜《送章彝下第》:"黄莺啼就马,白日暗归林。三十名未立,君还惜寸阴。""日暗"、"寸阴"相映,盛唐诗多用此映接法者。

《黄鹤楼》诗,全篇主意,言昔人已去不复返,则此地黄鹤楼,不知余此古迹者,竟成何用乎?徒令吾辈羁旅之人登临以望故乡,却增客愁耳。《凤凰台》诗,全篇立意颇冗杂,不如崔直截痛快,宜矣其尝欲搥碎之也。

岑参:"秦女峰头雪未尽,胡公陂上日初低。愁窥白发羞微禄,悔别青山忆旧溪。""白发"与"峰头雪"亦是映接法。

排律本不得强作,唯视其所赋之事,当必用大篇雄辞、繁言缛称,然后始得尽其物状情态者,而后用此体赋之。其起语不宏壮,则其气不足以贯穿其中间数联以成一篇,结语亦然。

排律篇长句多,而其开阖变化之法,虽亦难以一律定,而要之柢亦律绝同法,而不过其重叠之间,手法有小异耳。

两汉天质自然,魏稍加笔赡而浑朴尚完,马晋已下,文益胜质,而渐流绮靡。昔贤言古诗,必推汉魏者,论固不可易已,虽然,李唐以后诗体既已一变,人无不习律绝,而其所以吟性咏情之道,辞已不便于法彼,而文亦固宜于守此,则当今之世，欲为汉魏之古诗者，乃亦不达之尤者也。少陵一生不作拟古乐府，岂亦有见乎此者与？明李攀龙云："唐无五言古诗，而其有古诗。陈子昂以其古诗为古诗，不取也。"乃其集中，自汉铙歌，已下无所不拟，而送别、赠酬，率做汉魏，于是当时诗人慕尚成风，《朱鹭》《上之回》必列于集中，送别、赠酬，必装汉体。唯论巧拙于诡遇，而不知驰驱无范之可耻。古云"文章关时运"，则当时士风之轻佻，斯亦可以睹焉矣。

李白《拟古乐府》题，虽因古，而机轴由己，是以如《乌夜啼》《乌栖曲》诸作，辞思超拔，贺监钦其天才。其人平生数称谢朓不置，而其诗句法，与谢相类者间亦多见，意其钦慕之至，讽习之久，不自期而致此邪，非模拟而然者也。至于子美前后《出塞》《无家别》《新婚别》等作，辞不离唐，而神气骨格，殆与汉魏抗衡者，乃又学古之尤善者矣。

诗之有排律也，犹文之有赋也；有古诗也，犹文之有记序也。故古诗之作，亦不以记事，则以叙事，是故古诗长篇，必专用起伏顿挫，抑扬开阖，然后成篇。排律成篇，亦虽有用此数法，然对偶排联，其体所尚，是以言物贵有分域，成章贵有界段，如军伍部署已定，不容复逾列而立，而古诗乃专以反覆照应成篇，此排律古诗体裁之异也。

《孟浩然集》，今本误字甚多，今摘其一二。《宿桐柏观》诗"鹤唳清露垂"，今本"唳"作"泪"，"鹭涛空浩浩"今本作"露涛"。《过吴张二子檀溪别业》诗:"停杯问山简,何似习池边。"今本"似"作"以"。《岘泽作》"美人骋金错",今本"骋"作"聘"。《登总持浮屠》诗:"四门开帝宅,阡陌俯人家。"今本"俯"作"附"。《宿武阳川》诗:"就枕明灭烛,扣船闻夜渔。""明"字疑"吹"字误。《永嘉浦逢张子容》诗"蟹宇邻鲛室",今本"蟹"作"解"。《同储十八洛阳道中》,"中"字误衍者也。此类甚多。

岑参《敦煌太守后庭歌》:"美人红妆色正鲜,倒垂高髻插金钿。醉坐藏钩红烛前,不知钩在若个边。为君手把珊瑚鞭,射得半段黄金钱,此中乐事亦已偏。""半段黄金钱",言初所赌金钱堆垛作积,今美人手把珊瑚鞭,射以中之,竟赢得其半段也。段盖分割截断之义。《岑参集·送李卿赋后孤岛石》诗:"绿棠攒剥藓,尖顶坐鸬鹚。"今本"顶"作"硕"。

《岑参集》中,句多雷同者。"夫人堂上泣罗裙"句再见:一,《与独孤渐道别》七言古诗;一,《送李明府》七言绝句。"暮雨湿行装",《送怀州吴别驾》诗,而"细雨湿行装",见《送天平何丞入京》诗;其前句云"回风醒别酒",而《送薛播》诗"雨气醒别酒",《送刘郎将》"河东山雨醒别酒",《崔驸马山池重送宇文明府》诗"池凉醒别酒";《虢州西亭陪宴》诗"红亭出鸟外",《早秋与诸子登虢州西亭观眺》诗"亭高出鸟外",《登嘉州凌云寺作》"寺出飞鸟外";《陪封大夫宴瀚海亭纳凉》诗"细管杂青丝",《送严河南》七言律"矫歌急管杂青丝"。若此类，不一而足。至如《送崔全被放》《送薛彦伟》《送蒲秀才》三诗，全篇大半雷同，因知岑参诗，多不经思而成故也。

杜甫"林花着雨胭脂湿"，今本作"落"。按，王彦辅说云："此诗题于院壁，湿字为蜗蜒所蚀，苏长公、黄山谷、秦少游，偕僧佛印，因见缺字，各拈一字补之。苏云'润'，黄云'老'，秦云'嫩'，佛印云'落'。觅集验之，乃'湿'字也。"见《杜诗详注》。前辈虽读古人诗，于其字眼之处，辄用心便尔。

杜甫七言古诗，往往出奇语，以令其格顿高。如《逼侧行》中："行路难行涩如棘，我贫无乘非无足。"《姜七少府设脍歌》："河冻味鱼不易得，凿冰恐侵河伯宫。"《赵公大食力歌》："凭轩拔鞘天为高，翻风转日木怒号。"又云"蜀江如线针如水"，《前苦寒行》"楚江巫峡冰入怀"①，又云"冻埋蛟龙南浦缩"，《晚晴》诗："赤日照耀从西来，六龙寒急光徘徊。"《惜别行》"裁缝云雾成御衣"，《久雨期王将军不至》："异兽如飞星辰落，应弦不碍苍山高。"《送孔巢父》"钓竿欲拂珊瑚树"，又云："蓬莱织女回云车，指点虚无是征路。"《丹青引》："须臾九重真龙出，一洗万古凡马空。"《曹将军画马图歌》"轻纨细绮相追飞"之类，皆是奇语，而子美出奇，其意唯在以此约冗语，且使无失其神彩生色，譬犹名画

---

① 楚江巫峡冰入怀：底本作"楚行夹峡水入怀"，依《杜工部集》改。

用笔，大劈大画，宁失形似，无挫气势。如白乐天七言歌行，乃是俗画，但知模画象形而涂抹丹青耳，至如韩退之、卢仝，尚专尚怪奇，却亦是粗画恶笔，殆所谓里妇而效西施之病颦者矣。

初唐七言古诗，辞虽过繁缛，而作者主意，率亦皆在以此写其神彩生色。盛唐去繁缛，尚雅健，而用笔稍兼有流动之态。中唐乃喜事流动，而不知写神彩生色之为善，然此其所失，亦在其句句求结束以便收煞。

太白《乌栖曲》，乃为黄云城中将士，写其日暮想象秦川家云里闺阁之神象者，故系黄城以其日晡之景。而秦川女，其形神意态，却唯在朦胧仿佛之中。写隔窗语，乃其写朦胧者也；停梭怅然，乃其写仿佛者也。

王维古诗《同崔傅答贤弟》诗，气跌荡而语错落，全篇主意，乃结语所云"遥想风流第一人"者，即是全篇主意。其前十五句并是遥想中语，或以景逼之，或以时事逼之，或以他人所品题逼想之，而一一皆莫所不以其风流洒落也。人唯知称其佳句"夜火人归富春郭"、"秋风鹤唳石头城"等类，而不知其篇法之妙更倍也。

《酬张諲诗》亦写尽其人物风流，而"时复据梧聊隐几"、"故园高枕度三春"、"永日垂帷绝四邻"等语，作者意思，唯要将其人平日家居风流逸态写出来。而李颀、高适、岑参古诗，率皆如此。中唐人绝无如此意想。贾岛五言律《暮过山村》诗："数里闻寒水，山家少四邻。怪禽啼旷野，落日恐行人。初月未终夕，边烽不过秦。萧条桑柘外，灯火渐相亲。"此诗备写山村昏行之景况，人家寥落，禽叫日昏，新月忽没，边烽远烧，望远林灯光，不觉趁逐相亲。其模写非不妙，唯写景虽逼真，而写情如影响，不复见其有身分，竟不免类鬼诗也已。

诗写情，须必有体，有用。体，则未入场前，心本已有蓄之者是也。用，则凡应物而感，触境而生之属皆是也。盖体为内，用为外。如王维："不知香积寺，数里入云峰。""不知"是体，"入"是用。然而或因言外，以著其内，或因举内，以见其外者，皆必不可无此法。而但偏言者，内如梦境，外如幻影，则断不可为一语也。

本邦中古，文风太盛，科第铨选，一仿唐制，虽清华枢切，时由诗赋进，于是海内彬彬，贤俊踵兴，盖数百年间，家藏和璧，人握隋珠，殆比其隆于开天矣。其后数次兵燹，名公著作都亡灰烬，前烈典刑，荡灭略尽，可惜莫甚焉。盖其遗篇剩什间存者，或见焚余之残简，或传海外之偶录，率皆莫不以竞光于珪璋，争彩于锦绣矣。如安部仲麻吕《衔命使本国》五言排律，已脍炙盛唐诸人之口，其诗载于《唐诗品汇》，但其书名胡衡者，乃朝衡之误。仲麻吕在唐留学时，玄宗授以秘书监职，因自改其姓名，称朝衡，朝音近晁，故或又称晁衡。李白有"日本晁卿辞帝都"诗，王维有《送秘书晁监归日本》诗序，皆乃为仲麻吕作者也。

"三百篇"固诗之源也，然孔门之教以诗为先者，其意本非尚夫田畯红女之谣也。诗者，盖圣人采其民所讴歌之辞，因纂缉以次序之，编列以先后之，而于其纂缉编列之间，因以言天下所宜志之志，因以立天下所宜道之道者也。是故所谓温柔敦厚者，亦唯称于夫所立之道，与所言之志，而初非称其辞气文彩也已。后之论作诗者，昧乎斯义，动辄引《礼记》，口风雅而不置。然而彼且连篇累章，月锻日炼，曷尝见有益于其为人也。于乎诬矣！虽然，吟情咏性，哦风弄月，人所必有之事，而其既有辞之，则安得不又文之哉？其既已辞之，则必五言七言；其已文之，则必体裁格调。舍此数者，诗不诗矣。则不以足托情感于吟讽，而寄兴趣于百载也。且吉甫不有清风之颂乎？夫子不有龟山之操乎？盖有暇而学，有感而作，君子未必讥之。抑又后进小子，速习于文字，莫善学作诗。盖数其用文以迩其情故也。是故余不敢以今歌诗侪之三百篇者，而以吟情咏性，则又未欲其辄废之也。

跋

淇园先生诗话成，命淡园二君及仆校之，今既卒业，以授剞劂。仆尝闻之于先生：夫诗，吟咏性情者尔。然高山仰止，景行行止，学者曷可无所仰行焉？如夫宋主骨力，明主声调，各偏于一端者也。欲学其文质彬彬者，舍唐奚适？然仆亦窃谓，崔氏二童，夙振骚坛之金玉，胡家宿儒，其诗不免酒肆行厨之嘲。则天禀所资，非邪？要亦在不以资废学、以论缚才也欤？此书，先生特为后进示义方者也。学者由是思之，则庶几能骎渐开天佳境云。

明和庚寅春三月　门人　平安　岩垣明　谨书

孜孜斋诗话

西岛兰溪　著

西岛兰溪（1780—1852），本姓下条，名长孙、字元龄，通称良佐，号兰溪、孜孜斋、坤斋，早年受教于西岛柳谷，后成为柳谷的养子，故改姓西岛。

西岛兰溪是著名汉学家、朱子学者，长于考证，著有《读孟丛抄》《孔子家语考》《晏子春秋考》，随笔集《清暑闲谈》《秋堂闲语》《坤斋日抄》等，又擅长诗文，著有诗集《坤斋诗存》《湖梅庵田园杂兴》等。诗话方面有《敝帚诗话》《孜孜斋诗话》等。

《孜孜斋诗话》共九十九则，所品评者皆日本汉诗（"本邦诗"、"本邦诗家"）的重要诗人及其诗作，一方面在与汉诗的比较中，指出日本人的"和习"或曰"和人习气"（意即"日本气味"），一方面也主张日本诗人勿要过分推崇汉诗，宜自成格调，主张日本诗味与中国诗味的相通相异。

上　卷

一

丈山先生，名凹，姓石川，丈山其字也，初名重之，称嘉右卫门，三河泉庄人。年四岁，能走六七里，父信定奇之曰："此儿必名天下。"后从神祖征伐。丈山固有文雅之志，窃从学于清见寺僧说心。大坂之役，会病，其母贻书戒之，责以立勋。丈山强病，起特至玉造，获佐佐某（《东迁基业》佐佐十左卫门），曰："如是足以报母也。"城陷，吏以为"重之为行人，妄为先登"，请逐之，遂为僧，居妙心寺。

林罗山见诸惺窝先生，先生为说圣人立道之原，于是蓄发还俗，然终身无复妻，人称为似元鲁山。后为家贫母老，出仕纪侯，久之母死，亡归叡山，匿一乘寺村。自号曰四明山人，或曰大拙。以诗赋自娱，咏蝉小河之和什，终身不入京师。天子特征不至，请狩野探幽斋，画唐土诗人三十六员，揭诸壁上，盖仿本邦所谓三十六歌仙者也，因名其堂曰诗仙，卒年九十，实宽文十二年也。（丈山出处，详见井太室《儒林传》、三桥翁《诗仙堂志》，今节录于此。）

丈山幼长鞍马间，嘲风吟月之念，往来于心。至从大坂之役，犹尚不废吟哦。《鸠巢文集》有《横槊遗物记》，乃丈山所带墨斗也,在其干戈战争之中,苟有所得,片言只语又从记之。横槊之名,良不诬矣。天正以还,文教否塞,诗道堕地,特武田信玄有诗赋之名,其余一二武将或有篇什,要不足录,所以丈山为翘楚也。

谓昭代诗运,先生阐之,夫孰谓不信焉?然其诗往往不免和人习气,亦时运之所使也。绝句胜八句,五言胜七言。今摘其佳者。

五言:"窗间残月影,风际远钟声","水减滩声稳,秋深月色寒","高树秋容早,密林霜气迟","孤灯淡残夜,群鸟聒空林","曾弄兔园册,宁希麟阁图","远山如有雨,高树似无枝","断云岭分影,返照水生光","溪空莺韵缓,山尽马蹄前","春雨连三月,风花空一年","半壁残灯影,孤床落叶声","炙背卧炉火,撑肱读道书","归鸦天有路,游蝶圃无风"。

七言:"谢家子弟双兰砌,杜叟乾坤一草堂","吴江秋尽水空去,天姥霜迟叶初翻","去年寻药台溪道,昨日寄梅江左风"。绝句《漫成》云:

杖屦相从两侍童,酒瓢茗碗对残红。
狂吟随意过村落,草色无边杨柳风。

《小园口占》云:

冬爱似春微暖时,不知何处有梅披。
闲园雨过少红叶,秀色才残一两枝。

《阻雨宿牧方》云:

浩浩洪河流自东,朝宗西海接长空。
水村山郭知多少,春色濛胧烟雨中。

《题丰国神庙壁》云:

零落东山古庙廊,苍苔蔓草上颓垣。
英灵飞散无巫祝,秋月春风作主张。

皆隐者之语也。又有戏谑解人颐者,《戏题团扇》云:

团团素质别移天,随手生凉更飒然。
昔日谪仙何不买,清风明月两三钱。

《欲赴雄德山前见牡丹到淀城阻雨》云:

闻说南山多牡丹,吟舆出郭惜春残。
花魂自似羞妖艳,为雨为云不许看。

《寓意》云：

> 胸统乾坤似葆真，风花为友道为邻。
> 读书看尽数千载，自是神仙不死人。

予祖丈山先生特为已甚，故不厌其烦，备举于此云。

二

世有《四家绝句》。藤惺窝、石川丈山、释元政、释元次，为之四家。盖元政为其冠，丈山次焉。

元政，名日政，彦藩仕族，剃发为日徒，实为法华律之鼻祖云。居深草里，时人以为活佛，称不可思议，又号霞谷山人妙子。《草山集》十五卷行于世。父先殁，独事母，笃孝天至，诗中及母事者，凡五十余篇。《闲居》诗序云："余得幽居霞谷之侧，而色养父母有年。父丧而母尚存焉，奉事于今十年矣，母之居距我兰若数十弓，竹篱茅舍，恬然而安焉。顷患微恙，余侍汤药已度旬矣。"亦可见至诚之一端也。当时有明人陈元赟投化，游京摄之间，元政与之定交，互相为师友，有《元元唱和集》二卷。然陈固出其下。（元政送元赟诗："君能言和语，乡音舌尚在。久狎十知九，傍人犹未解。"因是观之，则知交接之久，陈颇解和语，足展彼是之思。)元政诗宗袁宏道。《对灯》诗云:"卧读袁中郎,欣然摩短发。"又《送元赟老人》诗序云"余尝暇日,与元赟老人共阅近代文士雷何思、钟伯敬、徐文长等集,特爱袁中郎之灵心巧发,不藉古人,自为诗为文焉"云云。其宗宏道,实陈老发之。其诗命意深稳,格调颇秀。予尝论云:"国初之诗,如石征士、松都讲、野子苞,非无佳句,其弊在格调殊卑之与不免和习。独元政或无此二弊,所以为胜。"七言律如《秋日游清闲寺》《秋游平等院》,尤为匀调。若夫警句:"残灯人不见,深壁影相从","草深迷熟路,树密失归程","岁月枯藤老,风霜苦竹深","落叶鸣阶前,夜清人未寝","林间有影鸟争宿,村路无人牛自归","闲中日月不知岁,定里乾坤别有春"。予特爱《山居》诗,云:

细雨密云盈碧虚,静看林树日扶疏。
个中唯有无穷意,坐对青山不读书。

良有道之言。

三

顺庵先生,幼时得见僧天海,天海奇其为人,欲为弟子,先生不可。年甫十三,作《太平赋》。入天览云,后仕贺府,既为东都学职。国初已来，诗宗宋元，至先生断然唱唐诗。英杰之士，四方来归焉。如白石、沧浪、芳洲、霞沼、南海、蜕岩，皆出于其门。予向闻之，先生坟墓，在郭西青山里，碑面只刻题"靖恭先生之墓"，无一字之碑志。岂若卢承庆、李夷简遗言不志其墓之类乎？未可知也。然有一疑团：当时木门英杰云集，如白石、沧浪又各有集，而先生著作单行于世者，未尝见焉。为门人者，无所逃其责。予恐后人不得见先生之所作，今就《扶桑名贤诗集》，摘其佳句。五言："霜散丰山晓，花飞长乐春"，"鸟啼山色近，花落水声高"，"一心存北阙，三世护南朝（楠公）"。七言："晚烟村落平林暗，夕日川原远水明"，"邺台人去荆榛合，骊岫云还陵谷迁（丰国庙）"，"故园残梦藩城月，秋日高楼暮笛风"，皆宛然唐人也。宜乎附翼攀鳞，有白石、沧浪之诸士。

四

山崎暗斋，尝在浴室令一门生洗其背，门生曰："某日者思梅花诗，愿先生诵古人所作涉梅者以示焉。"暗斋因诵诗五十许。其强记如此，而其诗理路勃窣，殆不可读。好自吐性灵。《登爱宕山》诗云："愿毁宫房黦地藏，且驱杉桧劓天狗。"《游朝熊》云：

人言天狗住朝熊，飞石雷奔耳亦聋。
借问今辰曷无事，我侬不是狄梁公。

《题石佛》云：

南山惟岣嵝，石佛立途右。
我亦程门人，放光可斩首。

所谓有韵之文也，然庸轩诗，稍可讽诵。

五

贝原损轩先生，(《诗史》①云："益轩之侄损轩，名好古。"是大误。益轩又号损轩。) 著述富赡，固不烦予言。其有《大疑录》，实为古学之嚆矢矣，所谓豪杰之士也。若夫篇什亦自可见。《岐岨山中》云："满目烟雨自氤氲，梅蕊杏花湿不分。连日东风吹积雪，半随流水半为云。"《思乡》云："开到番花第几员，故园见月几回圆。晚风吹断归家梦，一段客怀属杜鹃。"先生固不置意于文墨者（以诗赋为意），犹能如是。宋广平赋梅花之比也。（按《扶桑千家诗》载《岐岨山中》诗云

---

① 《诗史》，指江村北海《日本诗史》。

云，是全王百谷之语。意者，先生偶书，误收录者也。）

六

富春山人作《鸟硕夫略传》云：

  洛阴伏江隐士鸟辅宽，字硕夫，号鸣春者，虽非抗颜为人师，其诗极精炼，为四方向慕。且见其诗，感不与世之耳剽目掇辈同其调也，加旃家屡空不为禄仕，举白弹琴，高吟自得，放浪于得丧之外。一子辅门，与其母安秸澹，门庭潇洒，依稀谢无逸、苏养直也。辅宽行年六十一岁没于家，辅门与其徒相谋编遗稿，名曰《芝轩吟稿》。辅门不坠箕裘，孜孜教授者若干年，一病不起，年仅四十余而没。于戏，关以西风雅，推鸟氏父子为巨擘。况卓然有高尚之操者，石大拙后其谁也？

予按：硕夫，姓鸟山，称佐大夫。《诗史》云："名辅贤。"误矣。其诗宗尚晚唐，清新有味，节操与其手相谋，实一时之硕匠也。韩客某著《日观要攻》，以硕夫诗为日东第一，以白石为软弱。谓以硕夫诗格调合己，故致此言。硕夫之于白石，固不同堂之论，要无害为作家而已。《田园秋兴》云：

>雨余田水绕篱斜,引满小池堪沤麻。
>昨夜西风月明里,嫩黄吹绽木绵花。

《人影》云：

>进退未曾离此身,由来同调似相亲。
>除真毕竟谁为假,认取分明假是真。

《闺怨闻鹃》云：

>应是子规啼不眠,声声听到五更天。
>如今纵断妾肠尽,莫破良人归梦圆。

《移居》云：

>欲寄萍踪赁一轩,前临市巷后田园。
>殷勤多谢东家竹,分得清阴便到门。

七

硕夫有《张良》诗云"当时岂啻为韩计,毕竟暴秦天下仇",可谓入留侯之胸臆者也。

八

又《红梅》云："一种孤山别样春，横斜才认旧精神。由来皎洁无容处，学得醉妆还可人。"是祖坡老"酒晕无端上玉肌"，转化入妙，殆无痕迹，非老文墨者，不至于此。天龙义堂《红梅》云："误被春风吹梦去，长安市上酒家眠。"步骤颇异。以硕夫诗比之，又落第二流矣。

九

顺庵、徂徕二先生勃兴，海内诗风一变，为唐为明。独有堀南湖、江兼通、富春叟自张旗帜，不肯北面受其缚，为其徒者以为诗家之正统，不为其徒者，以为僭伪之国，要未得公论。夫三子者以己之所好，不阿彼之所为，与耳食雷同之徒，固有径庭，可谓有特操矣。南湖，名正修，字身之，与从弟景山同仕艺侯，实杏庵先生堀正意之后也。如"闲计孤藤杖，老身一纸衣"、"曲渚舟横草，深山钟度花"、"野梅过雪吐，山鸟畏人飞"，亦有奇态。而《日本名家诗选》于二堀不录一诗，不无遗恨云。

一〇

江兼通诗，宗晚唐，或入宋调。南郭诸子目为晚唐，江君锡独谓肖陆放翁。兼通，诗才出富春之上，居南湖之下，才情洋洋，风度萧散。《杜甫醉归图》云："浣华溪上醉如泥，右倚吟筇左小奚。步步玉颓归去晚，草堂隔在野桥西。"《秋思》云："秋满深宫灯影寒，蛩声搅睡到更阑。珊瑚枕上无穷恨，分付桐丝向月弹。"《长信秋词》云："团扇抛来风正秋，鬓云慵整玉搔头。独怜金井梧桐叶，载得人愁出御沟。"观此数诗，为肖放翁未知言也。

一一

富春山人，即《峡中纪行》称田省吾者是也。姓田中，字日休，卷迹于摄之池田，与江子彻（兼通）、僧百拙为诗友，著《樵渔余适》八卷，奇诡自放，间多浅切之语，然亦肺腑中流出者也。如"鸟飞摇树影，牛过激溪声"、"风起乍鸣竹，雪残方认梅"、"万卷曾非沽誉设，一竿实为钓鱼谋"、"心托龙泉犹慷慨，身扶鸠杖自婆娑"、"杏村春日催花雨，松寺秋宵落叶风"、"坐钓鹭边风和日，行歌犊外雪消时"、"柳垂新带风烟态，梅瘦曾经霜雪姿"，又可传矣。

一二

余暇日评本邦诗家,以白石、蜕岩、南海、南郭、南山(南部思聪)、鸠巢、东涯为称首。白石典雅富丽,刻琢精妙,亦人中麟凤,艺苑之正朔,如三神山在海水缥渺之中,丹楼玉阁,参差交影,可见不可至也;蜕岩豪壮奇伟,变化百出,奇正互用,殆不可端睨,温藉少护,纵横有余,本邦诗人,涉古未有之,如李晋王兵发太原,旌旗蔽日、戈戟刺天,而部下自多胡人;南海概有明初语,浓艳秀拔,如赵皇后舞蹈于掌上,杨太真出浴于华清,秀色可餐,而少老苍之态;南郭纪律严正而有颂容,如轮扁作轮,手得心应,又如周公负扆朝诸侯,威严可畏,温和可爱;南山意思圆熟,如林处士泛舟西湖,优游自得,不知世间又有富贵;鸠巢体裁颇大,如曹参当国,宁失质野,能负大任;东涯平淡率易,如昭烈皇帝遇诸葛丞相。余一日在友人斋头阅《绍述集》,不觉日暮,戏谓其人云:"余坐了春风中半日。"(削)

一三

有女子而涉诗赋者,京师古春、阿留,东都桃仙。如立花氏、井上氏,诸选已录,今不具举。桃仙年十三,自书所业，付于厥工，名曰《桃仙诗稿》。《渔父》云："破笠短簑一钓船，生涯只自任风烟。篷窗午夜梦回后，空对芦花明月前。"《诣祖墓》云："推根报德是人伦，皮骨谁分太父身。他日陪君文若意，昔年抚我祖刘仁。抱恩罔极子还子，遗爱岂忘亲亦亲。到此凄然风木恨，荒坟空见绿苔新。"古春、阿留，共见《扶桑千家诗》，于戏彤管之炜，一胡至于此，以今日比之，不啻寥寥。风俗凌迟，真可慨哉！

一四

有农估而工篇什者，大井守静、唐金兴隆、益田助（鹤楼）、入江兼通（若水）、端隆。如鹤楼、若水已录。守静出《诗史》。兴隆，泉南人，有陶猗之名，堂曰垂裕，择垂裕堂八景，历请天下名匠硕儒之题咏，白石、鸠巢诸先生集中，称《垂裕堂八景》者是也。端隆，东都人，徙居京师，夙有诗名。

一五

村上友伦，京师医官，与坦庵（伊藤宗恕）、仁斋友善。其诗清新浑成，有古作者之风。余比诸南山、东涯，实为劲敌。五言："溪声宽酒渴，秋色役吟魂。""竹风吹不休，老境又逢秋。""处世无长策，搔头有乱丝。"七言："何处青山俟吾骨，谁家白酒解人愁。""一炷香烟微雨后，满帘花影夕阳前。"绝句《闺情》云："井梧霜重草虫悲，正是孤床不睡时。山月映窗灯映户，良人今夜在天涯。"《暮雨送人》云："歌罢阳关泪湿衣，桥边杨柳绿依依。离魂偏似风前絮，故向征人马上飞。"余特爱诵其《冬夜忆亡友》诗，云："四更雨息月升廊，薄薄衣衾梦不长。永夜孤灯双眼泪，老年多病满头霜。新知那似旧知好，生别仍添死别伤。炉底灰寒残醉尽，此宵谁是铁肝肠。"凄怆有味。

一六

仁斋诗才与友伩雁行，为学术所蔽，往往人不称其诗，亦一厄也。《五月雨》云："梅雨街头水漫流，开门风气似深秋。南邻北舍人行绝，自拔版桥为小舟。"《北野即事》云："北野祠前千树梅，残葩寂寞晚风开。月明未上林塘上，空逐暗香过野台。"《题梅花图》云："雪深湖上独家村，招得梅花枝上魂。驿使近来音信绝，一尊看到月黄昏。"

一七

渡边宗临，字道生，号正庵。父益西，家日向延冈，应有马侯直纯之聘。正庵幼而好学，成童游京师，兼通儒医。

时属干戈战争之余，文教扫地，况乡处僻远，人不知文学。正庵日讲艺授徒，门徒数百人。至侯子康纯、以正庵为嗣君侍读，后嗣君宠昵嬖臣，正庵与其傅谏之，故以禁锢，居二年，得归乡，犹不得往他邦接士人。正庵不复仕宦，鬻药为业，元禄己卯岁卒。尝有其诗云："活计田三亩，羲皇千古心。十年何所得，松竹四邻深。"又曰："半亩邱园半亩池，更无尘事到茅茨。山间明月清风外，一二病夫来请医。"潇洒可爱。具见《绍述文集》。

一八

《诗史》云："阅鹤楼诗，殊无佳者。要缘诸名士不朽耳。"予云：鹤楼好诗而乏推敲，所以多拙累也。试举其一。《夏日江村》云："鸬鹚争浴弄斜晖，竹里人家水四围。片雨送云山色净，回风飐岸□烟微。孤舟渡口渔翁去，独树溪边浣女归。林月未升江路黑，白苹红蓼绕柴扉。"第八句犯第二句，"溪边"、"江路"又相干犯，然不无佳句，摘录于左。五言："草浅风吹水，林疏月到庭"，"水绿冰依岸，山明日映霞"，"霁雪生山气，流澌弄水光"，七言："竹打败窗霜气冷，香飘深壁水沉寒"，"细竹林中新进笋，斜枝叶底暗藏梅"，"楼前风雨中秋色，笛里关山独夜心"，"翻经竹气渐侵榻，洗钵荷香欲触衣"，"林端夕日开樵径，竹外寒烟绕钓矶"。鹤楼亲炙于白石先生尤有年矣，笔墨径蹊，先生实开之。如此数句，谁谓不佳？岂有缘人不朽田伯邻乎？

一九

又云："《桐叶编》卷末附载竹溪诗数十首，跋亦竹溪作，而无序，以朝绅和歌一首代之。竹溪余未详其人，以先师遗稿为玩弄具，为售己名奇货，轻薄亦甚。"余读之而实鄙竹溪之为人。后得《桐叶编》，征君锡之言，卷首实有和歌一首及竹溪小文，然卷末所附竹溪诗者，乃书估梅井秀信之所为，题曰《竹溪遗稿》。盖竹溪尝选录《桐叶编》，剞劂未成而没，秀信因附其师之集后，以谋不朽，亦自美意。竹溪固无毫与焉，君锡尤之，真冤矣哉！

二〇

望富岳诗，诸家所难。前后作者，共不得真面目。或曰"白扇倒悬"，或曰"四时覆絮帽"，皆儿童之言也。至秋玉山，一洗旧套，为雄壮之语。其诗云："帝掬昆仑雪，置之扶桑东。突兀五千仞，芙蓉插碧空。"起承壮则壮，然似昆仑特大，若当咏昆仑，以富岳为昆仑一片之雪则可，落句"插"字模写入妙。要无害为杰作。近时柴学士亦有此作，云："谁将东海水,洗出玉芙蓉。蟠地三州尽,拂天八叶重。烟霞蒸大麓,日月照中峰。独立元无竞,终为众岳宗。"一时传播,在人耳目,亦自秀拔。妙法院法亲王尧恕有诗云:"士峰天色冷,屹立晓霞红。飞出青霄外,倒沉苍海中。浮云来往变,积雪古今同。压尽众山顶,独能镇日东。"真为杰作!起语少劣,颔联千古绝唱,豪而不粗,质而不俚,言得如此,恐无复人有措手处。(猗兰侯《望岳》云:"云霞连大海,日月宿中峰。"暗合栗山颔联。)

二一

蜕岩先生富岳诗,袭黄牛峡古语,于翁之伎俩,固不足言。

二二

咏新嫁娘诗,往往见于诸家集中。徕翁云:"小姑是阿姐,大姑是阿娘。但愁未嫁日,不惯唤吾郎。"熊耳云:"三日媵婢云,书字报阿爷。只言舅姑好,不言郎如何。"仲英云:"凤先夫婿起,敛鬓暗含羞。未惯新妇事,都就阿姆谋。"北海云:"随姑厨下立,承命试调羹。未熟家僮面,时时误唤名。"徕翁含蓄,所以为冠。熊耳婉曲次之。仲英、北海亦自陈套,斤两相当,又次之。二子固为工脂粉之语,而不及二翁,所谓尺有所短也。

二三

秋玉山《鹦鹉杯》云:"绮席飞杯醉,争传鹦鹉名。何须更作赋,狂自胜祢生。"高子式又有此作云:"有杯呼鹦鹉,飞时春酒流。假我能言语,欲吐万古愁。"玉山尤工五绝,而比诸子式,实为天渊,然亦一日短长,不终身优劣。玉山五绝可传者,不啻子式之不及矣。

二四

鹈孟,为性好才。服仲英羁旅,不能自存,孟一衣食之,后遂为服翁义子。安文仲亦得孟一之顾眄,能成其业。孟一有《桃花园集》。

二五

与孟一并时者,有安文仲、营习之、营道伯诸人,大抵诗才相敌,千诗如一诗,读之只恐卧矣,其名不朽,殆天幸矣。

二六

南宫乔卿、刘文翼、纪世馨三子,同时雄视一方,亦鲁卫之政也。六如上人初学诗于文翼,文翼有《龙门集》。

二七

藤文二《名家诗选》载文翼《楚宫词》云:"为有细腰宫女妒,瑶姬梦里不曾来。"是沿袭高太史《楚宫词》:"细腰无限空相妒,不觉瑶姬梦里逢。"而意义浅露。所谓屋下架屋也,不足采录。

二八

又载江君锡《送磻溪上人还乡》,云:"遥知故国青莲色,不改清香待汝归。"结句全袭唐人"不改清阴待我归"之语,文二收之,真选录之难也。君锡自有好诗,《题太真窃笛图》云:"金鞍齐立五王马,苑外打球杨柳遮。内殿无人鹦鹉静,倚栏潜奏落梅花。"《落叶》云:"玉殿西风冷碧罗,琳池秋水晚来波。美人休奏哀蝉曲,落叶纷纷白露多。"《汉武帝忆李夫人》云:"汉宫明月照流黄,锦帐偏怀倾国妆。玉露凋伤连理树，金炉仿佛返魂香。秋风有恨横汾水，良夜无心宴柏梁。万里瑶池犹寄信，松楸咫尺断人肠。"练辞整秀，大是佳处。细玩其诗，似学谢山人者也。

二九

缁流之诗，以法霖、百拙、万庵、大潮为巨擘，元政、月潭、无隐、若霖、文川、冻适次焉。如万庵、大潮诸公，诗名箕斗，亦不烦言。月潭，名道澄，有《龙岩》《岩居》二集，语语性灵，不拘拘轨纪，亦道人之诗耳。今摘其稳当者数首。《秋夜宿即觉山房》云：

> 偶来寻逸士，就宿古梅峰。
> 犬吠风鸣竹，鸟惊雨打松。
> 灯花开又落，茶味淡还浓。
> 夜久清谭罢，卧听草下虫。

《登月轮山》云：

> 溪行数里听流泉，又踏岭巘上碧巅。
> 万簇云霞红映日，千章杉桧翠参天。
> 残僧有屋庭堆叶，古像无龛炉断烟。

藤相遗踪荒寂甚，夜深谁对月轮圆。

《雪中作》云：

四野寒凝云色彤，须臾琼屑满长空。
庭前笑对梅妆脸，崖畔怜看竹曲躬。
归鸟迷栖林上下，猎人失径礀西东。
灞桥骚兴非吾事，独忆鳌山晏坐翁。

文川学诗于梁蜕岩，著《文川集》。冻适^①受业于龙草庐，颇有才思，著《豹隐集》，行于世。

三〇

小仓尚斋，名贞，字实操，与县周南共为长藩儒学，著《唐诗趣》行于世，然诸选不录一诗。予尝得其《秋郊》七律一篇，云："孤村接野草离披，修竹断桥悬酒旗。风散干红枫满径，雨添寒碧水侵陂。高田人带残阳获，隘巷家交疏霭炊。解印知归是何者，古来唯有老陶辞。"剪裁颇工，乃是宋人佳语。以当时徕学大行，诗风一变，童子耻为宋元语，故其名湮晦，可叹矣耳。

---

① 冻适：底本误为"冻滴"。

三一

金华山人，倜傥使气，人称为狂生。尝有言曰："圈发去声，句读一寸五分。"其所作亦有此意。

三二

物门诸彦乘月赋诗，金华沉思久之，蹴然拍髀曰："吾得之。"人问曰："所得何也？"曰："只得明月二字。"

三三

猗兰侯不能诗。如："晓天来急雨，暑去早凉新。""仲秋空月色，夜雨草堂中。""百杯百杯又百杯。""黄鸟一声酒百杯。"可见其一。《春日村居》云："青云何所乐，高枕是生涯。心静看弥静，疏花日夕佳。"潇散有味。〈削〉

三四

筑波山人师事南郭先生，凤专诗名，才华亦自为诸子之冠。如："谈舌涩如缺，醉颜笑似猿。"殆不堪胡卢。予爱其

咏野史诗，中有《妓王》，落句云："日晚嵯峨人不见，孤灯片月照幽栖。"趣味隽永，不耻其师。〈削〉

三五

予夙闻浪华葛子琴工诗，后得《野史咏》一卷，诵之，愈服其才思工妙。源义朝云："文公骿胁便逢害，智伯头颅孰乞怜。"紫式部云："澄心风月秋三五，写思莺花帖六十。（十，平用。）"安倍宗任云："狱中春发梅花色，幕下风高大树枝。"用事稳帖，亦人所难。

三六

《野史咏》中，有冈元凤咏楠正行，音调清畅，气格雅健，压倒诸子，实为杰作。其诗云："南朝兴废向谁论，芳野云深护至尊。臣节宁忘王纽解，将门复见父风存。连枝棣萼传遗爱，一树梗楠守古根。不负精忠能报主，残阳沦没鹡鸰原。"

下　　卷

三七

伊东涯《仲春偶书》："午睡醒来困，又逢问字人。"又

《平明》："问字人未到，隐几读毛诗。"二句，写出书生之态，妙不可言，非居其境者，胡能得解此意？

三八

东涯好用"半日"、"闲"字，予所手抄《东涯诗集》二卷，其中凡用三四十。徂徕又好用"何物"字，如"何物芙蓉落日寒"、"何物梅前吹断笛"、"何物白云晨自媚"、"何物袈裟来映好"，可厌甚矣。

三九

蓝田东龟年《心赋》云："上国有圣人，德逾乎往号，泽溢乎八荒，尝制俪语曰：'日月灯，江海油，风雷鼓版，天地大一番戏场。'臣窃观之，至矣，高矣，不可以尚，傥生其世，幸容余狂。"此指圣人，即清康熙主也。康熙之语，更有"尧舜旦，汤武末"之言。备前汤子祥尝有言云："无圣人侮鬼神，实胡人哉。"不可谓过当论也。蓝田之言，虽一时激切之所使然，其言大害于事矣。蜕岩翁《和歌古史通序》，讥以和歌为侏俪、以诗为凤音者，况生吾土，受昭代之泽，以笔耕、以心织，四体不勤、五谷不分，而称臣于异邦主，且谓为圣人，可谓不天日出处之天，而天日没处之天者矣。先时物徂徕，勉欲为高华语而挠和习，崇尊唐土之甚，爱其人及屋乌，作孔像赞，至称"日本国夷人物茂卿"，终不免识者之讥。蓝田亦徕门之徒，一味崇信徕学，至老不易，故有此等之蔽也。予不佞，不敢指摘前人，聊以寓鉴戒之意云。

四〇

著作之富，以服子迁、伊东涯、室沧浪可为第一，高子式次焉。近时蕉中师又有集五十卷。江君锡《日本诗选》评云："堀①南湖平生所作，殆且万首。"可谓盛矣。若夫万首诗，日课一首，积三十年而始得焉。如南湖者，求诸异邦，夫梅都官、陆放翁之流亚也。

四一

室沧浪，前后文集三十卷。从东都赴贺府途中所作四十三首，其勤苦可见。大抵人在久役，罢倦废事，不能一日得一诗，况彼道途不出十日而得四十三首乎。予尝闻之松窗先生："平泽弟侯，足迹殆遍天下，所到投宿，必先取一日所见所闻，笔而藏巾笥，后遂成编。"前辈用意有如此者。

---

① 见《日本诗选·一二》，原文为"屈"，疑误，改为"堀"。

四二

物徂徕意在挽回旧弊,强为高华峻拔之语,然集中间有不类平生所作者。《次韵芳担子侯冬晓之什》云:

> 园林簌簌不知冬,夜宴弹残风入松。
> 竹火笼灰侍儿睡,忽听城上五更钟。
> 栊月瓦霜寒弄冬,西园仙籁满杉松。
> 五更梦断何情况,一样花时长乐钟。

又《田家即事》:

> 田家女子厌蚕桑,多学东都新样妆。
> 恰是年年官债重,卖身好与冶游郎。

是戏言中又讽时事者也。《江上田家》:

> 门巷随江曲,田家篱落稀。
> 岸低洗耕具,雨霁曝渔衣。
> 小犊负薪饮,扁舟刈麦归。
> 儿童沙上戏,鸥狎不高飞。

可谓田家写照。如《关山月》《云梦歌》《古城秋望》《闲居》,可为合作。又多大拙大俗者:"诸子纷纷与雨来","还怜熊府熊生聘,巧似宗元在柳州"。《饯野挒谦祇役三河护送朝鲜聘使》云:"日本三河侯伯国,朝鲜八道支那邻。"《寄别野挒谦》:"海驿元通池鲤鲋,别来尺素数相闻。"《藤豫侯见枉草堂》云:"白马银鞍金错刀,使君驺从塞江皋。"如是数句,将为乃公沈诸江中,藏其拙而已。予常爱其《逾界河》诗,云:

土人争看传车间,麈尾遥麾落日闲。
自古峡阳应罕见,风流使者问名山。

《塞上曲》《赠湖中二子二绝》,皆予所爱。

四三

石征士之后,隐者而涉诗赋者,予得三人:曰平岩仙桂、曰鸟山硕夫、曰泽村琴所。硕夫前录。仙桂初为母执质于加贺侯,后仿征士之嘉遁,移病归东山泉涌旧业,以诗赋终焉。征士遗言,以六六山堂附与仙桂。仙桂固不近名声,临易箦,火其诗草,尔后加府大泽犹兴辑录遗篇,名《爨桐集》,往往有佳句:"红叶一溪水,青苔半径霜","溪中薰细菊,塘外倒枯莲","梅分疏影一帘月,松送清音孤洞风","高原静睡耕牛晚,细雨斜飞乳燕天"。

四四

琴所,名维显,字伯扬。为彦根世臣。以病退居城南松寺村,筑松雨亭,绝意于仕途,左琴右书,赤贫如洗,晏然不屑,遂能终其操。有《琴所稿删》二卷。诗体类其为人,温雅清新,尤为可爱。《即事》云:

幽斋读书罢,静啸岸乌纱。
遥见前村暮,归牛渡稻花。

《滋贺怀古》云:

湖水悠悠王气空,禁城陈迹浦云中。
山花不解前朝恨,依旧飞香辇路风。

《悼亡》云:

琴屋无人漏滴迟,空床卧诵断肠词。
海棠枝上三更月,却似昔年双照时。

《秋夜弹琴》云：

> 醉把蕉琴独自弹，古松风定夜方阑。
> 朱弦一曲千秋泪，回首西山落月寒。

江君锡收其《病中作》，入之《诗选》，实肺腑中之语也。（伯扬事迹具于释慧明行状，野公台墓志铭，因不赘言。）

四五

晚学而知于世者，江君锡、僧无隐；夙成而不陨厥问者，祇南海、梁蜕岩、南国华。无隐三十而始学诗，且有道德云。南海夙成在口碑久矣。蜕岩年十二，披发而为儒者。国华年甫十三，从父来于东都，赋《登东天台》五言古风二百句，脍炙人口，真奇才也。大地昌言夙有神童之称，年十三，有《寿白石先生》七言律诗。土孝平亦十四有寿白石律诗，共见《熙朝文苑》附诗。土诗云：

> 绛帐迎春淑景融，瑞烟笼日晓光红。
> 抠衣已立三年雪，负笈新承二月风。
> 晋代赐书皇甫谧，汉家议礼叔孙通。
> 群贤齐献南山寿，正使大名传不穷。

昌言诗云：

> 武昌柳色映春台，坐上迎宾清兴催。
> 日暖金桃临径发，风微青鸟近筵来。
> 樽前长对千秋岭，花下频倾万寿杯。
> 独步诗名人不及，高歌一曲见豪才。

以昌言比土氏，固非其敌，而《文苑》不着姓字履历，不知土氏果为何人，深为遗恨。后阅《停云集》，云："土肥元成，字允仲，其姓平，号霞洲，东武人。允仲生而聪悟，及其能言，授书即成诵，六岁赋诗，常山义公观以为奇。文庙潜邸之日，召对，讲以《论语》《中庸》等书，论辨甚明，且大书其所赋诗，笔势遒劲，于时年十一，元禄癸未秋八月也，乃命为侍读。"由是观之，孝平为允仲之通称，亦未可知也。呜呼，寸松虽嫩，已有凌云之气。宜其有盛名于世矣。昌言，贺府人，室师礼之甥云。

四六

柚木太玄《北海诗钞叙》："先生本姓伊藤氏，龙洲先生之次子，以其舅氏在播之赤石，先生少时数游其地，颇习武艺。而赤石文学梁蜕岩一见奇之，谕先生曰：'伊藤氏西京儒宗，以子之才，何莫由其道也。'先生大然其言，还京，潜心典籍，属精铅椠，昼夜无倦，四年学成。与令兄君夏先生、令弟君锦先生声誉并高，世称之伊藤氏三珠树。"长孙尝闻，北海二十而始读书，亦可谓晚学，故采录太玄序补入于此。

四七

世知菅麟屿十二为博士，而不知土肥允仲十一为侍读。盖麟屿英妙之资，加以物徂徕之揄扬，其徒之为曹丘生者不鲜矣，因之声名焕赫于一时。如其学术，予未有考。若夫著作固不能当允仲、国华之一臂力。《闲散余录》载五言绝句四首，亦平平耳。(《日本名家诗选》有麟屿五绝一首，不甚佳矣。)

四八

《熙朝文苑》选次不伦，且所其著录作者名氏，或名或字或号或称某氏之类，杂错无义例，中称雍丘者，即土肥允仲也。梦泽氏之卤莽，一何至于此。〈削〉

四九

《文苑》卷末附载梦泽氏诗若干。《雁宕宅集》云："主人高卧意如何，兴满寻常酒若河。"《赠养甫》云："怜子敝貂处处穿，醉来用尽阮家钱。"《寄入江若水道人》云："高卧若君堪养疴，无心问世上如何。"自运已如此，其所拣择，亦可知而已。〈削〉

五〇

千村诸成，字伯就，梦泽长子。《诗史》云："字力之。"盖其初字也。《诗史》摘《昆玉集》所载，以为"天授才敏，大逾乃翁"。予更就《自适园集》中，摘其佳句，实乃翁之所不及也。五言云："凉夜风篁影，秋城月柝声。"七言云："推窗影落疏桐月，煮茗声寒万竹风。""疏松影动微风夕，细草烟浮宿雨余。"张三影之后，又有之子。（张即张子野。）

五一

伯就《悼林生》云："且忆茂陵秋雨后，文君垆上一灯孤。"自注云："林生酒家，结句因云。"予云："垆，酒区也。相如令文君当垆于临邛者，特招王孙怜之一策而已，岂于卧茂陵之时，尚使诸当垆乎？可谓牵强。"〈削〉

五二

平户白石荣,字子春。著《桃花洞遗稿》二卷。子春来于江都,执谒江子园①,颇善文辞。其学主经济,于经义亦有见解,实一奇士也。与龟井道哉为友。《酬道哉》云:"白头吟就人何处,四壁依然司马楼。""楼"字为韵所牵,故致此孟浪。要之,诗似非所长,况其七言律亦仅仅三四首,真管中一斑,不足尽全豹耳。所著亦有《老子后传》云,然人无知焉。不知遐陬绝境之士,终身苦学,而不免与草木同朽者,殆鲜矣,噫!

五三

子春绝句,间有可传者。《和赠屈皋如种菊作》云:

东篱春雨后,种菊主人家。
我本转蓬客,何期九月花。

---

① 底本作"江子实",误,改为"江子园"。入江忠囿,号南溟,字子园,通称幸八,荻生徂徕门生。

《薄香词》云：

> 不欲生男儿，生女爱如璧。
> 男长才打鱼，女长多留客。

《柳崛词》（地在东肥河下）云：

> 朝看长河水，昏看长河水。
> 河水朝昏绿，郎怀定何似？

霭然有古意。

五四

服子迁初称入江幸八。江子园亦称入江幸八。

五五

称玉山者，二人。一肥后秋仪，字子羽，著《玉山集》前后篇。一萨藩之人，著梅菊各百咏者，出《东涯文集》。

五六

《昨非稿》者，东涯也。《昨非集》者，僧梅庄诗钞也。松秀云、赤松勋二子之集，共名《敝帚集》。

五七

江忠围号南溟，山根泰德亦号南溟，共有集三卷。泰德，字有邻，子濯次子，有《病革》诗云："病骨从来厌世氛，幽明一路忽将分。自今欲借仙禽翼，远击蓬瀛万里云。"亦自匀调，足为话柄耳。赤穗赤松鸿《易箦》诗云："一谪人间八十年，今朝数尽再归天。夜来试向云端望，犹有光芒映斗边。"此老豪气，至死不除，人所难也。予独爱石仲车（名有，号鹤山，镇西人）《易箦》诗，云："玉皇使者自风流，四十七年花月游。今日朝天余一恨，主恩海岳未曾酬。"风雅之意，忠厚之志，隐然形见于言外，比之前二作，固有径庭。

五八

横尾文介，号紫洋。有《临刑诗》，云："谁怜五十一春秋，埋去烟岚深处丘。不遂青云平日志，空余身后有吴钩。"

又有《过田代驿》作，云："西归何面目，千里槛车中。忽过田代驿，怀君啼泪红。"驿有故人，故末句及之。文介，佐贺侯臣，有犯其国禁，因被刑云。初来东都，居城南赤羽，以舌耕为业，颇有从学之士。痛矣哉，不得其死然。

五九

细合半斋，名离，字丽王，号斗南。蕉中禅师《怀丽王》诗云："忆昨周旋鸡贵客，称君北斗以南人。"自注："丽王，号斗南，朝鲜成士执，尝向余称'合生北斗以南一人'。"丽王声价，高于一时，然其所作，殊无可诵者。予藏《京游别志》一卷，无一诗佳者，唯《小草初筐》所载回文律诗三首，稍足偿声价。

六〇

祇南海《一日百首》，实无一句雷同者，唯"银箭莫相催"、"虬箭无相催"二句，相干而已。可见胸中所蕴，不啻一百首。

六一

南海再作《一日百首》，时原玄辅、场白玉二人择题。白玉，号金山，诸选不载白玉诗，事迹遂不可考。要之，与木门诸才髦周旋于艺苑，亦不碌碌者。

六二

长篇室沧浪为第一。有《赠韩人二百二十韵》，本邦权舆以来，所未曾有也。其余长律，如五十韵百韵，往往见其集中。南国华亦年十九有《除夜赠白石先生一百韵》，或云："柳川三省，尝以二百韵律诗赠韩人。"未知然否。

六三

《诗史》云："或问余曰：'子极称白石，诗至白石，蔑以加乎？'曰：'非也，如天受诚蔑以加矣，若夫揣摩锻炼，尚有可论。要之，天受之富，吐言成章，往往不惶思绎，是以疵瑕亦复不鲜。'"亡友岛栎斋尝语予云："白石先生天才超凡，然犹不厌改窜。某得见其诗草一卷，再四涂抹，终无初作。"君锡，传闻之误。

六四

又云："白石《送人之长安》绝句云：'红亭绿酒画桥西，柳色青青送马蹄。君到长安花自老，春山一路杜鹃啼。'四句中,二句全用唐诗。夫剽窃诗律所戒,而炼丹成金,犹可言。以铅刀代镆铘,将之何谓。'草色青青送马蹄'本临岐妙语,草色送马蹄,言春草承马蹄。以柳代草,蹄字无着落,殊为减价。"云云。予曰:"马蹄"犹谓"马行",言无到处不春色也,是深春景致,为第三句张本者,不可谓无着落矣。若夫《采莲曲》云:"红粉青娥照素舸,南风吹起采莲歌。"下句实明人警拔,往往在人耳目。代"断"以"起",似觉劣弱,然亦千百中一而已。白璧蝇矢,固应无损其价。

六五

偷诗有三,偷其语者为之下。白石《老少年行》云:"君不见东家阿姬年七十,夜来向市买燕脂。"南海《老矣行》云:"东邻妖姬尚效颦,夜买燕脂佩鸡舌。"白石《送春》云:"归意蘼芜绿,离情芍药红。"北海《春江花月歌》云:"离情寂莫蘼芜绿,愁心生憎芍药红。"二子诗名,所人知,犹且如此,况其他乎!

六六

蜕岩《赋得春帆雨来》云:"东风十里烟波黑,楚竹湘山不可知。"清君锦《雪夜泊舟》云:"中宵聊试推篷望,楚竹湘山不可知。"是亦生吞郭正一也。

六七

室师礼《春日思亲》云："忆昨辞家行役时,春来秋去欲归迟。朝朝陟屺儿悲母,暮暮倚闾母泣儿。岂谓彩衣为素服,忽将死别变生离。泰山如砺河如带,此恨绵绵无尽期。"全首剽窃许鲁斋《思亲》诗者,于名家尤为可耻矣。许氏《七月望日思亲》云："将谓百年供色养,岂期一日变生离。泰山为砺终磨尽,此恨绵绵未易衰。"又《九日思亲》云："儿望母时儿哭母,母寻儿处母啼儿。"夫沿袭,古人有之,虽老杜、大苏,犹不能免焉。或有述者却过作者,在为之如何耳。若夫王元之暗合杜语,地位已逼,不足深怪。师礼此作,步步模写,形迹露出,亦不可谓暗合,况结语全是白傅之语,未知师礼意志如何。

六八

赵师民①有句云："麦天晨气润,槐夏午阴清。"室师礼《赋得首夏犹清和》云："麦畦晨气润,竹径野凉微。"已为可笑。挽近田叔明《田家夏兴》云："麦秋晨雨润,槐夏午风凉。"不堪绝倒,真钝贼也。

---

① 底本为"赵师秀",误,依《六一诗话》改为"赵师民"。

六九

物徂徕《暮雨送人》云：

陌头杨柳垂，相送雨昏时。
寂寂去人远，濛濛匹马迟。
江声钟易湿，浦色草应滋。
宁问明朝后，吾心已乱丝。

韦苏州《赋得暮雨送李胄》云：

楚江微雨里，建业暮钟时。
漠漠帆来重，冥冥鸟去迟。
海门深不见，浦树远含滋。
相送情无限，沾襟比散丝。

二篇意语，何其相似！

七〇

松霞沼《青楼曲》云："歌罢不语还不笑，千恨万恨在翠娥。"南海评云:"结句千古绝唱,君谓'千恨万恨在翠娥',瑜谓'千恨万恨在两句',予云:霞沼结语,全用武元衡'万恨在蛾眉',才增二字以为七言耳,南海遽以为千古绝唱,何矣?"

七一

霞沼寄南海长篇落句"出门长笑海天碧",亦用黄太史"出门一笑大江横"。

七二

诗有意兴相得、语意全同者,非亦剽窃。南郭《草堂春兴》云:"自忘双鬓短,复对百花新。"赤松沧洲《春日偶题》云:"遂忘双鬓白,更对百花红。"是也。

七三

往年予在秩山,乘月散步,树声索索,犬吠寥寥,忽得一联,云:"犬吠孤村月,人行深树风。"自以为得,后读《松浦集》云:"犬吠孤村月,灯明两岸楼。"遂欲改前句,思意未属。又读《爨桐集》云:"犬吠孤村月,雁过高汉云。"予因以为意境之同,冥契暗合,置而不改。

七四

安藤子立语予云:"下总州生实者,我侯国初已来国之。有重俊院,实先侯重俊公所创造也。阁上望士峰,颇为佳境。有一丐僧,来请宿,住持某恶其形状,不肯许,一沙弥悯之,窃宿于阁上。诘旦辞去,题小诗于壁上有言,云:'海峤山寺海峤隈,落日三竿鸟不回。看取芙蓉千仞雪,恩光一夜自崔嵬。'不知其所之。"〈削〉

七五

《邵氏闻见前录》:"大学博士姜愚,字子发,京师人。学康节,登进士第,月分半俸,奉康节。"云。朱舜水投化,初居崎港,坎壈尤甚,食不支夕。安东省庵,柳川人,食禄二百石,闻舜水之义,分其禄半为柴米之资。二事相似,故附载于此。

七六

田鹤楼,师事白石,白石殁后,自矢不复执贽于他人。与陈后山赋《妾薄命》不见他师,亦甚相类。如省庵、鹤楼,可谓勇于义者也。省庵诗见《扶桑名贤诗集》。《感春》云："往事悠悠心不平，春来春去两伤情。酿愁嫩柳着烟重，流恨飞花逐水轻。梁上寻巢忙燕子，池边添雨噪蛙声。疏慵无意寻铅椠，多少风光欠品评。"省庵有子，名守直，字元简，有诗才，见《名贤诗集》及《千家诗》等。《雪》云："骋光透帘幌，助月映书车。"《早行》云："野渡星初落，断桥露未干。"《奉悼好青公孺人》落句云："自是湘江碧波阔，不知何处弄琴弦。"《池端晚眺》绝句："杖藜行尽叡山边，处处烟云欲暮天。游客试穷千里眼，快风吹断满池莲。"省庵有子如此，实积善之余庆也。

七七

秋玉山有《春宵观秘戏图歌行》，虽一时之戏语，逐句用事，稳贴自在，莫见其安排斗凑之迹，天下奇才也。为言之丑，不附于此。

七八

纪平洲《观平氏西败图歌行》，十八岁作云。俊爽奇拔，近世不见其比。

七九

《日本名家诗选》所载土昌英《品川楼》诗,尤浅劣不足收录。

八〇

秋玉山,少时尝在国学,豪放不羁,日在酒楼妓馆,不复事文墨。书籍衣具,并为乌有。当夏无蚊帱,只有衣笼,因穿一边,帖之纱縠,常卧其中。有邻舍生读班史,玉山在中闻之。邻舍生知其卧于衣笼中,一日戏之曰:"久不闻子读书声,不知夜来读何书?"答曰:"读班史耳。"其人云:"已读班史,读某传乎?"玉山遂诵某传五六纸,即邻舍生昨夜所读也。其强识概如此。

八一

服仲英,本姓中西,(《闲散余录》云西村,盖误矣。)名元雄,号白贲,南郭义子也。其诗平淡婉雅,有钱刘之佳致。东都固虽人文渊薮,若而人亦不可多得矣。《羽林郎骑射歌》,江君锡收之《日本诗选》。纵使乃父代之,恐不可加。五言律颇为多合作，君锡不收之《诗选》中，殆为欠事。天假之年，关东文柄孰能执之。予尝云：仲英诸作，不勤修饰，而犹天性艳华，自然发形。譬之毛嫱、西子，不施脂粉，光彩自射人。今摘其佳句。五言，《郊行值雨》："回看蹋青处，烟暗野桥西。"《感春》："断鸿迷暮雨，芳草遍天涯。"《春日墨水泛舟》："水色侵杨柳，晴光映酒壶。"《南浦春汛》："汀烟蒸细草，岸树杂垂杨。"《家君新营西庄》："杂菜荒秋圃，孤村冷午烟。"《十日松国鸾客舍集》："美酒盈樽兴，黄花昨日秋。"《奉和金井侯秋后登山县城楼之作》："山城催短景，雨雪入残秋。"《送金井侯》："前途风雪暗，古驿晓烟微。"七言，《醉美人》："玉柱谩移朱瑟调，金钗犹护绿云斜。"《寄江允清》："塞北云阴仍雨雪，江东风色已芳菲。"《墨梅》："且悬夜月朦胧色，不辨春风南北枝。"七言绝句《送人归隐湖南》："一片征帆碧水间，湖天何处向乡关。到时应识红颜老，暮景秋寒石镜山。"《奉寄怀日出侯》："紫海秋光望欲迷，月明千里夜凄凄。趋陪谁共篇舟兴，苦忆风流谢镇西。"〈削〉

八二

南国华、祇伯玉，共髫年善书画，可谓一社二妙。郡山柳大夫，尝问后素于伯玉云。予观伯玉书《赠白石先生歌行》一篇，笔势雅捷，谢康乐不得专美于古矣。

八三

《周南集》曰："丁未秋，从物先生泛舟墨水，群贤皆会，诗酒从容。时余将归养，乃有'一为参与商，此游梦中过'句。明年，先生易箦，数语遂为永诀之谶。"云云。终为徕翁之诗谶云。

八四

周南，资性谨实，物门之徒，希有其比，以故遗泽不斩，多士之选，天下共推荻府久矣。其诗虽无跌宕之气，风流温雅，亦可见为君子之人。如《吊滕隆政①丧偶》及《呈朝鲜李东郭》七律，尤为可传。《马关吊古》云："上皇非不悯孙帝，平氏自为天下雠。"可谓具一只眼矣。

八五

蜕岩先生《称呼辨正序略》云："大抵文儒之癖，尚雅斥俗。甚者，面目眉发倭，而其心肠乃齐鲁焉、燕赵焉，沾沾

---

① 底本为"滕舜政"，依《周南文集》改为"滕隆政"。

自喜，其势不得不削复为单也。忠信愿悫，以道学自任，如中村惕斋，亦不免削村为中，况于余子乎？诗用地名，铸俗于雅，陈国称宛丘，燕京称长安，虽异方亦然。此方谓武藏为武昌，播磨为播阳，筥根为函关，若是类，斧凿无痕。假用入歌诗可也。目黑称骊山，染井称苏迷，芝门称司马门，天满称天马，则小大不伦，名实俱亡，可谓儿戏已。夫改复姓之与革地名，二者亦唯翰墨社是用，殆不与俗士大夫相关，则宜若无咎也。其实蔑祖先、紊舆志，罪莫大焉。"予按：贝原益轩先生亦尝著《称呼辨》，实为先鞭。二先生之言，痛砭时弊，有惠于后学，不可胜言矣。然当时徕学大行，势焰万丈，虽二先生救时之心切，亦不能行。清田君锦之于蜕岩先生，不啻亲炙，又从仰其咳唾，犹且削田为清，将时势使之乎？甚则改易其姓，曰刘、曰孔、曰诸葛、曰司马，不讳之尤，不容先王之诛者也。挽近稍有复姓如小笠原、大久保，不肯削之为大为原者。呜呼，二先生之言，虽当世不行，至今为烈。二先生而有灵，亦可少吐气云。

八六

唐徐彦伯，龙门为虬户，金谷为铣溪，谓之涩体。当今鹤冈为鹤陵，筥根为函山，品川为级河，亦涩体之遗意也。自古学者，以文为戏，有此弊矣。

八七

平维章云:"徂徕翁隅田川为墨水,依《万叶集》作墨多川,修为墨水,可谓风雅不失其实。"予云:东涯,博多称霸家台,异则异,然有援据,(申叔丹《海东诸国记》:博多一称霸家台。)犹是可也。如某侯目黑原称骊黑原,殆为可笑。

八八

江村君锡云:"服伯和送人之加贺诗,用贺兰州字,夫贺府三都之亚,而为本邦第一大藩,人文不亦他邦之比,而借用边地名,其误甚矣!"君锡兄弟学问严精,不知者以为深刻,其实有觉蒙士之意,亦艺苑之老婆心哉。然以贺府比贺兰,不特伯和。室沧浪《秋兴》云:"嵯峨白雪贺兰山,鸟道开天咫尺间。"是在贺府作。

八九

《孔雀楼笔记》云:"服子迁《小督词》有'御史中丞臣仲国'语。御史中丞,执法之官。又有御史台不置大夫以中丞为长官之时,若其使异朝人见此诗,大怪笑曰:'天子自敕执法贵臣，匹马夜行，搜索逋亡之妾。'仲国时为弹正大弼，职掌执法，而相当御史中丞。服子欲务雅其言，不意致是谬误乎？当时弹正大弼散官而非见职，天子私命搜索逋亡之妾，亦不足怪也。直言弹正大弼，纵使异朝人见，彼固不谙本邦官职，不为意必矣。白石、南郭诸先生集，清估携归，骛于其国，不可无远虑也。"此说一出，万犬吠声，相率和之。咏其本邦事迹者，直言小督局、佛御前，不失事实是可也，其言鄙俚，将之何谓。先贤单称小督，或修为佛妓，用诸诗辞，孰惮难知，亦索异于人耳。日者读《皇都名胜集》，有猪饲彦博①《舟冈》诗云："摘菜公卿设春宴。"若示诸异邦人，则必谓："身已居重任，苟以摘菜蔬为游戏，何其鄙也。"所谓实用而害于诗者。麛子在颡则丑，是也。抑好用本邦典故，宜无如咏国歌矣。如白石《容奇》之诗，一时机警，为可称赞。

九〇

《笔记》又云："予伯氏藏蜕岩先生自书《月》诗，有'细竹驯龙卧，乔林羁鸟惊'之句，后《蜕岩集》板行，改'乔林'作'乔柯'，意义共胜。可见七十老翁，潜心艺文，不苟一字。"〈削〉

---

① 底本为"猪饲元博"，误，改为"猪饲彦博"，其为京都儒者，号敬所。

九一

《笔记》又云:"梁蜕岩屈景山二先生,誉望高于世,不待予言。二先生自有绝万人之德,无泽非,无遂己,无妒才排胜己之人,无阿富贵,虽后生末辈之诗文,潜心读之必两三过。此等固虽儒者分上之事,能行之者甚少矣。"惟此二条,固不足尽二先生,亦可见其德量。〈削〉

西岛长孙　草

跋

余幼学诗,好读邦人诗,因有所论著,哀辑作编,名曰《孜孜斋诗话》,实在弱冠左右也。乙酉橘春,居从母丧,时阴雨连日,不堪愁寂,偶翻败簏而获此编,披阅一过,抚卷叹曰:"少作古人戒之。张耒四忌,已有此戒。少年进取,妄议先达,良可愧矣。"犹且不弃者,亦吾家之敝帚尔。

长孙　识

淡窗诗话

广濑淡窗 著

广濑淡窗（1782—1856），名建，字子基，号淡窗。江户时代杰出汉诗人、诗论家。

淡窗出身于有文化的商人世家，虽为长子，但因从小体弱，不堪从商，便专心读书，学习儒学和汉诗，成为著名诗人、教育家。一生大部分家乡从事教育事业，建成了宜园（初名桂林园），影响很大，求学弟子号称四千人，又营造读书楼，命名"远思楼"、"醒斋"、"夜雨斋"等，并以此命名自己的作品集，有《远思楼诗抄》《醒斋语录》《夜雨斋笔记》等。

《淡窗诗话》是作者的答弟子问，去世后由养子青村记录编辑而成。该书是江户时代日文诗话的代表作之一，很大程度上概括了广濑淡窗关于汉诗理论与创作的一系列观点主张，也反映了他对中国诗话，尤其是袁枚《随园诗话》的吸收借鉴。全书采取问答体的形式，回答了汉诗创作与鉴赏等各方面的问题，评论了中国诗歌史上的许多流派、诗人及其作品，对日本汉诗创作与中国诗歌的不同及其特点做了比较分析，提出了一系列很有启发性的见解，如认为："当今之诗有二弊。就是'淫风'与'理窟'。诗人之诗，容易流于淫风；文人之诗，容易陷于理窟。二者相反，弊害相同。"等等。

《淡窗诗话》原文为日文，今根据岩波书店《日本古典文学大系94·近世文学论集》译出。

先人壮年患眼疾，每夕坐暗室，置灯户外，使门生谈话，听以为乐，数十年如一日，偶有问及经义文辞，亦瞑目答之，侍坐者或笔记之，积成册，名曰《醒斋语录》，今抄其涉韵语者二卷，上之于梓，题曰《淡窗诗话》，顾师弟一时间答，坦率平易，无复序次，非覃思结撰如前人诗话之比，但初学读之，庶几足以窥诗道之一斑矣。

不肖范撰[①]

上　卷

长充文问：学诗时，诸体当中，先学何体？后学何体？

答：关于学诗的前后，童子无学之辈，先学绝句，次律诗，再次是古体诗。若学力具备者学诗，可从古体诗开始，然后律诗、绝句。先学古体诗，再学律诗绝句，顺序是由本

---

① 原文汉语，此处照录。为作者弟子广濑青村所撰。

及末,而先学律诗,后学古体诗,则是由末及本,顺序颠倒。凡事并非要按部就班,然学古体诗若无学力,则很难学成。故不得不先学律诗、绝句。这就是所谓"倒行逆施"。

我国人学诗,一般是先学律诗绝句,后学古体诗;学书法的时候,是先学行书草书,后学楷书、隶书。这是急于求成,而非深谋远虑,这就是我们不及汉人的原因。

学古体诗,应先学五言古诗,学七言古诗,若非学力深厚者,则难以学成。若要学习七言古诗,也不能一开始就写长篇,要先从十二句、十六句、二十句写起,在掌握了基本的要领后,再写长篇。才力不足时写出的长篇,也是散漫冗弱、缺乏动势,如同蛇的身体内部有疾,实在讨人厌烦。五言的长篇情形也是如此。

如今京都、大阪、江户三都所流行的诗体,主要就是七绝。这是一种手段,为的是要把贵人或富有的町人拉入诗社。如此之辈,也仅仅是能够素读①,却也想成为诗人。所以如果不学绝句的话,他们便没有用力之处了。诗社的盟主深知如此,便声称诗的妙处皆在绝句,在编选抄录古今诗集时,也专挑七绝,加以刊布,希望学诗者多,诗社及盟主的作品集便容易流传。这种想法和趣味可谓浅薄之极。

---

① 素读:日本人学习汉诗的时候,只是把汉字的音声读出,并不求理解诗义。

问：听说先生喜欢陶、王、孟、韦、柳，这五家的妙处和长短在哪里呢？

答：陶、王、孟、韦、柳这五家，我是很喜欢，反复吟咏，颇为熟悉。然而并不是要诗法他们、学习他们。无论是古人还是今人，都不是学而致之，而是靠各自的天分，不应该勉强模仿古人。除我所推崇的五家诗外，享保年间的人学习于鳞①，近人学习陆放翁，这有很大的不同。在我门内学诗者，若要模仿这些人的诗，并把他们看作可以师事的流派，那是违背了我的本意的，对此要首先明白。

陶诗流传至今的很多。看看其诗集，可以说是精粗参半。而诗人总是赞叹其诗作高妙，却不能分其精粗。这是一犬吠形，百犬吠声，实则不知其就里。陶诗中，好的作品是用心写出来的，不好的作品写得不用心。这一点古今皆然。一般俗人以为，陶渊明的诗并不用心，而只是随口吟咏，以自然为善。这种看法是对诗的无知。

陶诗之妙，在于其词古、其意新。他的四言诗仿三百篇，但风神②大异。现在可以举例一二。"有酒有酒，闲饮东窗"，又有"有风自南，翼彼新苗"。头两句直接引自《诗经》，后两句看上去也很像《诗经》中的句子吧，但五岁的小儿也知

---

① 于鳞：明代诗人李攀龙，字于鳞。
② 风神：原文"風神"，中国诗学概念。

道两者是不同的。陶诗学习古诗，其长处是所谓"不即不离"。五言古诗学习汉魏，而风神又有不同，这一点从他的四言诗中就可以推测出来。《归去来辞》学习楚辞，但其神韵也越来越不同。"云无心以出岫，鸟倦飞而知还"之类，很像屈原、宋玉。其体愈古，其趣愈新。这是陶诗的妙趣之一。

写田园之趣，始于陶诗。汉魏时代的诗，大都表现声色之乐，述生死离别之情。陆机《文赋》中有"诗缘情而绮靡"，就是指此而言。到了晋代，又稍增加玄远之旨，但毕竟未脱绮靡。及至渊明，才开始写田园闲适之景，上承汉魏，与《豳风》《小雅》诸篇相接，下迄唐宋，成为唐宋诗人的范本，使得陶诗独步古今。

陶诗的旨趣虽然平淡，但音声浏亮。意含平淡，乐天安命，故能平淡，故能存英气、显浏亮。凡诗必以音声显，其色淡，其音声便浏亮，陶渊明、孟浩然如此；其音声畅，其色彩浓，如（王）摩诘、（韦）苏州如此。对这些，并非人人都能辨别，只是这里论述陶诗之妙，故而稍加论及。

王摩诘的诗学习陶渊明，其佳句多取自陶诗，加以敷衍。如同《孟子》述《论语》之意，《庄子》述《道德经》之意一样。关于这一点，我的随笔中曾举了一两个例子加以论述，在此从略。王诗写景巧妙，古人评之为"诗中有画"。以我之见，古今写景诗中，以杜少陵、王摩诘为最佳。

杜诗、王诗皆擅长写景，但其趣旨不同。杜诗体物很精，风云雨雪、草木虫鱼，皆状其貌，又写其精神，笔触精细，毫厘不爽。王诗写景，以写意为主，不太微细，注重风神。举出一两个例子来说，杜诗有"穿花蛱蝶深深见，点水蜻蜓款款飞"，写出了蝴蝶和蜻蜓的情态，精细入微；王诗有"漠漠水田飞白鹭，阴阴夏木啭黄鹂"，其意并不在鹭与鹂，而重在写出夏季水田林木的情景。杜诗有"返照入江翻石壁，归云拥树失山村"，是对返照归云的描写；王诗有"云里帝城双凤阙，雨中春树万人家"，并非要写云和雨，而只是表现对春天景色的欣赏。其他类此。学诗者，要熟读这两家的佳句，也要体会其立意的不同。

王摩诘诸体兼善，其诗虽不如李、杜，但也足以与之相颉颃。清人评唐诗，皆以李、杜、王三家为主，并非过誉。

孟浩然的诗，其才力远不及王摩诘，其风神却在王摩诘之上。这就是自古以来王、孟并称的原因。

孟浩然长于五言，短于七言，不如王摩诘诸体兼善。其风神近于渊明，但只是就某些方面而言。

孟浩然的诗以五律、以古体诗之调，写五言律诗，如"挂席几千里"、"挂席东南望"两篇，或许有人以为是古体诗，其实不是。以古调作律诗，是孟浩然独得的妙处。若以古体诗论之，则近于律体，失其古风；若以律诗论之，则因其古风而可赏。其他的诗作也都带有古意，这就是孟亚于陶、而与王相当的原因。

韦苏州的诗本于陶，最擅长五言古体诗，在专学《文选》的人眼里，属于六朝遗韵。其体近于大历①调，初期近于盛唐诗，后一变而为中唐。

将陶、韦并称，始于白香山；将韦、柳并称，始于苏东坡。古人看出两者相得益彰，便将他们相提并论。

陶、韦的相似之处在于其冲淡闲远之趣。比较而言，陶清、韦和，陶淡、韦浓。以德行相比，陶似伯夷，韦似柳下惠。学陶诗者，有人流于枯槁，而韦诗则极其滋润。而专学韦诗者，则容易流于病弱。陶、韦诗兼学者，则会相辅相成、各取所长。

《韦苏州集》刊误极多。其中有些往往不成句子。我在抄写韦诗时，也做了不少更正。虽然未必都合乎作者的真意，但却胜于坊间刊本的错讹。

常常看到将王、韦并称者，是因为两者在冲淡中带有温丽，故而相提并论之。韦在才力上远不及王，然而在五言古诗上却更胜一筹。王的五言古体诗，俊爽但缺乏古色，使用的全都是唐韵。韦诗古拙，带有六朝遗韵。韦的近体诗不如王之雅健，而以优婉之趣见胜。

柳子厚长于文，韩、柳并称，此乃古今通论。写诗则完全是作文的余技，在其作品集中，诗仅仅有二百六十余

---

① 大历：唐代年号，相当于公元766—779年。

首,但其结构之精密,实在是难以言喻。古人评论他的诗可以与韩诗相匹,或者在韩诗之上。有人将韦、柳并称,是因为两人都擅长古诗,都学习六朝,以冲淡为美,所以相似。

柳的才与学,固然是韦所不能及的。然而韦诗有天然之妙,不假人工,且风格温厚平和,因而常常认为韦诗胜于柳诗。若以人才相比拟,那就像田文①胜于吴起②。

也有人将陶、柳并称,此事始于苏东坡。这是因为陶、柳两人在平淡清远中,有风骨峻峭之处。朱子曰:"学诗须从陶、柳门庭中来,乃佳。不然无以发萧散冲淡之处,不免局促于尘埃,无由得到古人佳处也。"对这段话,我极以为然。我曾将此话书于条幅,挂于座右。所以有人说我以上述五家为宗,也有人说我是以陶潜为祖,以王、孟、韦、柳为宗,是"一祖四宗"。这是从流派传承的角度做出的评论,但他们并不是我的诗之宗祖。闻者不可误会。

问:听说高青丘③的诗,在明朝数第一,为什么这么说呢?其诗的妙处如何?诸体长短如何?

---

① 田文:战国时期魏国宰相,《吕氏春秋》作"商文"。
② 吴起:战国时代军师。
③ 高青丘:高启,字季迪,号青丘,明代诗人、学者。

高青丘的诗在明朝数第一,这是赵瓯北①的说法。我没有将明代诗集一一尽读,但读过明代大家李梦阳、何景明、王世贞、李攀龙、徐渭、袁宏道、钟惺、谭元春的诗选,可以窥知一斑。他们在体式上皆有所偏,不甚中正,不如高青丘纯粹中正。由此可知赵瓯北的说法并非妄言。明人的诗皆是各张门户,党同伐异,为了胜出,而各有主张,因而其体偏于一隅,而高青丘却不如此,故能得其中道。

高诗最擅长七古、七律,五古、五律次之,而绝句非其所长。

问:先生论诗②诗的结尾处,有"谁明六义要,以启一时衰"两句,那么如何才能启今时之衰呢?

我的那篇论诗之诗,是二十年前写的。当时正值壮年、血气未除,意在倡一家之说,矫正当世积弊。而小关、中岛二学子深解我意,故有"以启一时衰"之言。而今这个想法仍未断绝。诗乃人人之所言志者,人心不同,正如人面各异。诗也应该随之有所不同。在世间自成一家者,都希望将自己的喜好,推广到普天之下。赞同其说者,引为同调,与之亲近,近乎兄弟;不赞同其说者,则加以排击,视同敌人。这

---

① 赵瓯北:字云崧,清代诗人、史学家。
② 论诗:指广濑淡窗的《远思楼诗抄》。

是明朝以来的文坛恶习，传来我国后，变本加厉。

当今之诗，可谓每况愈下，多失其风雅之旨，然而欲加以矫正，又不得不倡导一家之说。正所谓"尤而效之，其又甚焉"，所以我只能提出我认为正确的主张，但却无意于诱导世人服从我的主张。若别人赞同我的主张，则可从之；若不赞同我的主张，即便是我的弟子门人，也不强求苟同。

总体说来，正德、享保年间①的诗人，有格律声调而无性情。天明②以后的诗以性情为主，却不注意声律，这都有所偏颇，而不得中道。我的主张是，诗以性情为主，但也要讲求声律，两者都不可偏废。享保年间的诗人学明代，天明年间的诗人学宋代，我则是以学唐代为主，兼学宋、明。这就是我的观点。而天下广为流行的观点，往往偏于浅近，若不浅近，则不能使中下等人群接受。像我这种主张，就难以入人耳。这就是所谓"子莫执中，执中无权"③之类，顾自一笑而已。

问：诗如禅，重在得悟。后辈学子如何努力，才能得悟呢？

---

① 正德、享保年间：江户时代的年号，相当于1711—1736年间。
② 天明：1781—1789年间。
③ 出典《孟子·尽心上》："子莫执中，执中为近之。执中无权，犹执一也。"意思是：子莫（人名）是持折衷态度，持折衷态度就接近于正确了；但是，持中间立场而不知变通，这与执其一端是一样的。

答：以禅喻诗，始于《沧浪诗话》。所谓"悟"，不只是悟禅，一切事物都需要悟。任何事情都需要体会，心中解其意味，而难以形诸语言，这就是"悟"。因而悟道不是老师用语言对弟子传授，唯须学人精思，方可获得。若要得悟，除精思钻研之外，别无他途。我学诗四十余年，今日所得，大抵是悟得。不过，像禅学那样的"顿悟"是很少见的，都是日积月累下功夫，自然领悟其意。如今要对诗有所悟，必须熟读古诗。也就是说，所谓李诗"飘逸"，究竟如何飘逸，杜诗"沉郁"，究竟如何是沉郁，其他还有"高古"、"清丽"之说，对古人的这些品评之词都要好好琢磨体会。起初可能会感到茫然，但慢慢就会悟得言外之旨。若悟得古诗之味，对自己的诗也能有清醒的认识，可以将自己的诗，与唐宋元明清各时代的诸家作品加以对读，其风神气韵相同或不同之处，自然能够了然于心。但这些对那些不成熟的人是难以讲清的。这就是我的悟境。

我作诗时推敲用字，也曾进入悟境。先父喜爱俳谐，听他说有一次（听他有一次说），有人做了一首关于活海参的俳谐，曰："被下女撒落，掉在了地板上的活的海参呀。"师傅说："写得不错，但是用词太多，可再斟酌。"于是改为："洒落地板上的，活海参啊！"师傅说："很好！但是尚未最好。"此人不知如何再改，师傅便修改为："不小心撒落了的活海参啊！"我听了这个故事，才悟得应该如何推敲用字。这也是悟境的一个方面。

有人曾经问我："你喜欢诗，然而诗有什么益处呢？"我反问："你喜欢酒，然而喝酒有什么益处呢？"他回答："什么益处也没有，我只是喜欢而已。"我接着说："我写诗也只是喜欢而已。"

正如我以前所说的，当人们谈论某种技艺的时候，不要强调其功用。我们喜欢诗，也不要对人阐述诗有什么功能，而只是说为了自己爱好。不过，今后在教育后辈的时候，可以借助诗这一途径。为了这一点，我们可以说诗是有益处的。《诗经》三百篇的功能价值，圣人早就阐述清楚了，如今也不必改正。后世之诗，其体式虽然不变，但由于时事推移，也有其相应的益处。先就唐诗而言，读《从军行》《塞下曲》的时候，不仅可以了解亿万将士埋骨沙场的英勇壮烈，还可以使人君互通、开疆戍边，若上下互通、达成一致，便可鼓励人们卫国立功；又，读宫怨诗，可以对千百宫女的孤独哀怨寄予怜悯同情，君上知之，即便好色，也不必再强掠那么多女子入宫，而臣下也不必再以情色引诱君上；读贬谪诗，可以了解那些被贬谪的孤臣、孽子的心情；读离乱诗，可以了解苍生涂炭之苦；读奢华宴游之诗，可以了解富贵淫乐之相；读闲适之诗，可以了解贤者何以避世。这些岂不是都可以作为治国、齐家的借鉴吗？依此，可以知道古诗和后世的那些师古之诗，实际上是没有多大差别的。

说起来，我国的诗不像唐诗那样与国家大事密切相关，实际上是书生的慰①之物。但是学诗总是有益处的。不识字的人不用说了，我们可以看看读书人中，那些会写诗的人，和不会写诗的人之间的差异。会写诗的人温润，而不会写诗的人刻薄；会写诗的人通达，不会写诗的人偏狭；会写诗的人文雅，不会写诗的人粗鲁。这是为什么呢？诗是出于性情之物，不喜欢诗的人，是因为其天性中缺少情的部分，若让这些人学诗，就可以使其感情变得丰富，但是以偏狭的情感，无论怎样努力，也是学不好诗的，任其发展下去，越来越堕入无情之窟。

人心可以分为两部分，即"情"与"意"。"意"是是非、利害的判断，有益的事情就做，无益的事情就不做，这是"意"的职责。而明知此事不该做，而又难以舍弃，这就是"情"。虽然知道人死了，无论如何悲叹哭号都没有用处，但还是禁不住哀哭；忧愁的时候，即便说出来也不能消除忧愁，但还是要说；同样地，欢乐的时候也禁不住要表达，这些都是人情。倘若凡是徒劳无益的事情，都以不想、不说为善，那么，亲人故去时，也就没有必要花那么长时间行吊丧之礼了。可见，人若没有人情，那就无异于木石。文是述意

---

① 慰：日文作"慰み"，是安慰、慰藉之意，不包含社会政治的功利目的，是日本古典文论中关于文学功能论的重要概念之一。

的手段，诗是抒情的手段。故而无情的人肯定不能作诗，即便作出来，那也不是诗。那种人虽然可能是一个不苟言笑的君子，但其行事往往是不讲人情的。孔子有言："温柔敦厚，诗教也。""温柔敦厚"四字，归根到底就是对"情"这个字的形容，这就是我为什么要让弟子学诗的理由。

我们都喜欢诗，所以说了这些话。对于不懂诗的门外汉，不可与之言诗。

问：一句一联的妙处，古人有所论及，我们也知道。至于篇法之妙，还不得而知，愿听赐教。

答：汉魏时代的诗，都有篇法之妙，不能断章取义。但所谓篇法，是自然形成的，而不是刻意为之的。六朝以来有佳句，于是有句法、篇法之说。毕竟一篇之妙处，是很难说清的。现在勉强举出一两个例子。陶渊明"采菊东篱下，悠然见南山"两句，可谓古今佳句，但实际上只是这十个字，是谈不上有什么妙处的。前面的"结庐在人境，而无车马喧。问君何能尔？心远地自偏"四句取问答的形式，描写诗人身在尘世中、心在尘世外，这叫作"虚叙"。"采菊"以下六句，写一时之景，以使前句落到实处，叫作"实叙"。如果把"采菊"两句放在前面，后面使用"虚叙"的方法，谁都可以做到。只有以虚叙开始，以实叙结束，把"采菊"两句放在中间，在虚实的转换间，才能体现出高妙来。韦苏州

《幽居》①诗,也是学习陶渊明的诗法。其中,"贵贱虽异等"四句,叙写自己闲居无事的状态,而后在中间位置安置了"微雨夜来过"四句,只写一个清晨的情景,使幽居的情状跃然纸上。陶诗的"结庐"四句,即是韦诗的"贵贱"四句;陶诗的"采菊"四句,就是韦诗的"微雨"四句。两首诗皆在前后叙写平日情景,中间实叙一时情景,篇法之妙,意味隽永无穷。假如只用虚叙,或者只用实叙,或者前半部分实叙,后半部分虚叙,那将如何呢?怎么会有这样的效果呢?

韦苏州的绝句"故园渺何处"②,沈德潜评论说:"'淮南秋雨夜'两句,是应该置于起承之处者,却置于转结之处,此诗的妙处全在于此。"我也是这么看。王之焕的"白日依山尽,黄河入海流。欲穷千里目,更上一层楼"与韦诗同趣。"白日"两句,是登楼所见,应该放在后头,却提前写出,到了后面的结句,才写出登楼事,这是篇法之妙。七绝中此法多用,由此可知。

李白的《越中怀古》:"越王勾践破吴归,义士还家尽锦衣。宫女如花满春殿,只今惟有鹧鸪飞。"前三句述古,后一

---

① 韦苏州《幽居》:"贵贱虽异等,出门皆有营。独无外物牵,遂此幽居情。微雨夜来过,不知春草生。春山忽已曙,鸟雀绕舍鸣。时与道人偶,或随樵者行。自当安蹇劣,谁谓薄世荣。"

② 韦苏州《闻雁》:"故园渺何处,归思方悠哉。淮南秋雨夜,高斋闻燕来。"

句写今，这也是很奇特的写法，一般是将古今各分两句来写。

杜少陵的"花隐掖垣暮"（花隐掖垣暮，啾啾栖鸟过。星临万户动，月傍九霄多。不寐听金钥，因风想玉珂。明朝有封事，数问夜如何），第一联写暮色，第二联写夜色，第三联写拂晓的情景，第四联写明朝。篇法整然，一丝不苟。他的《春夜喜雨》诗："好雨知时节，当春乃发生。随风潜入夜，润物细无声。野径云俱黑，江船火独明。晓看红湿处，花重锦官城。"也是如此，第一联写昼间，第二联写"入夜"，第三联写深夜，第四联写"晓看"。全篇脉络贯通。但是，这种写法要注意不能过于直露。

杜少陵的格律，前半部分与后半部分截然区分，似乎是把两首绝句连缀在一起，但给人的感觉却极其高雅。例如《昼梦》："二月晓睡昏昏然，不独夜短昼分眠。桃花气暖眼自醉，春渚日落梦相牵。故乡门巷荆棘底，中原君臣豺虎边。安得务农息战斗，普天无吏横索钱。"前半部分叙梦，后半部分描写和感叹乱世，两部分断然不相接。"白帝城中云出门"（白帝城中云出门，白帝城下雨翻盆。高江急峡雷霆斗，古木苍藤日月昏。戎马不如归马逸，千家今有百家存。哀哀寡妇诛求尽，恸哭秋原何处村），前半写暴雨，后半写乱世，也是两不相关。这样的诗还有很多。今人则强求前后照应，是因为不知古法。或许有人说：李、杜之诗，对今人而言，其写法已不是什么秘密了。这是无知妄言。严沧浪说过："论诗，以李、杜为准，正如挟天子以令诸侯。"此言甚是。

孟浩然的五律，多一气呵成，没有刀削斧凿的痕迹。其妙在全篇，不可以字句论之。如"挂席几千里"一首，最为巧妙。但要指出其妙处何在，则很不容易。

王维的"中岁颇好道"一首："中岁颇好道，晚家南山陲。兴来每独往，胜事空自知，行到水穷处，坐看云起时。偶然值林叟，谈笑无还期。"情形也是一样。但"行到水穷处，坐看云起时"两句，甚为巧密，"行到"与第三句照应，"坐看"与第四句照应，天然中夹有人工。孟浩然的妙处难学，王维的妙处可学。

崔颢的《黄鹤楼》曰："昔人已乘黄鹤去，此地空余黄鹤楼。黄鹤一去不复返，白云千载空悠悠。晴川历历汉阳树，芳草萋萋鹦鹉洲。日暮乡关何处是，烟波江上使人愁。"此诗被认为是唐人七律第一，其妙也在全篇，不能以字句论。而专以风神取胜。

绝句大体皆以风神为宗，而律诗则不然。但盛唐之诗，一气呵成者居多，李白、孟浩然等都是如此。看看他们的律诗，就可以知道其篇法之妙，并无关乎字句。苏东坡的七律以风神为主，多近于古调。"我行日夜向江海"、"微官共有田园兴"、"安石榴花开最迟"诸篇，都可见奇妙处。

七古短篇，有柳宗元的"渔翁夜傍西岩宿"、"杨白花，风吹渡江水"两首，堪称绝妙。我在这两首中，看出了古趣，然而难以言传。大抵短篇尚奇峭，而不尚平稳。

八句的七古，有岑参的"今年花似去年好"、"君不见吴王宫阁临江起"，意味隽永，足可效法。

五古长篇，以《孔雀东南飞》为鼻祖。其次是杜少陵的《北征》。七古长篇有李太白的《忆昔洛阳董糟丘》、杜少陵的《将军魏武之子孙》等，风格雅健、可以师法。白香山的五七古当中，长篇极多，开今日平易冗弱之先，不足效法。

问：古人称之为佳句者，必是佳句，古人不以为佳句者，应该也有佳句，请讲解一二。

答：古人的议论，也有当与不当的问题。我学问尚浅，不能全部通读那些数量庞大的诗话，即便阅读了，有的也记不住。现在只能说出记得住的一两个例子。杜少陵的"关塞极天惟鸟道，江湖满地一渔翁"两句，明代人称之为"妙结"。以我之见，这两句根本是无味，写到结尾处技穷，便以这样的对句来煞尾，全是"英雄欺人"的手段。杜少陵就是这样，在技穷的时候，就以对句来煞尾。正如李太白的"歌行"体中夹杂长句子一样。

又，"江汉思归客，乾坤一腐儒"这个起句，宋代人曾击节赞叹。实际上也是勉力对偶，并无意味。《唐诗选》[①]中

---

① 《唐诗选》：指明代李攀龙编《唐诗选》，在日本的江户时代流传甚广。

的"主人不相识"①那首五绝,天下传诵,但实际上那种粗恶的作品,连五岁孩童也能为之。《唐诗选》中的劣作有不少,这里无暇列举了。例如王昌龄的"荷叶罗裙一色裁"②,实在丑恶至极。高廷礼③的《品汇》却选了这首,何也?很难说他是通达诗道之人。杜少陵的"风急天高"④,明人称其为古今七律第一,而以我所见,只有第三四句可取,全篇甚为粗糙。明朝人的诗论中,不可取者很多。白乐天的"朝露贪名利,夕阳忧子孙"⑤之句,乾隆皇帝曾大为赞赏,说是有似于陶渊明。如此至俗之句,连白乐天诗中很少见,如何有似于渊明呢?黄山谷写出"人得交游是风月,天开图画即江山",甚为得意,屡屡书写以示人,实则俗不可耐。如此之类,不能一一列举。另一方面,没有得到古人称赞的佳句应该也有很多,可惜我见识不广,或许古人在何处赞赏过,我难得见到,不

① "主人不相识"句出贺知章《题袁氏别业》:"主人不相识,偶坐为林泉。莫漫愁沽酒,囊中自有钱。"

② "荷叶罗裙一色裁"句出王昌龄《采莲曲》:"荷叶罗裙一色裁,芙蓉向脸两边开。乱入池中看不见,闻歌始觉有人来。"

③ 高廷礼(1350—1423),本宋尚书张镇后,出继高氏,初名棅,字彦恢,自号漫士(一作慢仕),福建长乐人。永乐初自布衣召授翰林待诏,迁为典籍。博学能文,工书、画,世称三绝,为闽中十才子之一。

④ 指杜甫《登高》:"风急天高猿啸哀,渚清沙白鸟飞回。无边落木萧萧下,不尽长江滚滚来。万里悲秋常作客,百年多病独登台。艰难苦恨繁霜鬓,潦倒新停浊酒杯。"

⑤ 见白居易《秦中吟·不致仕》。

敢贸然下结论,故而略而不提。

青木益①问:当今诗坛,没有能与我师门相比者,如《宜园百家诗抄》②已为世人广为传诵,这都是因为先生教导得法,学生深受教益,敢请先生再谈谈诗诀。

答:我的门下诗人多,是人们见我爱诗,便模仿之,并非由我诱劝,也并非我有什么秘诀传给了他们。现在只能谈谈我之所以喜欢诗的缘由。

古经有言:"君子无故,琴瑟不离侧。"③先儒④在论述这个问题的时候说过:如今儒生没时间学习琴瑟,即便学习,也因为和汉⑤声音之道不同,把玩古人琴瑟,并不切心,故而只有吟诵古诗,以慰其心,并以此代替琴瑟之玩。我从年轻时就坚信此说。我平生多病,心情常有郁闷,每当此时,必吟咏古诗,以消愁解闷。心中愁苦时,便学古人,将心思寄托于神仙,将想象寄托于云霞,吟诗作赋,心中郁闷便一扫而光;当意气消沉时,便吟诵古人那豪迈雄壮、乘长风破万里浪的诗篇,以自我激励;遇上愤愤不平之事,便

---

① 青木益:江户时代诗人,字子求。
② 《宜园百家诗抄》:广濑淡窗及门人的诗集,天保十二年初刊。
③ 出典《礼记·曲礼上》:"士无故,不撤琴瑟。"
④ 先儒:指太宰春台。春台在《六经略说》中提出了这样的看法。
⑤ 和汉:日本与中国。

取那些风格安闲、豁达的诗篇来吟诵；烦躁不安时，就选那些空灵沉静的诗篇加以玩味。如此消愁解闷，玩味愈深，愈是欣然忘食，乃至想象自己像圣人听了虞舜创作的乐曲《韶》那样，而不知肉味。其中能够背诵的诗篇有很多，开卷之后，不劳视力，如此度过了四五十年，只是以诗作代琴瑟而已。吟诵时间一长，便想试着加以模仿，终于能够自己创作。我只是喜欢吟咏古诗，对于自作的诗，未必喜欢，所以平常所作的诗也并不多。至于门人，都专心努力学诗。后世诗人并没有想到如何写得精巧、多作并推敲锤炼。如果非要学习我不可，那就要学习我先熟练古诗，而后再写诗。

秦昭问：听说前些年有人向先生请教作诗秘诀，先生书写几句话相送。曰："诗无唐宋明清，而有巧拙雅俗。巧拙因用意之精粗，雅俗因着眼之高卑。"对此学生未能完全理解，愿闻其详。

世人论诗，多以唐宋相区别，党同伐异，这是明代门户之争的恶习。四个朝代的诗虽有不同，但各有其佳境，都有自己喜欢并值得学习之处。所以我说"诗无唐宋明清"。但是，时代的差别即便没有那么重要，巧拙雅俗的差别也是有的。拙不如巧，俗不如雅，故曰"有巧拙雅俗"。要想去拙而就巧，就要用意精到，拙，是因为用意不精，故曰"巧拙因用意之精粗"；要想去俗就雅，着眼就一定要高，俗，就是因为着眼不高，故曰"雅俗因着眼之高卑"。将四句话的大意加以具体使用，重要的是眼界要高，要用意周到，重在推敲锤炼。贾岛想出"推敲"二字，没想到被京尹①所注意，"推敲"二字才开始流传，听说他的"独行潭底影，数息树边身"这一联，整整思考了三年。李太白号称"斗酒百篇"，但他的"只见泪痕湿"这一句，当初写的是"涕泪落"，经过半年思考后，改为"泪痕湿"。古代名家用意精到，由此可见一斑，所以才有巧。而今人以速成、多作为目的，用意不精，所以其诗拙。

倘要着眼高，莫如熟读古诗，然后加以品评，由此而进入悟境。这一点难以言说，但可以举出古人品诗的一个例子。杜诗中有"穿花蛱蝶深深见，点水蜻蜓款款飞"两句，古人赞叹曰："这句诗要是晚唐诗人来写，就会写成'鱼跃练塘抛玉尺，莺穿丝柳织金梭'。"把这不同的两句拿来比较，可以看出晚唐诗虽然巧，但是俗，与杜诗的雅相比，格调远远不及。再举古人品评咏梅诗的例子，高青丘的"雪满山中高士卧，月明林下美人来"，就不如林和靖②的"疏影横斜水清浅，暗香浮动月黄昏"。而"雪后园林才半树，

---

① 京尹：京师地方官，传说是韩愈。
② 林和靖：林逋，宋代诗人，谥号和靖先生。

水边篱落忽横枝",又在其上。东坡的"竹外一枝斜更好"七个字,充分写出了梅花的精神,又更在其上。以上诗句,在俗眼看来,古人的那些品位并不很高的诗句已经够好了,而在有鉴赏力的人看来,这些还是有着高下之分的。诗须巧而勿拙,这一点连五岁孩童也知道,但诗须用意精到,非名家而不能为。用意精到,名家皆然;而着眼高,当代名家许多人做不到。因而最末一句,往往在四句当中是最重要的。

下　　卷

中川嘉玄问:对作诗而言,最重要的,是以何为先呢?

答:作诗要以知道"位置"为先。《三体诗》①中分"前实后虚"、"前虚后实"、"四实"、"四虚"之类,起初我认为这些都是无用之事,现在看来,这对于律诗的学习而言是很重要的。

律诗需要"前虚后实"、"前实后虚",绝句需要起承转合,这都是"位置"的问题。位置也就是篇法。古诗的位置,在于明确段落。段落难分,位置就不会正确。一些作者不知

---

① 《三体诗》:即《唐三体诗》,宋代周弼编,主要讲绝句、律诗的作法,在日本的室町时代流传。

篇法为何物，便随口吟咏。篇法正确，并将佳句插入其间，是诗家之能事。

少陵有："为人性僻耽佳句，语不惊人死不休。"又说："陶冶性灵存底物，新诗改罢自长吟。"对这两句，学诗者须牢记在心。杜少陵之所以是"诗圣"，原因正在这里。学诗者须明察。

陆机的《文赋》有"立片言以居要，乃一篇之警策"，这句话最切合诗。少陵所说的"佳句"就是"警策"。若在此处用心，必能成一世诗名，古今成名的诗人无不如此。我师门中人，虽然并不是专门作者，但也有人因一诗、一联而留名后世者。即便是博学能文者，若不在此处用心，也不会有诗名，进入师门者，也不会写出哪怕是一联值得赞赏的诗句。

今人学诗，不能入佳境者，病根在于护短。以写出无可挑剔、别人毋庸置喙的作品为满足，如此，就不可能得到诗的佳境妙趣，做作、不自然，只不过是在字句上煞费苦心而已。须知向人求教，目的无非是要去掉缺点，让别人无法说三道四。石头即便无可挑剔，也比不上有瑕疵的玉。李、杜的诗也是有瑕疵的。要明白，有的作品全篇无瑕疵，却摘不出佳句来，远远比不上那些有佳句、但全篇也有不少瑕疵的作品。但假如不知"位置"为何物便作诗，那么即便有佳句，也不值一提。

孔子讨厌似是而非者，排斥"乡原"①，而取所谓"行不掩言"的"狂者"②。如今的诗人，认为没有瑕疵的诗是可取的，正好比是在诗中寻找"乡原"者。

古人云：千炼成字，万炼成句。贾岛的"独行潭底影，数息树边身"两句，据说是用三年时间作成。他在此后赋诗曰："两句三年得，一吟双泪流。知音如不赏，归卧故山秋。"可见古人的苦心孤诣。

我曾给别人的书稿写了这样的评语："诸作非不佳，但读之生睡，其故有三。一曰有篇无句；二曰意象所无、虚构假设；三曰命意立言，不离于花草风蝶之间。"③此话也可以用来评价今人的诗。

学诗者有四病：一是求速成，而不锤炼苦思；二是贪多作，而不论巧拙；三是求全篇无瑕疵，而没有佳句；四是追求难题④，而以此夸示于人。若不除掉这四病，一辈子都不可能臻于佳境。

创作速度慢而不能快者，叫作"钝才"；创作速度快而不能慢者，叫作"粗材"。钝才可教，粗材难教。

---

① 乡原：出典《论语》："乡原，德之贼也。"乡原，一作"乡愿"，通常的解释，是指没有真正的是非观念。
② 出典《论语·子路篇》。
③ 原文汉语，此处照录，仅改标点符号。
④ 难题：难作的题目或难写的题材。

明代人的诗论,误人子弟者多。胡元瑞①说:"句有字眼,是句之疵也,少陵之'地坼江帆隐,天清木叶闻'不如'地卑荒野大,天远暮江迟','返照入江翻石壁,归云拥树失山村'不如'蓝水远从千涧落,玉山高并两峰寒'。"诗人往往为这一迂腐之谈所迷惑,以为诗"浑成自然",但一生也做不出一句佳句。

佳句多是写景之句,然而写景之句,在一首中不可过多,多了便叫人生厌。应该以情为主,以景装点其间。例如,庭前树木好比是景,空地好比是情,树木栽多了,空地就少了。若只有空地而没有树木,也无可观赏。

作长篇,宜于叙事。《北征》《长恨歌》即是。所描写之事本身就可观,再加之以美辞修饰,就使人读之不倦。今人的诗既非叙事,也非议论,而是信口漫言,自己不觉其冗长,却使读者连连叫苦。我曾说过:"诗文能使读者不倦,乃可称名家矣。"

近人所著《古诗韵范》②对古诗用韵法讲得很清楚,值得一读,但不必过于拘泥。

对风景的细致描写,始于杜少陵。但五言较为适宜,而

---

① 胡元瑞:即胡应麟,明代诗人,著有《诗薮》。
② 《古诗韵范》:日本诗论著作,作者武元登登庵(1767—1818),又称孙兵卫。

七言则不太适宜。"仰蜂粘落絮,行蚁上枯梨"、"芹泥随燕嘴,花蕊上蜂须"都是五言佳句。七言中此类诗句不多见。

七绝叙写繁碎之事而显其巧,以范石湖①《田园杂诗》六十首为最。今人纷纷学之,而我则不太喜欢。听说石湖那样写,是有缘由的。

送别诗专写离别之情,悼亡诗专写哀情,这类诗不可写得过多,而且容易落入俗套。叙述其人的生平,在结尾处抒发别情、哀情,以写得淡淡的为好。这样会体现诗的笔力,且不落俗套。

写雪月之类,还是用淡笔为好,描写愈是细致,愈是招人厌烦。

王渔洋②题露筋祠③,却不提守节之事,是为了不落俗套。我的《谒营庙》诗,也不提营公被贬谪之事,也避免了落入俗套。

咏物诗流于纤巧,也容易落入窠臼。应吟咏珍奇之物,而且要有寓意,这是少陵的拿手好戏。

诗中写风土,以中、晚唐时期最多。白乐天写得最长,像这种诗,写景虽多,也无害有益。使用此体作送别诗,也

---

① 范石湖:范成大,宋代诗人。
② 王渔洋:王士禛,清代诗人。
③ 露筋祠:位于江苏省高邮县南部的祠堂。

能有效避免落入俗套。但如今流行的竹枝词之类，却叫人讨厌。好的东西如果过分了，就变成坏的。我指的是在送别、纪行等题材中夹杂风土描写。

唐人的诗，诗法正，初唐、盛唐、晚唐皆然。宋诗不如唐诗中正雄大，但宋诗之趣味是可贵的。宋诗之诗法不可妄学，不如学习唐诗。尤其七律，最不可学宋诗。

杜诗很不容易学，要学，就学他的五古、七古、五律。七律学起来很难，若学，则会局促而不够舒展。

白乐天的诗，平易晓畅易学。对其诗集中的规律整齐的诗篇加以抄录，并熟读之，会有益处。对其中过于冗长、过于平易、过于烂熟者，可以不学。

要想多写、写得长，而又不招人厌烦，那就要学好如何叙事，这方面，少陵是开山鼻祖，乐天、放翁都是其亚流；要想少写、写得短，就要学习王、孟、韦、柳。

王、孟、韦、柳之诗，抒情写景，都不多言，只在一句、一联中，便能曲尽其妙。以蕴藉、含蓄为主，不好浓密详细，而今人能知此趣者很少。

在中、晚唐的诗歌中，选出"隐秀"之诗，朝夕加以吟咏，对学诗者大有裨益。晚唐诗与清人的诗，对学诗者最有效果。

陆放翁长于七律，其七律不及唐诗整齐严整，所以不如学唐人之诗。其他诗体，学之无害。宋人当中，放翁最值得学。苏东坡的诗虽好，但若不是非常有才学，也是学不来的。学习其他的宋人，则容易落入奇僻。

《唐宋诗醇》①是一本好书，但适合用来学习古体诗，而不太适合学习近体诗。

高青丘的诗明代第一，这是瓯北的看法，我十分赞同。我本人一读之下，受益良多。

王李七子②皆写情，而不写景。我在坊间流行的七子七律中，抄下了若干，只是李攀龙的一联"树色远浮疏雨外，人家忽短夕阳前"，与杜少陵的"返照"、"归云"相比，毫不逊色。

先贤有云："清人之诗，是学唐诗之阶梯。"此言甚是。清诗用典巧、取对巧、议论巧，读之，会给人很大启发，但容易落入"理窟"。读者应该有所注意。

沈德潜在诗学方面富有建树，其著作《唐诗别裁》《明诗别裁》《国朝诗别裁》，对学习者都颇有助益，其评论常常能给人很多启发。

读我国人自己写的诗，读之极为容易，也不必加以限制。但正享③年间的诗歌，今人读之已经很厌倦了，简直读不下去

---

① 《唐宋诗醇》：诗集，清代高宗编。
② 王李七子：指明代后七子，又称嘉靖七子，有王世贞、李攀龙等。
③ 正享：正德、享保年间，指的是荻生徂徕所提倡的明朝复古之诗风。

了。应该读近人的诗①,六如②、茶山③、山阳④等都是名家。只是过于烂熟了,读者对此要心中有数。

正享年间,学明诗者,过生;如今学宋诗者,过熟。《论语》曰:"失饪不食。"这两者,都属于"失饪"。学习者应该引以为戒。

我曾经为某生的诗稿题词曰:"正享之际,学王李七子,虽山人野衲,其所言皆官情吏物。天明以来,尚范陆之派,虽显贵之人,所写不过闲兴野趣。夫诗言人情,人情不若是偏,则诗道亦不宜如是偏也。"⑤

学名师者,喜欢使用金玉、龙凤、彩云、绮树等字词,自以为壮丽。正如佛坛之装饰,真是俗不可耐,我深以为憎。不脱离这种趣味的人,不可与之言诗。

今人之诗,务求要写出风流之态,戴纶巾、挂竹杖、焚薰香、煎清茶,忘却世事,悠然自得,如此之类,不可或缺。但若是真正达到了这种境界,心安此处,就不是这几样所能概括的了,这也只能说是假高士、伪雅人。古人在夸耀自己富贵的时候,有"老觉腰金重,慵便枕玉凉"之句,评者将

---

① 近人的诗:大体指非复古的、宋诗风格的诗。
② 六如:名慈周,江户时代后期诗僧,较早实践宋诗诗风,1801年卒。
③ 茶山:菅茶山,江户时代后期诗人,1827年卒。
④ 山阳:赖山阳,名襄,江户时代后期思想家、诗人,1832年卒。
⑤ 原文汉文,此处照录。

此视为乞丐之语。这样说来,"纶巾"、"竹杖"真可谓俗物俗词。虽然也是喜好闲情野趣,但与今人的诗迥然有异,这一点只要看看鄙人的诗集便可明白。

诗贵写实,这一点如今尽人皆知。但有好多人写那些琐细无聊之事,并以为这就是写实。我所说的"写实",却并非如此,它是指描写人间的实境实情,而不加雕饰。然而如今有些人正值壮年,却喜欢写衰老之态,身在仕途,却专写山林之景,这些都不是目之所见,也不是真情实感,只是模仿古人而已。这样的话,即便是写得栩栩如生,也只是如同俳优的表演,怎么能称得上是"写实"呢?

学明诗者,专以赠答为事,诗题中没有具体人名者,不及百分之一。古人对此曾加以嘲弄,谓以诗赠答羊羔、大雁而已。如今学宋诗者,专以咏物为事,则是以诗为玩具,两者弊端相同。

住在京都、大阪、江户三都者,要见山看水,并非那么容易。田园丘壑之乐,也很难得。所以他们的诗,或专用以赠答、或用以咏物,这都是情势所限,在所难免。我辈幸而住在乡间,写什么题材都很方便。为什么我们要羡慕那些人狭隘的眼界,要拾他们之牙慧呢?

我曾说过:"诗无唐宋明清,而有巧拙雅俗。巧拙因用意之精粗,雅俗系着眼之高卑。"我论诗的核心就在于此。学诗者务必要修炼自己的才识。养才,在于推敲锤炼;养识，在于熟读古人之诗。正如上文所说，后世读诗者，唯有千方百计剽窃古人佳句而据为己有。读明诗、清诗及晚近之诗，有此心得尚无害处，但读宋以前的诗，出现这种情况就没有好处了。不管怎么说，都必须熟读古诗，了解其风格、韵味。汉魏的高古，六朝的清丽，唐人的温腴，宋人的冷瘦，还有李太白的飘逸，杜子美的沉郁，王、孟、韦、柳的轻微淡远等等，都须体味，了解其差异。如此，古人的风神气韵，自然就能浸润我心。写出诗句来，就会高雅而不堕于俗趣，这就是见识养成之道。今人作诗，往往急于成篇，无暇读诗，故而才气有余，而见识不足，这就是我们不及古人的原因。

田中秀问：我听有人说我们日本人的诗平仄不正确，有很多是汉人不那么用的。这是怎么回事呢？

答：写诗要忌"孤平"，此事我们日本人不是不知。但其中最忌讳之处是什么，则有很多人不知道。五言的第二字，七言的第四字，最忌"孤平"。把汉人的诗和日本人的诗对照，便可看出汉人诗"孤平"百中有一，而日本人则是十有四五。"平三连"、"仄三连"，日本人都很注意规避，然而汉人诗中"仄三连"常见，而"平三连"则没有。"秋声万户竹"、"星临万户动"，皆是"仄三连"。有人认为，日本人以前只要有"仄三连"，相应地就要用"平三连"，实际大错特错。"寒色五陵松"、"月傍九霄多",这些都不是"平三连"。只是"山光悦鸟性,潭影空人心",平仄皆用三连。这种情况是千万分之一,不过也有人把"空"这个字视为仄字。须知"平三连"决不可滥用。至于"孤仄",清人诗避讳是有缘由的。他们看了我的"伏敌门头潮拍天"一句,说"潮"字应改为"浪",因为此处宜用仄字。看看清人的诗,"孤仄"确乎甚少,记得唐人诗中或有十分之一。总之,不用韵之句平仄比较宽,用韵之句比较严,此所以有"仄三连"而无"平三连"之缘故也。

问:五言的起句用韵,七言起句可以不用韵,其中有何规矩法则吗?

答:不记得有何法则。但据古人之说,五言起句用韵,都是突如其来的。"落日在帘钩,溪边春事幽"、"酒渴爱江清,余酣漱晚汀"(杜甫),属于此类。此两句是如何突兀,其他情况下是否都是如此,我未做细究。七言起句不用韵,在盛唐杜子美的诗中多见,到了中晚唐就较为普遍了。或有人说,七言起句的落韵应该使用对偶,这才是正格。反过来说,七言起句不用韵就不是正格。而像杜子美的《秋兴》八首、《诸将》五首,都是很用心的诗作,但没有用落韵。又,换作七古之韵的时候,必须两句连续用韵。由此可知七言起句不用韵,则非正格。我们日本人不通唐音,故而不知音节的异同，只能在汉人的用法中选择其常用且正确使用者，择善而从。

问：您在五七绝创作方面，有何心得？

答：《艺苑卮言》①中，五绝举陶弘景"山中何所有，岭上多白云。只可自怡悦，不堪持赠君"，又举唐人的"打起黄莺儿，莫教枝上啼。啼时惊妾梦，不得到辽西"，作为学习五绝的楷模。这两首诗体高古，可谓五绝的妙境。但今人学习之，恐东施效颦，而失其真。若说今人所容易学习者，如"汉国山河在，秦陵草树深。暮云千里色，无处不伤心"，可学之。起首两句是对偶句，描写古迹，转而抒怀古之情，由此可见其中的体式法度。学习者由此容易着力。又，"劝君金屈卮，满酌不须辞。华发多风雨，人生足别离"，起首两句与后两句意思相联结，又相对仗，颇有味，其法宜学。这里只是略具一二例，详见我的古今诗杂抄，此处不赘。

五绝，在唐以前就已成体，故而以古朴为贵。总体上说，五言宜高雅古朴，七言贵清新流畅，古体、律诗、绝句皆然。这就是五言、七言的不同。

七绝，乃当今诗人专心致志所学者，故而擅长者较多。但我不擅此体，所以在此不便多说。

---

① 《艺苑卮言》：中国明代王世贞的诗文评论集，全八卷。

绝句以转结为主。无论起承如何巧妙，转结拙劣，则无足观；起承纵然有拙，转结却巧，其诗尚有可存之处。故而平时应该多作转结之句，而用作不时之需。但无论如何，技艺不熟练者在这方面缺乏体会，临到转结时往往词穷。故云。

作诗应该选择韵脚。对于绝句而言，韵脚最重要。结句应该使用最好的韵字。例如，如用"一东"韵则用"风"字、"中"字；"灰"韵则用"来"字，"真"韵则用"人"字，"删"字则用"山"字、"间"字，如此等等。若在结句处"一东"韵用"穷"字，"灰"韵用"裁"字，"真"韵用"频"字，"删"韵用"班"字之类，则难成佳作。读读王维最有名的诗句"西出阳关无故人"、"遍插茱萸少一人"、"杨柳青青渡水人"等等，便可明白，其结句都用了"人"字。凡韵脚不稳者，都如立柱时基础未稳。基础立正，而柱子方正；柱子正，而房屋才能得周正，诗之韵脚亦如此。绝句贵在含蓄，结句有不尽之意。

七言绝句，清人极为擅长，每见新意。读清人的诗可以生发新思路。我每当作七绝时，都必定读一卷清诗。

广濑孝问：古人时都有源流，您学习阅读时有何心得体会？

答："虎啸深山谷，鸡鸣高树巅"，是陆子衡的诗句，写的是乱世的景象。陶渊明化用之，曰"狗吠深巷中，鸡鸣桑树巅"，表现的是田园佳境。我在这里悟到了作诗的诀窍。

凡学古人者，只可用古人面目，但风神必更换之，方能推陈出新。

"暧暧远人村，依依墟里烟。犬吠深巷中，鸡鸣桑树巅"、"采菊东篱下，悠然见南山。山气日夕佳，飞鸟相与还"，王摩诘一世佳句，大抵是从这样的诗句中点化出来的。善读者，可从中得到启发。

"结庐在人境"之句，世人普遍赏赞。"孟夏草木长"之句，只有韦应物、柳宗元知之。

李太白的诗，音调清越，如丝竹乐；杜少陵的诗，音调浊，如革木乐器。

杜少陵"船舷暝戛云际寺，水面月出蓝田关"，"云际寺"是水面上的影子。寻常之景的点化，往往变幻倏忽，难以明了。杜少陵的"雨龙回夜水，星月动秋山"，由上句推断，"星月秋山"也是水中之影，可以看作是流水的对应。浪仙（贾岛）"鸟宿池中树"，从下句"僧敲月下门"的"月"来推断，写的也是水中之影。

杜子美的诗五律可学，七律不易学，而绝句不可学。

学杜诗者，应戒外强中干之弊。

袁中郎有"钱塘艳如花，山阴芊似草"之句。以此来比喻诗作，则王摩诘如钱塘，而韦苏州则如山阴。

蓝色乃天地之正色。诗带此色者为妙。如《韦苏州集》，一片苍然，为我之深爱，不可以巧拙论。

右丞（王维）有"天老能行气，吾师不养空"、"遥知远林际，不见此檐间"，其中第二句的"不"字，可以改作"亦"字，似乎才感到稳当。

问：李、苏皆被称作仙才，有何异同？
答：李白是天仙，东坡是地仙。天仙一蹴而上，杳然不可见；地仙则无论如何变幻，还在人间。

问：历代诸家，各有长短，对此您如何看？
答：宋诗分初期、盛期、中期、晚期。林逋、魏野属初期，东坡、山谷属盛期，范、杨、放翁属中期，真山民、刘后村属晚期。高青丘一变，而孕育明诗，恰如冬去春来。到了李王七子，复变为炎夏。故明初的诗风，即是明诗的佳境。

王渔阳的七绝，李白、王昌龄之后始得见之。

归愚（沈德潜）之才不及王渔阳。但更为老练。唯有歌行，稍稍给人缓弱之感。沈德潜的诗以不太受法度约束，歌行所贵之处在于纵横飞动，无以复加。

孔井德问：世间文人，很轻视诗人；有志于经术者，认为诗文都是浮华之物，而弃而不顾；至于谈"心学"者，也抛却经籍，而称之为故纸堆。其议论越来越玄妙。对这些观点如何加以折中呢？

answ:我记得《论语》中有一句话:"子贡欲去告朔之饩羊,子曰:'赐也,尔爱其羊,我爱其礼。'"①那"饩羊"实在是微不足道之物,若不是为了行礼而使用,便是无用的东西。而孔子之所以感到可惜,是因为有了羊的话,所谓"告朔"之礼的名目也就有了。有了这名目,可以根据实际情况随时举行。所谓"道",是无色无声无味的,故而必须借助文字加以传递,在这一点上,无论中国还是日本都是一样的。特别是我国,与他国在制度上迥然有异,而赖以依凭的,正是书籍文字。然而世间儒者,那些学问不精透的人,却只看文字本身,对"道"的理解不甚了了。这一弊端应该矫正。只胶着于文字,而不知有"道",是因为天生缺乏理解力的缘故。像这样的人,要超越文字而求道,如何能达到精妙的境界呢?只有越来越堕入糊涂。故而世人虽都识文字,但只有天分上等的人才能超越文字,而求得"道"之本意。文字与"道"之间的关系,就好比是"饩羊"与"礼"之间的关系,至于诗文,也是辅助理解经籍的工具,总之是不可偏废的。从前菅原文时②临终前上书天子,希望我国今后不要废除与别国交往时的文字通信之礼,说若是废除了,日本将成为一个不懂文字的国家。大凡哲人,就是这样深谋远虑啊!后来与

---

① 出典《论语·八佾》,"饩羊"指的是当时祭祀使用的活羊。
② 菅原文时:平安时代学者,菅原道真之孙,981年卒。

外国的文字交涉真的废除了，于是写汉文的人就只好写日本假名文字，作诗的人只好写和歌，读经书的人也就慢慢变少了，而仅仅是口头念佛，这样，王室也必然衰微。到了武家执政的时代，儒学全部被废除，但与外国的文字通信经常有，一些禅僧也经常受命书写文书，因而圣人之学通过禅家之手，如细线一般流传下来，到了当代才复兴起来。

老子虽说"知者不言"，但他自己也写了五千言传诸后世；庄子将书籍看成糟粕，他自己也写了六万言的书。今天谈"心学"的那些大家，都精通诗文。后学者一定要明白这个道理，不要被一些说法所愚弄。

泛　论　诗

文人有长寿者，有短寿者。如今读他们的文集，凡是那些心平气和、率性而为者，大多是健康长寿之人；而那些愤愤不平、爱走极端者，大多是短寿之人。凡是天生的东西，都不可勉强改变，然而，也应该知道有所选择。

诗文之道，命意在先，得之天赋。以辞饰之，存乎其人。若要使词巧而改变命意，那就会辗转推移，无休无止，造成困惑痛苦，这就叫作"以人灭天"，是招祸之道。

我曾在日本与中国的诗作中，选出四首饶有风趣者，书于居室。一曰："覆衿成异梦，峡里碧桃深，溪深不得渡，一犬吠花阴。"二曰:"来时桃花口,流水二三尺。一夜春雨生,渺漫归不得。"三曰:"午睡无人唤,醒来心自惊,夕阳如有意,偏旁小窗明。"四曰:"风帘动返照,柯影舞如人。石鼎茶前水,衣桁浴后巾。"平生之所作,就是追求这样的境界,然而求之未得。

荻生徂徕的《少年行》有"呼庐百万扬州去,二十四桥是我家",菅茶山的《咏侠客》有"门前马柳君须记,尝缚官家刘寄奴"。人们都爱菅茶山的巧密,而我则欣赏他的风趣。

近来,诗家有一种流弊,就是叙事必求详细,写意必求痛快,却不知风神、气格为何物,将古人一唱三叹之韵完全丢弃了。

崇尚清秀者,往往缺乏气骨;追求新奇者,常常缺乏声调。

我喜诗之简洁,而不喜诗之繁缛;喜峭劲,而不喜浮缓;喜催兴提气之作,而不喜命题咏物之篇。我的《远思楼》①前编,不如后编浑成自然,而后篇则不如前篇巧致精密。

当今之诗有二弊,就是"淫风"与"理窟"。诗人之诗,容易流于淫风;文人之诗,容易陷于理窟。二者相反,弊害相同。

---

① 《远思楼》:即作者的诗集《远思楼诗抄》。

什么叫"淫风"呢？指的不仅是描写男女之事，也指咏梅咏菊，雕琢字句，绮靡浮华，以竞机巧者，都属"淫风"。什么叫"理窟"呢？指的不仅是专用礼法教诫之言，那些以叙事为主，喜欢发议论，以文为诗者，都属"理窟"。李商隐、温庭筠的诗属于诗人之诗，韩昌黎、苏东坡的诗不免带有文人之诗的味道。李白、杜甫昭昭乎如日月，其诗篇虽有巧拙，但不偏离诗道。李白的乐府诗，虽然艳丽柔婉，但并未流于"淫风"。杜甫以诸位武将为题的五首，议论峥嵘，却未陷于"理窟"。要好好学习李杜之诗，可以免于"淫风"与"理窟"。

人各有其悟。帆鹏卿①说过："日本人作诗，恰如猴子演戏，可为奇，不可为巧。"这就是鹏卿的悟道之语。我曾说过："诗文能使读者不倦，方可称名家。"这也是我的悟道之语。

古人云：无题之诗，天籁也；有题之诗，人籁也。观杜少陵、陆放翁的诗集，一开始就定下题目的诗，十分之一而已，其九成是诗写成之后才题名的。而今人之诗却相反，专门写那些"探题"、"咏物"之类，都是命题作诗，依照"次韵"而定韵。这都是落入了人工，而失去了天然之趣，所以

---

① 帆鹏卿：帆足万里，字鹏卿，号万里，江户时代末期儒学家，1853年卒。

今诗不如古人之诗。若在这个问题上多加注意，古人的妙处是可以学来的。

古人读诗，常加圈点批注。通过圈点，自己的喜好与不喜之处自然就显示出来了。虽然也不免会有一些妄言，但也无关紧要。随着时间推移，就会发现当年圈点的当或不当，再改正不迟。最初可用红笔，日后用蓝笔或黑笔。圈点的前后不同，可以从中见出自己的见识的长进。

所作之诗，一首也不要丢弃，应该记录。若积累了千首，即可从中挑选佳作三四百首，并编出一部诗集。其后不断反复，可以搞出二编、三编、四编。如此，早年、中年、晚年的诗可以前后照应，看看自己未及之处，以求更大的进步。今人作诗，许多人作完就丢，不加记录，是不用心之故，不足为训。

我们日本人读书不多，故而见识也少，就只能专心模仿别人。这就叫作"矮子看戏"，人云亦云。举例来说，平安王朝时代，人们都喜爱白乐天的诗，一代人尽学白乐天，而将李、杜、王、孟诸家诗束之高阁，读者甚少，不过，那个时候书籍也少。到了近世，则流行明代诗，荻生徂徕推崇李攀龙、王世贞，一代人都学明诗，都是李、王之体，至于李梦阳、何景明、徐文长、袁宏道诸家，则没有读者。近来有学宋诗，皆以陆放翁为师，学清诗者，皆以袁子才（袁枚）为师。如此在一个朝代中只学一人，是十分愚蠢的行为。这都是因为人们都习惯于模仿初倡者的缘故。

凡物,以稀为贵。假如夜光珠家家都有,怎能以此为贵呢?诗也一样。百人、千人都去学同样的东西,如何能出新出巧,如何能令人惊异呢?而且人心各有不同,正如面相各不相同。诗写其心,必至不同,而诗却写得一样,那就不能表达诗人的天然之心,而是勉力与世俗趋同,只能称之为诗中之"乡原"。所以,不如多读诗集,尔后根据自己的性情爱好,选择与自己的才性相近者,加以学习。

作诗,需要有壁立千仞的气象。而今人的诗,多是冗长松弛,缺乏气象,应引以为耻。要养成气象,就需要认真阅读李、杜、韩、苏诸位大家的诗作。

我以前曾说过:白居易的诗对人是有益的。今天想来,有益无益,因人而异。当时我国人读之,多学其柔弱之风。所以,我以前说的那句话,并不正确。

曾有人问我:"像我这样的人,读哪位古人的诗为好呢?"我回答:"无论读谁,都要挑自己所喜欢者。若是自己不喜欢,便不能体会其妙处。"又问:"在古人中,我没有喜欢或不喜欢的定见,请先生替我推荐吧!"我回答说:"打个比方,现在我们吃饭,眼前饭桌上的饭菜,你不可能全都吃下,只能挑选自己喜欢的吃。古人之诗各有不同,正如鸡鸭鱼肉菜,其味道各有不同,如果都视为同样,既没有喜欢的,也没有讨厌的,那也不符合人情啊!原因很简单,在食物上的喜好，是因为味道不同。喜欢诗毕竟不同于喜欢食物。许多诗人诗作都各有不同，而你却不了解其差别。假如你所喜欢的诗，就像所喜欢的可口的饭菜一样，那么即便师父给了你指点，你就能改变自己的喜好，而另有选择吗？"一般而论，今人有喜欢作诗者，却没有喜欢读古诗者。虽然读了，却也不解其味，只是看到了眼前排列的文字而已。对这样的人，不能与之言诗。

侗庵非诗话

古贺桐庵　著

古贺桐庵（1788—1847），名煜，字季晔，号桐庵，通称小太郎，肥前（今滋贺县）人，江户时代日本汉学家、诗学家，著作等身，主要有：《桐庵文抄》二十六卷,《桐庵诗抄》二十卷,《桐庵题画诗》一卷,《桐庵小稿》一卷,《桐庵纵言》十卷,《桐庵笔记》二卷,《桐庵秘集》二卷,《桐庵困学录》十卷,《桐庵非诗话》十卷，以及大量编著。

《桐庵非诗话》的"非"，是否定、批评、非难的意思。对诗话之病、之谬，痛加指陈、针砭，指责历代诗话太多太滥、谬误偏见甚多，从一个侧面反映了日本近世儒学家对汉文化及汉诗、诗话的反省与批判态度。全书共十卷，字数约十万，以下只选取序言、目录及总论卷（上下），并加以校勘标点，读者可窥全书大意。

序

自诗话之盛行，而作诗之徒，规规乎字句声调之间，以文害辞，以辞害意，几何其不胥天下而高叟之哉！乃学诗者不自察，群起队驰，如蚁慕膻，每辄读诗话，每辄论诗话，每辄著诗话，其习渐以深痼，殆乎不可救药，属者古贺君季晔闵诗道之大坏也，尽取古今诸家谈诗之书，综观约录，科别其条，纂为若干卷，命曰《非诗话》。前举作诗之法，后数诗话之病，议论辨驳，殆无余蕴，不啻良医处方。姜伯石不云乎？不知诗病，何由能诗，不知诗法，何知诗病。余亦尝病入膏肓者，今得是编，殆如吞三斗纯灰，用洗涤肠胃间荤血膻脂，何其快也！嘻，使世之学诗者，亦能咀嚼之，则明夫瞽，聪夫聋，吾保其有效也，书以劝之。

岁在庚辰杪冬中，浣柽宇林皝

自　序

诗话之作，昉于梁记室钟嵘氏，唐宋而降，日滋而月倍，以迄今日，殆千有余卷，乃又自是而后，数百千岁，予不知其增益夥够，终何所底极也。予历观诗话，累累如一丘之貉，概乎靡足取。其说诗也，多穿凿附会之失，而无冰释理顺之妙；其立教也，规规乎字句声律之间，而不达言志思无邪之旨。是以于诗道为益无万分之一，而贻祸流毒，不可为量数。唐宋以还，诗随世降，如江河之就下，其所以致此，良非一端，而诗话实与有罪焉。予五六年前，识见未定，好览阅诗话，以致诗日堕外道。比自悟昨非，渐渍已深，牢不可拔，极力划治，久之方复故予，于是乎惕然如伤于虎者之畏虎。又思天下之大，必应有与予同病者，乃著《非诗话》十卷，极论诗话之非，以自警且戒人。顾予也年少气锐，有所论驳，燊发电至，不能自抑遏，言过于激，间有几于诟骂者。加之考经究史，为当务之急，不欲以区区谈诗之书延缓岁月，仅仅五六旬间，属稿已讫。是以考核辩证，纰缪居半，斯二者，予犹自知其非，断不能免于识者之讥。予所最虑者，世之人少所见多所怪，平素于诗话之书，日夕诵习，浃髓沦肌，一旦闻非诗话之说出，必将裂眦戟手而大诟。是予以琐琐之一书，来诗人无穷之纷争，是则可忧也。抑李宾之不云乎？诗话作而诗亡。杨用修不云乎？诗言也，诗话出而诗与言离矣。然则非诗话之书，信成于予。非诗话之论，古人固已有之。一世拘学之徒，闻之亦可以恍然而悟矣。世之读斯书者，舍其短而取其长，略其细而识其大，一览洞然能辨作者真慨诗道之衰，而非出于争胜炫奇，则真予知已也。虞仲翔尝谓使天下一人知已，足以不恨，予于斯书亦云。

文化甲戌秋八月初三日 侗庵支离子书

卷之一

总论 上

古之著书也，岂得已哉？将以明道也。《诗》以理情性，《书》以论政事，《易》以明阴阳，《春秋》以辨名分，上下千万祀，赫赫如日，苟无焉。天下后世，顿成长夜。古之著书也，岂得已哉？乃至贾太傅董江都之伦，其文虽不可与"六经"并称，亦皆为闵时忧道而发，非苟而已，故自可观。东汉而降，著书益易而益轻，以为求名之资者有之，以为钓利之具者有之，是以书日增多。而其为书也，多损少益，徒使人听荧不知所适从，而诗话为甚。予故著《非诗话》十卷，以明诗话之害，盖特论其甚者，而未遑及他也。人果能以忧道闵时为念，则其书也虽多，不无一可取，乃区区以钓利求名为心，以语言文字之末为务陋矣。呜呼！岂独著诗话者而已也哉？

或问学诗之要，予谓之曰："谨勿读诗话。"请益，曰："用读诗话之力，熟读十九首建安诸子陶谢李杜之诗，庶乎其可也。"

诗莫盛于唐，而诗话未出；莫衰于宋，而诗话无数。就唐之中，中晚诸子，论诗浸详，诗格诗式等书相继出，而诗远不及盛唐。盛唐太白少陵足以雄视一代、凌厉千古，而未尝有一篇论诗之书。学者盍以是察之。

宋儒动云："秦人焚经而经存，汉人解经而经亡。"予亦云："唐人不著诗话而诗盛，宋人好作诗话而诗熄。"自谓此非过论。

李东阳曰："唐人不言诗法，诗法多出宋，而宋人于诗无所得。所谓法者，不过一字一句对偶雕琢之工，而天真兴致则未可与道。其高者失之捕风捉影，而卑者坐于粘皮带骨，至于江西诗派极矣。"

谢肇淛曰："诗法始于晚唐，而诗话盛于宋，然其言弥详，而去之弥远，法弥密而功弥疏。至今日则童能言之，白首纷如矣。夫何故？入门不正，则蹊径皆邪；学力未深，则模剽皆幻。"又曰："宋人不善诗，而喜谈诗，诗话至三十余家，其中如竹坡老人者，毫无见解，口尚乳臭，而妄意雌黄，多见其不知量也。"

《书》曰："诗言志，歌永言。"孔子曰："诗三百，一言以蔽之，曰思无邪。"又曰："赐也，始可与言诗已矣，告诸往而知来者。"又曰："小子何莫学夫诗？诗可以兴，可以观，可以群，可以怨。迩之事父，远之事君，多识于鸟兽草木之名。"又曰："兴于诗，立于礼，成于乐。"又曰："诵诗三百，授之以政，不达；使于四方，不能专对，虽多，亦奚以为？"又曰："不学诗莫以言。"又曰："人而不为《周南》《召南》，其犹正墙面而立也欤？"又曰："温柔敦厚，诗教也；温柔敦厚而不愚，则深于诗者也。"孟子曰："说诗者，不以文害意，不以辞害志，以意逆志，是为得之。"此古昔圣贤所以论三百篇也。而学诗之要，尽乎此矣。学者于斯数言，苟服膺不坠，则其为益。岂特诗话数百千卷而已也哉？

李东阳曰："诗话作而诗亡。"

杨慎曰："文道也，诗言也。语录出，而文与道判矣；诗话出，而诗与言离矣。"

煜案：以上二公之言，可谓知言矣。然东阳有《怀麓堂诗话》，慎有《升庵诗话》，口非而躬犯，可谓言不顾行矣。

张子厚云："古人能知诗者，唯孟子，为其以意逆志也。夫诗人之志，至平易，不必为艰险求之。今以艰险求诗，则已丧其本心，何由见诗人之志。"又云："诗人之情，温厚平易老成，本平地上道著，言今须以崎岖求之，先其心已狭隘了。则无由见得，诗人之情本乐易，只为时事，拂着他乐易之性，故以诗道其志。"又云："置心平易，然后可以言诗，涵泳从容则忽不自知，而自解颐矣。若以文害辞，以辞害意，则几何而不为高叟之固哉！"此论三百篇也，而切中诗话之病。

诗不本于性情之正，虽工不足取也。必也其性情优柔婉至、忠厚温良，如夫子所谓"可以群，可以怨，迩之事父，远之事君，然后始可与言诗矣"。彼作诗话者，处心褊躁，立意颇僻，惟务骛佻巧之见，唱奇创之说，以凌驾前人，惊动一世，大本既差，其论之纰缪百出，不亦宜乎？

学者有志于诗，必先使其心中正无邪，然后从事于音韵声律，此入诗之正法门路也。若乃其心未能中正无邪，而徒屑屑然音韵声律之为尚，是无源之水、无根之木，其与几何？是故古之圣贤教人诗，必本之于心，使之去邪而存正。今之谈诗者，没身潜心于声调字句之间，惟知以雕缋粉饰取悦人目，此可以见诗道之日衰矣！又可以见世道之日下矣！

朱子曰："'诗者，志之所在。在心为志，发言为诗。'然则诗者，岂复有工拙哉？亦视其志之所向者高下何如耳？是以古之君子，德足以求其志，必出于高明纯一之地，其于诗，固不学而能之。至于格律之精粗，用韵属对、比事遣词之善否，今以魏晋以前诸贤之作考之。未有用意于其间者，而况于古诗之流乎？近世作者，乃始留情于此，故诗有工拙之论，而葩藻之词胜，言志之功隐矣。"

程嘉燧曰："学古人之诗，不当但学其诗，知古人之为人，而后其诗可得而学也。其志洁，其行芳，温柔而敦厚，色不淫而怨不乱，此古人之人。而古人之所以为诗也，知古人之所以为诗，然后取古人之清词丽句，涵咏吟讽，深思而自得之。久之于意言音节之间，往往若与其人遇者，而后可以言诗。"

初学既笃信性情之说，其学诗之序，则首三百篇，次

《楚辞》、十九首，次汉魏诸家文选李杜，以渐及初盛中晚诸名家，反复讽咏，循循不倦，则声律格调、体裁结构，自然通晓，此皆古来儒先之常谈，人之所同知。学诗之道，尽于此，不待多言也。初学尤不可观诗话，初学之时，识见未定，一耽嗜诗话，则沾沾然欲以字句之间见巧，以奇新之语惊人，安于小成，而不能大达。予阅于人蹈斯弊者众矣，后生戒之！

朱子曰："三百篇，性情之本，《离骚》，性情之宗，学诗而不本之于此，是亦浅矣。"

许顗曰："东坡教人作诗曰：'熟读《毛诗》《国风》《离骚》，曲折尽在是矣。'仆尝以此语太高，后年齿益长，乃知东坡之善诱人也。"

严羽曰："夫学诗者，以识为主，入门须正，立志须高，先须熟读楚词，朝夕讽咏，以为之本。及读《古诗十九首》、乐府四篇、李陵苏武汉魏五言，皆须熟读。即以李杜二集，枕藉观之。如今人之治经，然后博取盛唐名家，酝酿胸中，久之自然悟入。虽学之不至，亦不失正路。"

学诗者，只要择古人之诗可师者，讽诵不倦，久之自得之。董季直所谓"读书百遍，而义自见"者是也。尤忌立奇僻之见、唱穿凿之说。后之诗人，往往不会此意，而作诗话者为甚。朱子云："诗不消得恁地求之太深。他当时只是平说，横看也好，竖看也好。今若要讨个路头去里面寻，却怕迫窄了。"又云："古人独以为兴于诗者，诗便有感发人底意思。今读之，无所感发者，正是被诸儒解杀了。死看诗义，兴起人善意不得。"又云："读诗，正在于吟咏讽诵，观其委曲折旋之意，如吾自作此诗，自然足以感发善心。"又云："读诗之法，只是熟读涵泳，自然和气自胸中流出，其妙处不可得而言。不待安排措置，务自立说，只恁平读着，意思自足。"朱子之论诗，可谓尽矣，学者宜三复书绅。

谢显道曰："诗须讽味以得之。古诗即今之歌曲，今之歌曲，往往能使人感动。至学诗，却无感动兴起处，只为泥章句也。明道先生善言诗，未尝章解句释，但优游玩咏、吟哦上下，使人有得处。"

尝间考诗之原委，因知古今之诗，凡有三变。盖自书传所记虞夏以来，下及魏晋，自为一等；自晋宋间颜谢以后，下及唐初，自为一等；自沈宋以后，定著律诗，下及今日，又为一等。然自唐初以前，其为诗者，固有高下，而法犹未变，至律诗出，而后诗之与法，始皆大变。以至今日，益巧益密，而无复古人之风矣！故尝妄欲抄取经史诸语所载韵语，下及文选汉魏古词，以尽乎郭景纯、陶渊明之所作，自为一编，而附乎三百篇、楚辞之后，以为诗之根本准则。又于其下二等之中，择其近于古者，各为一编，以为之羽翼舆卫。（且以李杜言之，则如李之《古风》五十首，杜之秦蜀纪行、遣兴、出塞、潼关、石濠、夏日、夏夜诸篇，律诗则如王维、韦应物辈，亦自有萧散之趣，未至如今日之细碎卑可无余味也。）其不合者，则悉去之，不使其接于吾之耳目，而入于吾之胸次，要使方寸之中无一字世俗言语意思，则其为诗，不期于高远，而自高远矣。（朱子文集）家君曰："朱子此论，当采入《非诗话》中。"

有一措大，忘其名姓，好读诗话，而未始读古人之诗。听其言也，摘诗句之瑕疵，评作者之优劣，滔滔不穷，一座尽倾；及观其所自作诗，则卑弱陋俗，使人呕哕，既而颇自觉其非，来请教于予，予告之曰："子之疾，已入膏肓，不可医已。"其人曰："庸讵知良工国手不解我颃湔我胃，使霍然而起耶。"予曰："子之志，诚如是之笃，则予有一说，子何不移读诗话之力，而用之于古人之诗？古人之诗，汉魏六朝三唐可师可法者，仅仅数十家，子能讽诵玩味，则自然有所悟入。又且祛其骄气，振其情志，夙夜孜孜，自得于心，而不轻宣于外，务使其诗与论相副，无少愧色，则古人渐可追矣。"其人退而改行，三岁而以善诗显。呜呼！今之学者，未始用力于经史，务渔猎稗官野乘，以为谈助，以偷取该博之名者，此亦向之一措大耳。

宋刘咸临醉中尝作诗话数十篇，既醒，书四句于后曰："坐井而观天，遂亦作天论，客问天方圆，低头惭客问。"盖悔其率尔也。呜呼！后之作诗话者，特其求名好异之醉梦未觉耳，一觉则必幡然悔前日之非矣。

予好读杂书，即至天文地志兵家医方稗官小说之属，读了后，皆觉有少补于已，惟诗话读如牛毛，得益少于麟角，何也？诸书皆随其人之才艺，有的确自得之论，而诗话惟务奇新，浮浪不根，以为谈柄故也。

凡著书，经史无论已，下至医卜之书，虽不足观，亦必穷岁月之力，潜心焦虑，方始成编。独诗话之为书，大抵一分辩证，二分自负，三分谐谑，四分讥评，三四卷之书，咄嗟可办。于是乎学士文人，才短学陋，力未能释经读史者，相率趋之，盖以其易为也。夫孔子以诗书教士，而于书无所辩论，独于诗则论其所以为教，论其学之之要，论其功效之大，再而三而未止，岂非以其道以温柔敦厚为主，忌深险拘执，辟则陷于偏拗，流则入于柔媚，学之之道，比书最难欤？然则孔子之所难，而后人易之，孔子之所谨言，而后人轻言之，其所见，与圣人东西判，而黑白别矣，亦奚怪乎其言之粪土哉？

诗贵体裁华整，首尾匀称，全篇自以风神气格胜，不贵一句一字之巧。全篇佳，一句一字不妥，不害其为合作；全篇不佳，一句一字工妙，不损为恶诗。予历观诗话，举全诗者綦少，好摘一二句，以为谈助话柄；或指一二字，以为神品妙境。其有损于学诗者不少矣。

或问："著诗话者，大抵长于论诗，而短于作诗者，何耶？"曰："此易知耳，今夫多言强辩，好抉人之瑕疵，讦人之阴私者，其检已也必疏，终不可入君子之道，必也详审沉静，不妄讪笑，时然后言者，必非庸庸平平之人也。明茅顺甫清林西仲评论文章，茧丝牛毛，洞微入密，可谓尽矣。及观其所自作文，殊不副其言理，盖一也。"

古来诗人，莫工于子美，而被诗话之祸，莫酷于子美。宋氏以还，苟有诗话，必及杜诗，甚者全篇止评老杜一人。于是乎杜诗所咏，一草一木，必皆出于怨上讽君之旨；一禽一兽，莫不本于刺乱忧世之意。字字根于古人，句句发于经史。殆使老杜如妒妇之怨嫉，如醉汉之骂詈，如村学究之谈经，如吏书之簿录，老杜之真情真面目，湮没晦塞，不可复睹矣。故予下文历驳诗话之瑕疵，而于评杜者，最多所诋排，盖亦势不得不然也。

胡应麟曰："宋人诗话，欧、陈虽名世，然率记事，间及诙谑，时得数名言耳。刘贡父自是滑稽渠帅，其博洽可睹一斑。司马君实大儒，是事别论。王直方拾人唾涕，然苏、黄遗风余韵，赖此足征。叶梦得非知诗者，亿或中焉。吕本中自谓江西衣钵，所记甚寥寥。唐子西录不多，其中颇有致语，亦不可尽凭。葛常之二十卷独全，头巾矗矗，每患读之难竭。高似孙小儿强作解事，面目可憎。许彦周迂腐先生。朱少章湮没无考。洪觉范浮屠谈诗，而诞妄垒出，在彼法，当堕无间地狱中。陈子象掇于遗碎，时广见闻。张表臣独评自作诗，大堪抵掌。自余竹坡《西清》等，种种胜芜。惟杨大年《谈苑》，纪载差博核可采。"

元瑞之论,未敢谓一一中窾,特以其历举宋代诗话之病,颇能详尽,故录之。

诗话之名,昉于宋,而其所由来尚矣。滥觞于六朝,盛于唐,蔓于宋,芜于明清,无讥焉。其瞽说谬论,难一一缕指,而尚可举其梗概。诗话诗品为古,其病在好识别源流、分析宗派,使人爱憎多端,固滞难通。唐之诗话,如《本事诗》《云溪友议》等书,其病在数数录桑中溱洧赠答之诗,以为美谈,使人心荡神惑,丧其所守;宋之诗话,如《碧溪》《彦周》《禁脔》《韵语》①等书,其病在以怪僻穿凿之见,强解古人之诗,使人变其和平之心为深险诡激之性;明之诗话,如《升庵》②《四溟诗话》《艺苑卮言》,其病在扬扬自得,高视阔步,傲睨一世,毒骂古人,使人顿丧礼让之心,益长骄慢之习。四代之病,无世无之,予特就其重者而言耳。

予八九年前,识见未透,亦好读诗话,偶得清袁枚所著《随园诗话》读之,心已知恶其浮薄佻巧,实为诗林之蟊贼,但爱其奇新之论、纤巧之调,试仿而作之,未半岁,骏骏乎入于外道,声调风格,全与往日不类。比自觉其非,渐渍既深,不可医治,极力划革,经二年,方始复故。信乎古人之言,从善如登,从恶如崩也夫。予之于《随园》,特尝试之也

---

① 分别指《碧溪诗话》《彦周诗话》《天厨禁脔》《韵语阳秋》。
② 指《升庵诗话》。

云尔，犹然若此，况心醉于明清之诗话乎？故录以识昨非，且以警人。

王荆公以"一水护田将绿绕"对"两山排闼送青来"，以"周颙宅作阿兰若"对"娄约身归窣堵坡"，李师中以"山如仙者寿"对"水似圣之清"，其他如"立岸风大壮，还舟灯小明"、"只期玉汝是用谏，肯为金夫不有躬"等句，特诗之旁门小径，或间戏为之，亦无大害。而宋代诗话啧啧称赞不容口，其所见如此之僻，宜一代之诗不足观也。初学之士，以此等句为极致而学之，其害有不可胜道者，予不可以不辩也。《四库全书》提要云："《环溪诗话》所举白间黄里、杀青生白、素王黄帝、小乌大白、竹马木牛、玉山银海诸偶句，亦小巧细碎，颇于雅调有乖，此言实中宋代诗话之病。"

予岁甫弱冠，识见未定，尝欲著《爱月堂诗话》而不果，嗣后寖觉诗话之非，故今日敢著《非诗话》，以历诋萧梁以来千余年间之诗话。仅仅六七年，而其所见不同如此，霄壤不啻也。今而追忆曩日欲著诗话之时，不复自知其何心也。盖古来称为骚人墨客者，莫不有一部诗话，少年气锐读之，不胜技痒，因亦欲效颦而为之，非伤诗道之榛塞、慨作者之不作，真心为忧世而发，则几于未同而言者，设令能副急取办，打成一部诗话，亦惟污汗青、灾梨枣而已。人情不甚相远，古来著诗话者，必有类予弱冠之时者。往者不可追，予将以警后之人。

唐宋而降，诗话为著书之一体，殆与经史子集对峙。学者稍解声律对偶，不著一部诗话，则欿然自以为阙事，无惑乎诗话之岁增而月倍也。若宋刘贡父博洽硕儒，周必大燮理重臣，诗非其所长，未必汲汲于著诗话。但举世方以诗话为事，茅靡波流，势不能嘿已。著书之弊，卒至乎此，悲夫！

经世于诗不甚解，而好谈诗，亦属蛇足。王伯厚不识温柔敦厚之诗，衹以粗厉浅率为工，如"三径谁从陶靖节，重阳惟有传延年"、"青女霜如失，黄人日故迟"、"佳月明作哲，好风圣之清"，原非佳句，已堕外道，而伯厚取之，何义门驳之是也。毛大可自负其博，屡谓诗必待学，诗之必待学固也。然亦惟贵其性情得正，议论得中耳。东坡疏于解经，大可恶之，并及其诗，"春江水暖鸭先知"亦自佳句。而吹毛索瘢，必罗织其罪，然后快，迁怒甚矣！（详见第七卷）杜诗"白帝云偷碧海春"，词意明白，而必改偷为输。短歌赠王司直，终始甫谓王郎，不甚难解，而必分十句为两截，上甫代郎言，下甫自言，穿凿甚矣！议论失中，性情不正，学而如此，奚尚乎学？伯厚参考六经，莫不精确，大可释经虽好异，强记快论，亦足惊动一世。至于谈诗，则如隔靴搔痒，人各有能有不能，此亦不可以已乎？

郎瑛曰："宋韩持国《咏雪》诗云：'衣上六花飞不好，亩间盈尺是吾心。何由更得齐民暖，恨不偏于宿麦深。'宋王伯厚以为雪诗，无出其右。予以此真村学究之诗也。俗云：

'宋头巾耳。'而伯厚不知诗，亦可知矣。此但取其有忧国爱民之意，岂诗也哉。又伯厚取朱新仲《咏昭君》诗于《困学纪闻》中云：'当时夫死若求归，凛然义动单于府。不知出此肯随俗，颜色如花心粪土。'噫！此伯厚亦不善论而取之也。使昭君知此，不待其单于死而请也。亦不必其请而自尽矣。"（煜按，何焯云："府字用不得，此西汉人不得知后来有单于府也。昭君只当惜其沦落，无容更求备也。欲论高而至不近情，文章所戒，新仲不知《后汉书》中本有求归事，未深谅其曲折，岂不蒙冤哉？"）

卷之二

总论 下

严仪卿著《沧浪诗话》，而冯班之《纠缪》作；王阮亭著《渔洋诗话》《池北偶谈》等书，而赵执信之《谈龙录》作。夫仪卿、阮亭之论诗，固有流于捕风系影者，而冯、赵之驳之也，纰缪不少，识见益差，所谓得楚则失齐，亦未为得者。又况忌嫉前辈盛名，吹毛摘疵，痛诋毒骂，其心术险躁可畏。予故尝曰："诗话，诗道之罪人也。《沧浪》《纠缪》《谈龙录》，诗话之罪人也。"阮亭尝云："严沧浪论诗，皆发前人未发之秘，而常熟冯班诋諆之，不遗余力，如周兴来俊臣之流，文致士大夫，煅炼周内，无所不至，不谓风雅中，乃有此罗织经也。"呜呼！阮亭之言如此，而已亦为秋谷所罗织，可哀也已。予于严冯王赵，取舍如此。而《非诗话》一书，痛斥古来诗话不少恕者何？盖慨诗道之日衰，发愤而作，出乎不得已也。《沧浪》《纠缪》《谈龙录》，为一人而作，私也；予《非诗话》，为诗道而作，公也。一公一私，世必有辨之者。

诗话主考证，虽无取于论诗，犹可取于证古。乃如近代查为仁《莲坡诗话》、袁枚《随园诗话》，或称颂当时王公大人之篇什，或品评今古诗人之优劣，或摘录自己得意之诗句，要其所归趋，非谀佞则骂詈，非矜夸则标榜，毫无所辩明，盖亦诗话之下流者也。顾其所评论，稍中的则犹之可也，乃即乖谬百出，误人不少。"长贫知米价，老健识山名"、"青山个个伸头看，看我庵中吃苦茶"、"风梳翠草晨抽带，鱼唼华星夜吐珠"、"蒲团佛笑拈花影，板屋人融冻雪痕"、"美人自古如名将，不许人间见白头"句，莲坡称之。"看花蜂立帽，问水鹭随人"、"众响渐已寂，虫于佛面飞"、"秋似美人无碍瘦，山如好友不嫌多"、"宦情似墨磨长短，诗境如棋着不高"、"将雪论交人尚暖，与梅相对我犹朋"句，随园取之。此皆么弦侧调，细腔寒瘦，殊莫可观。而二子皆目以佳句，其品藻颠倒如此，则他可推也。

按随园尚间有考证，非如莲坡全然浮浪之谈，然亦止千万之一耳。若其好谈闺阁淫亵，则又莲坡之所不敢也。

予尤不喜诗有注，不得已，惟标其事实，犹之可也。后世注诗者，未始能虚心平意，反复讽诵，以得作者志意之所归，或以小人之腹度君子之心，或以深僻之见解平生之语，翻致作者之旨，晦塞不彰，有注若此，不如无注也。如老杜诗，古来注解，且数百家，其能得老杜之心者无一二，往往固滞牵强，涂人耳目，杜诗妙处，不可复睹。呜呼！冤矣。此注诗者之蔽也。而与诗话，如出一辙，故非之。举一杜，可以概他。昔有一老儒，日坐皋比，讲杜诗，证向经史，上下今古，横说从说，滔滔不穷，听者莫不解颐，有老叟岁可六七十，苍颜鹤发，亦来听，雨夜雪晨，未尝辍废，老儒怪而问之，老叟匍匐而答曰："仆即杜甫之鬼也，仆囊赋诗，意初不及此，今听君讲说，一一出乎虑表，是以乐而忘倦耳。"呜呼！后之注杜诗话杜诗之书，恨不使老杜一观之。

胡震亨曰："唐诗不可注也。诗至唐，与选诗大异，说眼前景，用易见事，一注，诗味索然，反为蛇足耳。"

诗必本情性之正，翼以问学之力，是为正路。故必作大儒先大君子，然后可以有真好诗矣。甘自为一诗人，则其诗必不足观也。予观后世所谓诗人者，抛掷百事，而专学诗，矻矻孜孜，夜以继日，苦思哀吟，如蟋蟀之悲，如蚯蚓之鸣，赋诗如此，必不能工。即工焉，亦惟小家数耳，终非钓鳌骑鲸手也。然则人欲学诗，大有事在，以一诗人自居，且不可，况汲汲于著诗话乎？况区区于读诗话乎？

柳子厚著《非国语》，而江端礼、刘章、虞槃有《非非国语》；陈耀文著《正杨》以驳用修，而周婴作《广陈》以规之；伊藤维桢论《大学》非孔氏之遗书，而浅见安正有《大学》非孔氏之遗书辨。今予既著《非诗话》，人之莫我知，庸讵知不复有《非非诗话》耶？然予之著此书也，一片婆心，实为慨诗道之衰而作，人之诟厉不暇邮也。

予数年来，寖觉诗话之非，因欲博阅诸诗话，盖不旁搜穷览，则必不能洞见病根，不洞见病根而非之，几于蔽美，于是乎将昌平书库及友人家所有诗话从头翻阅，涉猎略遍，因得益照悉病根之所在，乃著《非诗话》如干卷，自誓终身不复读诗话矣。诗话中，惟钟嵘《诗品》、严沧浪《诗话》、李西涯《怀麓堂诗话》、徐昌谷《谈艺录》，可以供消闲之具。盖四子于诗，实有所独得，非如他人之影撰，舍其短而取其长，不为无少补，自余诗话则以覆酱瓿可也，以畀炎火可也。有学于予者，予将以此诲之。

恶而知其美者，君子之公心也。历代诗话，汗牛不啻，其铁中铮铮者，独《诗品》《沧浪》《怀麓堂》《谈艺录》而已。就中惟《沧浪》当一世愦愦之际，能唱宗唐之说，以唤醒群迷，其诗不足观，其识可称，顾其论，诚有不免于过当者，是以近世有纠缪之作，然予终不以此易彼也。自余三家，比沧浪稍逊焉，然亦皆于诗道有所得，故其言自别，在诸诗话中，奚啻鸡群见鹤。学者经史余暇，欲观诗话，则惟此四家可也。

予所以严禁学者读诗话者，盖恐其识见未定，一朝失足堕于外道也。若夫硕学大才之士，目遍四库，胸涵百代，其学识业已确然坚定，书之是非失得，迎刃而解，则奚止四家，古来诗话，枕上厕上读之，固不妨也。然诗话之为书，少益多害，则硕学大才之士，具超世拔俗之见，自应有断然不读，与予说符者。

诗学大成，《唐诗金粉》《卓氏藻林》《圆机活法》《联珠诗格》《三体诗》等书，亦诗话之流，皆诗道之悬疣附赘，旁门邪径，诗人由此而入者，难与言诗矣。

梁桥《冰川诗式》、陈美发《诗法指南》等书，诗话之极烦絮者，于学者无分毫之益，而为害不细。予尝读《诗式》《诗法》等书，固已有以知著书之人，必不工诗矣。盖其立法苛刻，分体烦碎，徒驰骋于末流，而于诗道之大原正路，未尝梦见，其不能工也必矣。呜呼！作者且不能工诗，乃后之人，欲由其书以臻巧妙之域，难矣哉！

予绝不读诗格诗式，及当时所盛行《圆机活法》等书，只好吟咏楚骚十九首汉魏李唐诸名家诗以资诗，觉于作诗之道，未始有阙。夫如予诗，岂足以为法，如予所行，岂足以教人。言此者，盖欲使人知学诗自有坦坦大路，断不可假诗格诗式诸书之力也。

予不自量其无似，平素常以挽颓俗明古道为己任，胸中之蕴，未易更仆数，姑以诗道一事言之，亦大有可论者。学诗者，果能以复古为志，则当时时作四言，常作五七古以存古意，不可专作近体以沦陷于浇波、药名、星名、干支、建除、歇后、藏头、字谜、物名、人名、物谜、卦名、数名、州名、易言、大言、难言、危言、小言、盘中、集句、联句、诗余、回文、次韵等诗。古来诗人所竞巧而斗力者，能使诗流于纤巧而失古调，宜严断而勿作。学诗之法，能正性情道问学则大本立矣。不读诗话，而专潜心于三百篇汉魏李唐，则入门不差矣。作诗务存古意，绝不作游戏诸体，则蹊径正矣。如此而诗不工者未之有也。即不工焉，亦不失诗道之正法门，于我足矣。诗话中，间有一二确论，与予意符者，今采录之如左，亦舍短取长之意也。

李白曰："兴寄深微，五言不如四言，七言又其靡也，况使束于声调俳优哉？"（王子祯曰："此独谓三百篇耳，若后来韦、孟等作，有何兴寄，但如嚼蜡耳。"）

王若虚曰："郑厚云：'魏晋已来，作诗唱和，以文寓意。近世唱和，皆次其韵不复有真诗矣。诗之有韵，风中之竹，石间之泉，柳上之莺，墙下之蛩，风行铎鸣，自成音响，岂容拟议。夫笑而呵呵，叹而唧唧，皆天籁也，岂有择呵呵声而笑，择唧唧声而叹者哉？'慵夫曰：'郑厚此论，似乎太高，然次韵实作者之大病也。诗道至宋人，已自衰弊，而又专以此相尚，才识如东坡，亦不免波荡而从之，集中次韵者，几三之一。虽穷极技巧，倾动一时，而害于天全多矣。使苏公而无此，其去古人何哉？'"

严羽曰："和韵最害人诗，古人酬唱，不次韵，此风始盛于元白皮陆，本朝诸贤，乃以此而斗工，遂至往复有八九和者。"

赵执信曰："次韵诗，以意赴韵，虽有精思，往往不能自由。或长篇中，一二险字，势虽强押，不得不于数句前，预为之地，纡回迁就，以致文义乖违，虽老手有时不免，阮翁绝意不为，可法也。"

次韵之害，二贤之论尽矣。世人有好常为之者，其为害甚矣。佀出于答酬不得已，则间一作之，不必严禁。若夫初学之士，则虽誓不作可也。予生平不喜次韵者以此。王世贞云："和韵联句，皆易为诗害，而无大益，偶为之可也。"予谓联句亦能为害，但未至如次韵之甚也。

李东阳曰："挽诗始盛于唐，然非无从而涕者；寿诗始盛于宋，渐施于官长故旧之间，亦莫有未问而言者也。近时士大夫子孙之于父祖者弗论，至于姻戚乡党，转相征乞，动成卷帙，其辞亦互为蹈袭，陈俗可厌，无复有古意矣。"

夫为亲戚朋友作寿诗，尚有可诿，曰：以申礼敬通殷勤，而世人每于未尝有一言之素，半面之旧者，征责寿诗甚，且不戒视成，如酷吏之虐民，其义何居？率天下而趋浇风者，此等人亦与有罪焉。

胡元瑞曰："诗文不朽大业，学者雕心刻肾，穷昼极夜，犹惧弗窥奥妙。而以游戏废日可乎？孔融《离合》，鲍照《建除》，温峤回文，傅咸集句，无补于诗，而遂为诗病。自兹以降，摹仿实繁，字谜、人名、鸟兽、花木，六朝才子集中，不可胜数。诗道之下流，学人之大成也。"

呜呼！风俗之日颓，犹江河之就下，硕儒以道自任者，力挽之古，犹惧其未也，况忍推波而助澜乎？姑以著书一事论之。唐开元时，藏书至五万三千九百一十五卷，唐之学者，自为之书，又有二万八千四百六十九卷。宋增至十一万九千九百七十二卷。爰降于明，即一代所著，殆十万左右。清亦略相当，猥多若此，宜其污简编灾梨枣者比比，而有补于人者仅仅也。一世学士大夫以著书为终身大事业，以为微是不足称硕儒才子，或务传示有名有位之士及远方之人，思以腾誉，或倾资橐，亟寿诸梓，以图不朽，其立意，固已大差，无惑乎其书之绝无可取也。乃而今而后，月增而岁倍，千载之后，当何如也？事穷必变，势极必革，终竟必当遭坑杀天下之学士，烧除天下之书史，如暴秦祖龙者然后已。许鲁斋有云："也须焚书一遭以此也。"昔东汉之季，京师游士范滂等，非讦朝政，公卿以下，折节下之，大学生争慕其风，以为文学将兴，处士复用，申屠蟠独叹曰："昔战国之世，处士横议，列国之主，至为拥彗先驱，卒有坑儒烧书之祸，今之谓矣！乃退隐于梁砀之间，居二年，滂等果罹党锢，或死或刑者数百人，蟠确然免于疑论，智士虑事，不当如此耶！则著书之日多，识者得无惧乎？予愿后来学士大夫，毫不存求名自私之心，非发于忧道闵时之至诚，不敢浪著书，盖发于忧道闵时之至诚，则其著书必不多。即稍多焉，亦自有补于世，不为徒作，此亦挽今反古之一术也。"此论非专为诗话发，而予之著《非诗话》，意实出于此，故录之。

予暇日试历举古来谈诗之书，一何纷纷也。欧阳修《六一诗话》一卷，司马光《续诗话》一卷，刘贡父《中山诗话》一卷，魏泰《临汉隐居诗话》一卷，蔡绦《西清诗话》三卷，李颀《古今诗话录》七十卷，吴开《优古堂诗话》一卷，李錞《诗话》一卷，许顗《彦周诗话》一卷，吕本中《紫薇诗话》一卷，周紫芝《竹坡诗话》一卷，黄彻《䂬溪诗话》十卷，《新集诗话》十五卷（集者不知名），《元祐诗话》一卷，《唐宋诗话》二十卷，《大隐居士诗话》一卷（不知姓名），曾季狸《艇斋诗话》一卷，叶凯《南宫诗话》一卷，陈师道《后山诗话》一卷，陆游《山阴诗话》一卷，《垂虹诗话》一卷，张表臣《珊瑚钩诗话》三卷，叶梦得《石林诗话》三卷，吴可《藏海诗话》一卷，朱弁《风月堂诗话》二卷，张戒《岁寒堂诗话》二卷，陈岩肖《庚溪诗话》二卷，吴聿《观林诗话》一卷，吴沆《环溪诗话》一卷，周必大《二老堂诗话》一卷，杨万里《诚斋诗话》一卷，严羽《沧浪诗话》一卷，赵与虤《娱书堂诗话》一卷，刘克庄《后村诗话》前集二卷、后集二卷、续集四卷、新集六卷,蔡梦弼《草堂诗话》二卷,何溪汶《竹庄诗话》二十四卷,释文莹《玉壶诗话》一卷,《容斋诗话》六卷(旧本题宋洪迈撰)。尤袤《全唐诗话》十卷,《吴氏诗话》二卷,《东坡诗话》三卷(元陈秀民编),阮阅《诗话总龟》前集四十八卷、后集五十卷,《诗话》一卷(旧本题元陈日华撰),《南溪诗话》二卷(不著撰人名氏),金王若虚《滹南诗话》三卷,明闵文振《兰庄诗话》一卷,瞿佑《归田诗话》三卷(明史题《吟堂诗话》),叶盛《秋台诗话》一卷,游潜《梦蕉诗话》二卷,李东阳《怀麓堂诗话》一卷,都穆《南濠诗话》二卷(提要作一卷),强成《汝南诗话》四卷,杨慎《升庵诗话》四卷(《提要》作《诗话补遗》三卷),程启充《南溪诗话》三卷,安盘《颐山诗话》二卷,黄卿《编苕诗话》八卷,朱承爵《存余堂诗话》一卷,顾元庆《夷白斋诗话》一卷,陈霆《渚山堂诗话》三卷,《谢东山诗话》四卷,谢榛《四溟诗话》二卷(《续说郛》及《提要》题《诗家直说》),凌云《续全唐诗话》十卷,郭子章《豫章诗话》六卷、续十二卷,谢肇淛《小草斋诗话》四卷,曹学佺《蜀中诗话》四卷,王昌会《诗话类编》三十二卷(明史题《诗话汇编》),杨成玉《诗话》十卷,蒋冕《琼台诗话》二卷,《余冬诗话》三卷(旧本题《何孟春撰》),刘世伟《过庭诗话》二卷,李日华《恬志斋诗话》三卷,《余山诗话》三卷(旧本题陈继儒撰),陈懋仁《藕居士诗话》二卷，冯班《沧浪诗话纠缪》一卷，清施闰章《蠖斋诗话》二卷，吴景旭《历代诗话》八十卷，王士禛《渔洋诗话》三卷，郑方坤《全闽诗话》十二卷，《五代诗话》十二卷（王士禛撰，宋弼等补辑），郑方坤《五代诗话》十卷，毛奇龄《西河诗话》八卷，吴乔《围炉诗话》八卷，宋长白《柳亭诗话》二十卷，劳孝舆《春秋诗话》五卷，杭世骏《榕城诗话》三卷，查为仁《莲坡诗话》三卷，《带经堂诗话》三十卷（张宗柟编辑，《渔洋山人杂著》中及诗者），陈廷敬《杜律诗话》一卷，陈元辅《枕山楼课儿诗话》一卷，袁枚《随园诗话》十六卷、补遗四卷，以上诗话之明题以诗话者也。宋颜竣《诗例录》二卷，梁钟嵘《诗品》三卷，唐李嗣真《诗品》一卷，元兢《宋约诗格》一卷，王昌龄《诗格》二卷，孟棨《本事诗》一卷，昼公《诗式》五卷，《诗》三卷，王起《大中新行诗格》一卷，姚合《诗例》一卷，贾岛《诗格》一卷，《二南密旨》一卷，《炙毂子诗格》一卷，元兢《古今诗人秀句》二卷，李洞集《贾岛句图》一卷，倪宥《诗体》一卷，徐蜕《诗格》一卷，《骚雅式》一卷，《点化秘术》一卷，《诗林句范》五卷，杜氏《诗格》一卷，徐氏《律诗洪范》一卷，徐衍《风骚要式》一卷，《吟体类例》一卷，王昌龄《诗中密旨》一卷，白居易《金针诗格》三卷，王维《诗格》一卷，僧辞远《诗式》十卷，许文贵《诗鉴》一卷，僧元鉴《续古今诗人秀句》二卷，郑谷《国风正诀》一卷，张为《唐诗主客图》二卷，僧齐己《玄机分明要览》一卷，又《诗格》一卷，范摅《云溪友议》十一卷，《词林》一卷，僧神彧《诗格》一卷，宋林逋《句图》三卷，李淑《诗苑类格》三卷，僧定雅《寡和图》三卷，蔡宽夫《诗史》二卷，郭思《瑶溪集》十卷，释惠洪《冷斋夜话》十卷、《天厨禁脔》三卷，强行父《杜荀鹤警句图》一卷，胡源《声律发微》一卷，严有翼《艺苑雌黄》二十卷，老杜《诗评》五卷（旧题元方深道撰今桉宋人撰），方绛《续老杜诗评》五卷，葛立方《韵语阳秋》二十卷，《历代吟谱》二十卷，《金马统例》三卷，《诗谈》十五卷，蔡希蘧《古今名贤警句图》一卷，《续本事诗》二卷，计有功《唐诗纪事》八十一卷，胡仔《苕溪渔隐丛话》前集六十卷、后集四十卷，魏庆之《诗人玉屑》二十卷，吴子良《荆溪林下偶谈》四卷，汤岩起《诗海遗珠》一卷，周密《浩然斋雅谈》三卷，范希文《对床夜话》五卷，蔡正孙《诗林广记》前集十卷、后集十卷，林越《少陵诗格》一卷，蔡传《历代吟谱》五卷，《吟窗杂录》五十卷（旧本题状元陈应行编），方岳《深雪偶谈》一卷，高似孙《选诗句图》一卷，《竹窗诗文辨正丛说》四卷，元傅与砺《诗法源流》一卷，《诗法家数》一卷（旧本题元杨载撰），《诗学禁脔》一卷（旧本题元范德机撰），《木天禁语》一卷（旧本题元范德机撰），陈绎曾《诗小谱》二卷，徐骏《诗文轨范》二卷，明徐祯卿《谈艺录》一卷，王世懋《艺圃撷余》一卷，胡震亨《唐音癸签》三十三卷，单宇《菊坡丛话》二十六卷，徐泰《诗谈》一卷，《全唐诗说》一卷，《诗评》一卷（旧本题王世贞撰），王世贞《艺苑卮言》十一卷，《诗文原始》一卷（旧本题李攀龙撰），皇甫汸《解颐新语》八卷，梁桥《冰川诗式》十卷，朱震孟《玉笥诗谈》四卷，朱宣墢《诗心珠会》八卷，周子文《艺薮谈宗》六卷，胡应麟《诗薮》二十卷，叶廷秀《诗谭》十卷，茅元仪《艺话甲编》五卷，蒋一葵《尧山堂偶隽》七卷、《尧山堂外纪》一百卷，《唐诗谈丛》一卷（旧本题胡亨震撰），陈云式《诗脍》八卷，《绿天耕舍燕钞》四卷（不著撰人名），费经虞《雅论》二十六卷（子密增补），《艳雪斋诗评》二卷（不著撰人名氏），清毛先舒《诗辩坻》四卷，谈迁《枣林艺簣》一卷，王士禄《然脂集例》一卷，宋荦《漫堂说诗》一卷，伍涵芬《说诗乐趣》二十卷，《偶咏草续集》一卷，栎杜老人《学稼余谭》三卷，郎廷槐《师友诗传录》一卷，刘大勤《续录》一卷，赵执信《声调谱》一卷，《谈龙录》一卷，厉鹗《宋诗纪事》一百卷，沈德潜《说诗晬语》二卷，《诗学梯航》一卷（宣德中奉敕撰），宁献王《臞仙诗谱》一卷、《诗格》一卷、《西江诗法》一卷，宁靖王《奠培诗评》一卷，温景明《艺学渊源》四卷，汪弘诲《文字谈苑》四卷，怀悦《诗家一指》一卷，沈麟《唐诗世纪》五卷，宋孟清《诗学体要类编》三卷，黄省曾《诗法》八卷，邵经邦《律诗指南》四卷，俞允文《名贤诗评》

二十卷，赵宦光《弹雅集》十卷，程元初《名贤诗指》十五卷，陈美发《诗法指规》四卷（别本题诗法指南），《初白庵诗评》三卷（清张载华辑查慎行评诗语），游艺《诗法入门》四卷，以上诗话之不题以诗话，及书之类诗话者也，无虑一千七百二卷，其卷数不可知者，更有《梅磵诗话》（韦居安撰）、《漫叟诗话》、《桐江诗话》、《迂斋诗话》、《金玉诗话》、《汉皋诗话》、《陈辅之诗话》、《敖器之诗话》、《潘子真诗话》、《青琐诗话》（刘斧撰）、《洪驹父诗话》、《高斋诗话》、《胡氏诗话》、《闲居诗话》、《洛阳诗话》、《诗话隽永》（喻正己撰）、《王直方诗话》（王之立撰）、《载酒园诗话》（贺云撰）、《静志居诗话》、《桂堂诗话》（杭世骏撰）、《虚谷诗话》（方回撰）、《蓉塘诗话》（姜南撰）、《敬君诗话》（叶文敏撰）等数十种。呜呼，夥矣！（以上诗话姑就见闻所及而录之，恐多遗漏及错谬，重详之。）其中虽散佚者不少，然其存者，固足以汗牛而折轴，他如《唐诗金粉》《诗学大成》等书尚多，不能一一枚举。乃王应麟著《困学纪闻》，而其中《论诗》一卷，一部诗话也。吴曾著《能改斋漫录》，徐渤著《徐氏笔精》，而其中谈诗者，过半如此之类，更难诊缕。本邦学士大夫所著《诗型》《诗式》《诗辙》《葛原诗话》《升庵诗话》等书，又无数。诗话之多，乃至于此，可胜慨哉！呜呼，予非诗话之说，幸而行于世，则可以省读千数百卷之力，而诗益有进，岂非词林一快事哉？

校译后记

《日本诗味》，是《日本味道译丛》之一种。

"诗味"，是"日本味道"的重要组成部分。

这里所说的"诗"是指日本汉诗，有别于和歌、俳句等日本民族诗歌样式。所谓"诗味"是广义的"诗味"，包含了日本汉诗的诗学与审美的所有方面。

日本诗论诗话及诗味论著作，数量甚多，其中包括两种类型。一是使用汉语写成，一是使用日语写成。近百年前，日本学者池田四郎次郎编纂《日本诗话丛书》全十卷（1920—1922年版），共搜罗诗话59种。十几年前，北京图书馆出版社将其中大部分（48种）加以编选，出版了影印版《域外诗话珍本丛书》（2006年）。

日本诗话数量虽多，但大部分着眼于当时汉诗的启蒙教育，基本上是对中国诗话诗论的模仿，大同小异，观点上少有创新。对我国一般读者而言，要了解日本诗话，有必要加以精选。

《日本诗味》作为一部日本古典诗论、诗话、诗史的精选集，精选著作八种。其中汉文诗话诗论五种，包括虎关师炼《济北诗话》、江村北海《日本诗史》、西岛兰溪《孜孜斋诗话》、皆川淇园《淇园诗话》、古贺桐庵《桐庵非诗话·总论》；精选日文诗话诗论三种，包括荻生徂徕的《徂徕先生答问书》、祇园南海的《诗学逢源》、广濑淡窗的《淡窗诗话》。其中，汉文诗话所据底本，除在各篇题解中特别说明的之外，均据《域外诗话珍本丛书》。

以上几种汉文诗话，其原书原版使用的是旧式句读符号，需要加以转换。其中的几篇，近年也被校点出版过，但翻阅之后，发现差错甚多，几乎无法使用。现在对照原版，重新加以句读标点，并用脚注形式作少量必要的注释。至于三种日文诗话诗论，则以现代汉语加以翻译。

本书的目的是让读者尝鼎一脔，通过这八种代表作，了解日本古代诗话诗论的精华，特别是帮助读者理解东亚汉诗、日本之美与传统美学，呈现日本汉诗及汉诗理论的独特韵味。卷首是一篇论述东方诗味论与东方共同诗学的论文，权作"代序"，意在为本书读者提供一个东方学、东方诗学的宏观背景。

王向远

2019 年 8 月 31 日

图书在版编目(CIP)数据

日本诗味/(日)虎关师炼等著;王向远选译. —上海:复旦大学出版社,2020.6
ISBN 978-7-309-14818-3

Ⅰ.①日… Ⅱ.①虎… ②王… Ⅲ.①汉诗-古典诗歌-诗集-日本 Ⅳ.①I313.12

中国版本图书馆 CIP 数据核字(2020)第 020227 号

日本诗味
(日)虎关师炼 等 著
王向远 选译
责任编辑/王汝娟
封面设计/周伟伟

复旦大学出版社有限公司出版发行
上海市国权路 579 号 邮编:200433
网址:fupnet@fudanpress.com http://www.fudanpress.com
门市零售:86-21-65642857 团体订购:86-21-65118853
外埠邮购:86-21-65109143
浙江新华数码印务有限公司

开本 890×1240 1/32 印张 11.375 字数 197 千
2020 年 6 月第 1 版第 1 次印刷

ISBN 978-7-309-14818-3/I·1204
定价:58.00 元

如有印装质量问题,请向复旦大学出版社有限公司发行部调换。
版权所有 侵权必究